ROSWELL

Schatten der Vergangenheit

Mel Odom

ROSWELL

Schatten der Vergangenheit

Aus dem Amerikanischen
von Birgit Schmitz

vgs

Bibliografische Information Der Deutschen Bibliothek
Die Deutsche Bibliothek verzeichnet diese Publikation in der Deutschen Nationalbibliografie; detaillierte bibliografische Daten sind im Internet über http://dnb.ddb.de abrufbar.

Erstveröffentlichung bei Pocket Books, New York 2002.
Titel der amerikanischen Originalausgabe: *Roswell High. Shades*

Auflage 2003

Lektorat: Ralf Schmitz
Produktion: Wolfgang Arntz
Umschlaggestaltung: Alex Ziegler, Köln
Titelfoto: © 2002 Twentieth Century Fox Film Corporation,
Regency Entertainment (USA) Inc. and Monarchy Enterprises B.V.
Satz: Kalle Giese, Overath
Druck: Clausen & Bosse, Leck
Printed in Germany
ISBN 3-8025-2978-2

1

Helle Blitze von der Farbe gesplitterter Knochen rissen gezackte Streifen in den dunklen Nachthimmel. In einiger Entfernung grollte Donner, kam aber definitiv näher.

Michael Guerin lag in der Nähe des Lagerfeuers rücklings auf seinem Schlafsack und starrte nach oben in die vom Sturm aufgewühlten Wolken. Ein aufgeregter Schauder überlief ihn, und zu seiner Überraschung genoss er das Gefühl. Angesichts der Geheimnisse, die er mit sich herumtrug, bedeutete Aufregung normalerweise nichts Gutes.

»Hey, Guerin«, rief Junior Doggett.

»Was ist?«, fragte Michael, ohne nachzusehen, wer ihn da ansprach. Er ärgerte sich über die Störung.

»Was gibt es denn da zu grinsen?«

»Hab ich gegrinst?«

»Ja, das hast du, und ich finde, es wird Zeit, dass du damit aufhörst. Hier draußen in einen Sturm zu geraten ist nicht unbedingt erstrebenswert.«

»Klar.« Michael rückte seine taub werdenden Finger hinter dem Kopf zurecht und versuchte, nicht ganz so vergnügt auszusehen. Am Morgen war er mürrisch und einsilbig gewesen. *Einsilbig* war das Wort, das Junior Doggett benutzt hatte. Es war ein Wort, das Michael noch nie benutzt und das zu benutzen er niemals die Absicht gehabt hatte. Außer vielleicht bei einer Klassenarbeit in der Schule, jetzt, da er beschlossen hatte, mit der Schule weiterzumachen.

Der nächste Blitz flackerte und zeichnete spinnenartige Linien in den Himmel. Die Luftmassen über dem Wüstenboden bewegten sich und wurden mindestens fünf Grad kälter.

»Es wird kalt heute Nacht«, sagte Junior.

»Ihr hättet eure Flanellunterwäsche mitbringen sollen«, meinte Flynn. Während Junior klein war und schmale Schultern hatte, war Flynn Boyd groß und stämmig, direkt und ungehobelt. Flynn war einer der Ersatzspieler des *Roswell High* Football Teams.

Michael hatte in der Schule mit keinem von beiden etwas zu tun, doch der Sommer hatte sie einander irgendwie näher gebracht. Sie waren alle von Kurt Bulmer, einem örtlichen Geologen, angeheuert worden, um das Gelände außerhalb von Roswell zu vermessen, wo sie vor weniger als einer Stunde ihre Zelte aufgeschlagen hatten.

Der laute Donnerschlag krachte fast genau über ihnen. Und der plötzliche Windstoß, der auf den Knall folgte, erweckte den Eindruck, als wäre irgendwo in der Nähe eine Kanone losgegangen und als würde der Rückschlag mit einer Sandwolke im Gefolge über den Zeltplatz fegen. Die kuppelförmigen Zelte erzitterten unter dem Ansturm und sahen im nächsten Augenblick wieder wie farbenfrohe Giftpilze aus, die aus dem harten, rissigen Boden wuchsen.

Michael konnte nicht anders. Er grinste. Die anderen hatten Angst, doch er fühlte sich lebendiger als jemals zuvor.

Ich bin frei, dachte Michael zufrieden. Keine Streitereien mit Maria in den nächsten Tagen. Keine Fragen, was aus mir werden soll. Keine Diskussionen über das Thema Verantwortung.

Natürlich konnte diese Freiheit nicht lange andauern. Es gab immer noch den Arbeitsplan im *Crashdown Café*, in das er zurückkehren musste, sobald diese Vermessungsaktion vorüber war. Das Schuljahr war erst seit wenigen Tagen Vergangenheit und mit ihm Michaels Chance, in seine Heimatwelt zurückzukehren.

Tess war allerdings weg, und sie hatte Max' Baby mitgenommen. Aber Michael fand das irgendwie ganz okay, obwohl sich sein Magen jedes Mal zusammenzog, wenn er daran dachte, dass Tess Alex verraten und ermordet hatte. Max war noch nicht bereit für die Vaterrolle, ganz gleich, wie er darüber dachte, aber Tess war nicht die Lösung dieses Problems. Und Michael wollte immer noch, dass Tess für alles, was sie ihnen allen angetan hatte, bezahlen musste. Nach Michaels Auffassung konnte Max später noch lange genug Vater spielen. Es würde schwierig werden, Max davon zu überzeugen, aber sich in einer Kleinstadt zu verstecken, während man alles andere als ein Mensch war, war ebenfalls ziemlich schwierig. Michael kannte sich mit Schwierigkeiten aus.

Wieder flackerte ein Blitz auf, und gleich darauf folgte der Donnerschlag.

»Zelte können undicht werden«, murmelte Junior.

»Ach was«, erwiderte Flynn.

»Die Feuchtigkeit dringt direkt durch die Zeltwände«, argumentierte Junior.

»Nur wenn du die Zeltwand berührst, während es regnet, Schwachkopf«, antwortete Flynn scharf. »Lehn dich einfach nicht gegen die Zeltwand, wenn es zu regnen angefangen hat.«

»Und wenn ich gegen die Zeltwand rolle, während ich schlafe?«

»Keine Sorge«, sagte Flynn. »Ich werde dich schön tief in deinen Schlafsack stopfen und ihn gut verschließen. Zu der Ausrüstung, die Kurt uns mitgegeben hat, gehört reichlich Klebeband.«

Zwei der anderen Jungs aus dem Camp fingen an zu lachen. Junior verfluchte sie alle. Für einen Jungen, der sich so gewählt ausdrücken konnte, war Junior auch im Umgang mit Kraftausdrücken ziemlich gut, fand Michael.

Michael drehte sich mit einer geschmeidigen Bewegung auf seinem Schlafsack um, setzte sich auf, schlang die Arme um die Knie und blickte zu Junior und dem Jungen, die sich ein Wortgefecht lieferten. »Hey, Ernie und Bert«, sagte er.

Flynn starrte Michael wütend an, während Junior ihm einen vorwurfsvollen Blick zuwarf. Feindseligkeiten und Vorwürfe im praktischen Doppelpack, dachte Michael. Könnte ganz schön einschüchternd wirken, aber Maria schlägt euch alle beide.

»Was?«, knurrte Flynn.

»Gelangweilt?«, fragte Michael. Er trug Jeans und ein schmutziges T-Shirt. Die nächste Dusche würde noch ein paar Tage auf sich warten lassen, bis sie in die Zivilisation zurückkehrten. Maria wäre mit diesem entbehrungsreichen Leben nicht zurecht gekommen, aber für Michael waren Entbehrungen ein Klacks.

»Wovon redest du?«, fragte Flynn misstrauisch.

Michael starrte quer über den Zeltplatz und wusste, dass er die Aufmerksamkeit der anderen vier Jungs der Crew besaß. Sie alle hatten sich um das Feuer in der Mitte des Zeltplatzes versammelt. Nicht weit entfernt saß Kurt Bulmer in seinem separaten Kuppelzelt und arbeitete im Licht einer Laterne an seinem Notebook.

Tiller und Perry rundeten die Arbeitsmannschaft ab. Tiller war ein Typ, den Michael flüchtig aus der Schule kannte. Jemand, der sich lediglich dort aufhielt, um anschließend in die nächste Phase seines Lebens einzutreten. Im Vorjahr hatte Tiller die Schule verlassen, nachdem sein Vater, der früher bei der Navy gewesen war, Selbstmord begangen hatte. Er hatte sich daraufhin entschlossen, arbeiten zu gehen, um seine Mutter und seine drei jüngeren Schwestern zu unterstützen.

Perry war ein Spieler und so abstoßend, dass er nicht mal zu den Intelligenzbestien wie Junior und seinen Freunden passte. Er trug fast immer eine Sonnenbrille, sogar nachts, und ein schwarzes T-Shirt mit einer halb nackten weiblichen Figur drauf, die ein Schwert und eine Pistole schwang. Perry saß nicht weit von ihnen entfernt im Schneidersitz und mischte wie in Trance die Karten für ein Kartenspiel, das er und die anderen Spieler in der Schule und im Crashdown spielten.

»Wir haben alle Langeweile«, erklärte Michael. Er blickte nach oben in den von Blitzen durchzogenen Himmel. Bislang waren sie vom Regen verschont geblieben. »Es ist dunkel, aber wie spät ist es? Neun Uhr vielleicht? Jedenfalls noch lange nicht unsere normale Schlafenszeit. Und es gibt nichts, das wir tun könnten.«

»Junior muss bestimmt jetzt schon ins Bett«, sagte Flynn und legte es auf eine wütende Entgegnung von Junior an.

Michael holte tief Luft und konzentrierte sich auf den letzten Rest Geduld, der ihm noch verblieben war. »Ich dachte, wir überlegen uns, was wir machen könnten.«

Perry mischte demonstrativ seine Karten. Doch niemand reagierte auf sein unausgesprochenes Angebot.

»Ich weiß, was wir machen«, sagte Junior und rannte zu seinem Rucksack. Er entnahm ihm einige Bücher aus der Bücherei, und nach weiterem Suchen kam eine kleine Taschenlampe zum Vorschein. Er drückte die Taschenlampe unter sein Kinn und schaltete sie an. Das goldene Licht bestrahlte sein Gesicht und verwandelte seine Augen in hohle Löcher.

»Bist du ein Kürbis?«, fragte Flynn. Möchtest du Halloween spielen?«

»Nein, du blöder Schwachkopf«, erwiderte Junior verächtlich.

Flynn stand auf und präsentierte sich in seiner ganzen eindrucksvollen Größe. »Wenn du weiter so mit mir redest, kriegst du was aufs Maul.«

Junior schaltete die Taschenlampe aus, als wollte er einfach in der dunklen Nacht verschwinden.

»Mach ihn unschädlich, Flynn«, sagte Perry hämisch lachend. »Schlag zu, Flynn.«

Flynn warf Perry einen giftigen Blick zu. »Wenn ich mit dem hier fertig bin, bleibt für dich noch reichlich übrig, du Idiot.«

»Er meinte nicht Halloween«, sagte Michael, der das Gespräch vom Thema Zerstörung auf das Thema Zerstreuung lenken wollte. »Sondern Gruselgeschichten.«

Junior knipste die Taschenlampe wieder an und strahlte erneut sein Gesicht an. »Uah, haaaa, haaaa!«, grölte er.

Trotz seines raubeinigen Benehmens erschreckte sich Flynn und zuckte bei Juniors Ausbruch einen Schritt zurück. Sein Fluchtreflex brachte Perry und Tiller zum Lachen. Michaels Grinsen wurde breiter, aber er hatte eigentlich keine Lust auf Gruselgeschichten, von denen er annahm, dass sie genauso langweilig sein würden wie der Streit zwischen Flynn und Junior. Dennoch war er froh, dass sich überhaupt irgendwer irgendeine Beschäftigung für sie ausgedacht hatte.

»Glaubst du, dass du klarkommst, Flynn?«, stichelte Perry. »Wie oft warst du denn schon in diesem Teil der Wüste? Hier draußen sollen ja alle möglichen schaurigen Dinge umherstreifen.«

Tiller, dem es offensichtlich Spaß machte, Flynn Angst einzujagen, fiel mit ein: »Die Mesaliko-Indianer glaubten an Ungeheuer, die ihre Gestalt ändern konnten und gerne Menschenfleisch aßen. Und es gibt alle möglichen Geschichten über Morde, die beim Viehtreiben begangen wurden oder zur Zeit des Goldrauschs, wo lange Wagentrecks nach Kalifornien rollten.« Er nickte in Richtung der Hügel, die den Zeltplatz umgaben. »Vielleicht haben wir keine Ahnung, was da draußen wirklich ist.«

»Ihr seid doch völlig durchgeknallt«, sagte Flynn. »Ich hab keine Angst mehr gehabt, seit ich aus den Windeln raus bin.«

»Warte mal«, meinte Junior grübelnd. »Ja, das müsste hinkommen ... seit letzter Woche also?«

Flynn ballte seine Fäuste und ging auf Junior los.

Normalerweise hätte sich Michael nicht eingemischt, weil er gerne seine Ruhe hatte. Doch jetzt sprang er in Sekundenschnelle auf und ging dazwischen. Tiller war auch auf den Beinen, wäre aber zu spät gekommen.

Flynn starrte Michael wütend an. »Willst du auch eine Abreibung, Guerin?«

Michael hielt die Hände hoch, wobei er die Finger in einer nicht bedrohlichen Weise ausstreckte, aber er wusste, dass er mit seinen Unterarmen alles abblocken konnte, was Flynn gegen ihn zu schleudern versuchte. »Ich?« Er schüttelte den Kopf.

»Dann geh mir aus dem Weg.«

»Das kann ich nicht«, erwiderte Michael.

Flynn baute sich kampfbereit vor ihm auf.

»Denk doch mal nach«, sagte Michael. »Wenn ihr euch schlagt, verlieren wir vielleicht unseren Job. Ich weiß ja nicht, wie es mit dir ist, aber ich kann das Geld, das wir ausgezahlt bekommen, gut gebrauchen.« Er blickte Flynn fest in die Augen.

Flynn schaute zu dem Zelt hinüber, in dem Kurt Bulmer unbeirrt weiterarbeitete.

»Was meinst du, Flynn?«, fragte Michael. »Glaubst du, bis zum Zahltag kannst du dich noch mit Junior arrangieren?«

Flynn warf einen wütenden Blick über Michaels Schulter. »Aber wenn wir wieder in der Stadt sind, bist du dran.«

Junior lehnte sich zurück und verschränkte die Hände hinter dem Kopf, als ob diese Drohung kein Gewicht hätte.

»Ich würde sagen, wir erzählen Gruselgeschichten«, sagte Michael, ohne Flynn aus dem Auge zu lassen. »Was sagst du, Tiller?«

»Klar. Ich hab noch eine halbe Tüte Marshmallows übrig.«

»Perry«, sagte Michael. »Möchtest du die erste Geschichte erzählen?«

»Klar«, erwiderte Perry und mischte weiter seine Karten. »Ich kenne eine echt gute. Ich nenne sie ›Der Head-Eater‹.«

»Großartig. Klingt preisverdächtig.« Michael sah Flynn an. »Ist hier jetzt alles okay?«

»Klar«, antwortete Flynn widerstrebend. Nach einem letzten bösen Blick drehte er sich um und trottete zu seinem Schlafsack zurück.

Michael schnappte aus dem Augenwinkel eine Geste von Junior auf, für die dieser wahrscheinlich umgebracht worden wäre, wenn Flynn ihn dabei beobachtet hätte. Michael zog sich auf seinen eigenen Schlafsack zurück, und Perry begann mit seiner Geschichte.

»Das alles geschah vor langer Zeit«, begann Perry in einem richtig gruseligen Tonfall. »Vor einhundert Jahren. Vielleicht ist es auch noch länger her. Damals, noch bevor der Westen besiedelt war. In jenen Tagen streiften nur die Mesaliko-Indianer durch die Berge und die Täler, und diese Burschen waren keineswegs freundlich gesinnt.«

In Michael kamen Zweifel auf. Während der Begegnungen, die sie mit River Dog gehabt hatten, einem der Medizinmänner des Mesaliko-Reservats außerhalb von Roswell, hatte Max Nachforschungen über diesen Stamm angestellt. Dieses Indianervolk hatte sich erst feindselig verhalten, nachdem es Opfer übler Verfolgung geworden war.

»Da war dieser Typ«, fuhr Perry fort, »der vom Stamm ausgeschlossen wurde. Seinen echten Namen hatte der Stamm bald vergessen, zumindest wurde er nicht mehr benutzt, weil sie ihn nicht mehr als Menschen betrachteten.«

»Warum wurde er verstoßen?«, fragte Flynn und starrte zu Junior hinüber. »Weil er so ein unerträglicher Blödmann war, dass ihn keiner mehr ausgehalten hat?«

»Nein«, antwortete Perry. »Head-Eater wurde von seinem Stamm verstoßen, weil er genau das getan hatte, was ihm seinen Spitznamen einbrachte.«

»Er hat Köpfe gegessen?«, fragte Junior offensichtlich aufgeregt. Seine Augen huschten hinter den Brillengläsern hin und her.

»Ja«, erwiderte Perry, der allmählich in Fahrt kam.

»Cool«, sagte Junior.

Sogar Flynn ließ in seiner Anstrengung nach, die anderen zu ignorieren.

»Es scheint, dass Head-Eater sich eines Winters in den Bergen verirrte«, sagte Perry. »Er war gerade auf der Jagd, als ein Schneesturm einsetzte.«

Michael hörte der Geschichte gar nicht richtig zu. Sie folgte einem Muster, nach dem alle Gruselgeschichten gestrickt waren, die er in seinem Leben gehört hatte. Sachen, die nach mechanischen Regeln funktionierten, langweilten ihn häufig. Solche Geschichten verliefen immer in bestimmten Bahnen, und er hatte sogar das überraschende Ende von *The Sixth Sense* vorausgesehen.

Es hatte ihm nichts ausgemacht, das Ende vorher zu wissen, aber es Maria zu verraten, war offenbar ein schlechter Zug gewesen. Eigentlich verstand er immer noch nicht so recht, was daran so schlimm gewesen sein sollte, schließlich war sie doch supergespannt gewesen, was hinter der ganzen Sache steckte. Aber nur so lange, bis er ihr den Trick verraten hatte. Danach war sie sauer auf ihn gewesen – *mal wieder.*

Perry schmückte die Geschichte aus und steigerte die Spannung, indem er von dem grausamen Grizzlybär erzählte, der die in der Falle sitzenden Meskalino-Indianer angegriffen und einen nach dem anderen getötet hatte. Die Geschichte eignete sich perfekt als Lagerfeuergeschichte, und das herannahende Gewitter steigerte ihre Wirkung noch. Junior und Flynn verfolgten mit großen Augen, wie Perry in allen Einzelheiten die blutrünstigen Angriffe des Bären beschrieb.

Tiller hatte sich ausgeklinkt.

Michael begriff zu spät, dass Gruselgeschichten vielleicht nicht die beste Abendunterhaltung für jemanden waren, dessen Vater sich umgebracht hatte. Aber wenn er jetzt die Aufmerksamkeit auf Tiller gelenkt hätte, wäre alles bloß noch schlimmer geworden.

»Head-Eater liegt also tagelang dort«, fuhr Perry fort, »und sein Hunger wird größer als jemals zuvor. Er betrachtet die Köpfe der toten Krieger, deren Leichen um ihn herum verstreut liegen, und er denkt sich, dass sie vielleicht gar nicht so übel schmecken. Also macht er ein Feuer –«

»Mitten in einem Schneesturm?«, warf Flynn herausfordernd ein.

Perry sah ihn verärgert an. »Der Schneesturm ist doch schon seit Tagen vorbei.«

»Was hat er denn als Brennmaterial benutzt?«, fuhr Flynn fort. »Wenn es in den Bergen irgendwelche Holzscheite gab, waren sie bestimmt alle von Schnee bedeckt.«

»Er hat trotzdem ein paar Scheite gefunden, okay?«

»Nicht in einem Schneesturm«, sagte Flynn.

»Außerdem wäre es besser, wenn die Köpfe roh gewesen wären. Ekliger«, meinte Junior.

Michael griff nach einer Tüte Marshmallows, die in der Nähe lag, nahm ein paar heraus und spießte sie auf den Draht, den er vorher, bei der Zubereitung von Hotdogs, als Kochgerät benutzt hatte. Als die Marshmallows Feuer fingen, dachte er, wie sehr sie doch Schädeln ähnelten. Er überlegte, ob er die anderen darauf hinweisen sollte, entschied sich jedoch dagegen.

»Okay«, sagte Perry seufzend, »er hat die Köpfe roh gegessen. Und da saß er dann, mit seinen kaputten Beinen, die im Kampf mit dem Grizzly verletzt worden waren.«

»Du hast doch gesagt, er hätte sich am Arm verletzt«, unterbrach ihn Flynn.

»Verdammt!«, fuhr Perry ihn an. »Lässt du mich jetzt vielleicht diese verdammte Geschichte zu Ende erzählen?«

»Sie ist aber glaubwürdiger, wenn du die Details nicht durcheinander bringst«, sagte Junior.

»Na schön«, knurrte Perry. »Dieser Typ hat also einen kaputten Arm, und er entdeckt soeben, dass auch eins von seinen Beinen verletzt ist.«

»Er hat einen kaputten Arm«, sagte Flynn zweifelnd, »und trotzdem reibt er zwei Stöcke aneinander, die aus irgendeinem Grund während des Schneesturms nicht unter dem Schnee verschwunden sind.«

»Hey, ich erzähle das lediglich so, wie ich es gehört habe«, protestierte Perry.

»Erzähl endlich wieder, wie er Köpfe isst«, sagte Junior. »Schließlich sitzen wir doch hier, um das zu hören.«

Michael zog seine Marshmallows aus dem Feuer und blies die Flammen auf den braun gerösteten Seiten aus. Er wartete kurz, stopfte sie sich dann in den Mund und genoss die fast ein wenig zu heiße, klebrige Köstlichkeit.

Perry wandte sich ausführlich den kannibalistischen Aspekten der Geschichte zu und schmückte sie so detailliert aus, bis Flynn und Junior im Licht der aufzuckenden Blitze ganz grün im Gesicht aussahen. Das Aufbrechen und Auslöffeln der Schädel schien seine Wirkung nicht zu verfehlen.

Auf der anderen Seite des Lagerfeuers stand Tiller auf und ging durch die Büsche davon. Die aufflackernden Blitze hoben ihn noch dreimal in hellen Momentaufnahmen aus der Dunkelheit heraus, dann war er nicht mehr zu sehen.

»Als er im Frühjahr zu seinem Stamm zurückkehrte«, sagte Perry, »machten sich andere Krieger zu dem Gebirgspass auf, um die Toten zu begraben. Um sie in die glücklichen ewigen Jagdgründe zu schicken, damit ihre Geister nicht länger hier in dieser Welt gefangen waren.«

»Also fanden diese Typen heraus, was Head-Eater den ganzen Winter über getrieben hatte?«, fragte Flynn.

Perry nickte, aber mittlerweile war er nicht mehr mit ganzem Herzen bei der Sache. »Überall lagen Schädel herum, die aussahen wie Nussschalen. Head-Eater versuchte, das Geschehene als das Werk des Grizzlys darzustellen, aber die anderen Krieger verstanden genau, was passiert war, und schlossen ihn aus dem Stamm aus.«

Michael beäugte die Tüte mit Marshmallows, aber er wusste, dass er genug Süßkram gegessen hatte. Er würde jetzt entweder zu schlafen versuchen und die anderen Jungs ignorieren oder die Kühlbox nach mehr Hotdogs durchsuchen.

»Weißt du was?«, fragte Flynn mit einem Blick zu Junior. »Ich glaube nicht, dass in New Mexiko schon jemals ein Grizzlybär gesichtet worden ist.«

»Stimmt«, pflichtete Junior ihm bei. »Ich hab vor ein paar Tagen ein Special über Grizzlys auf dem Discovery Channel gesehen. Sie halten sich nur in den nördlichen Regionen und in Küstennähe auf.«

Perry seufzte verzweifelt. »Möchte denn niemand wissen, was aus Head-Eater geworden ist?«

»Er wurde von seinem Stamm verstoßen«, sagte Flynn, »und hat sich dann in der Gegend herumgetrieben. Er hat Leuten in Wagentrecks oder Siedlungen aufgelauert und sie verschleppt. Dann hat er sie umgebracht und aufgegessen.«

»Und wahrscheinlich Stapel von Schädeln hinterlassen«, fiel Junior mit ein. »Er ist irgendwann gestorben, aber weil sein Stamm sich weigerte, ihn zu begraben, wandelt sein Geist immer noch durch die Wüste und verspeist Menschen.«

Perry ließ sich fluchend auf seinen Schlafsack zurücksinken. »Ihr seid doof«, sagte er, aber noch ehe er zu Ende gesprochen hatte, hallte ein panischer Schrei von Tiller durch die nahe gelegenen Berge, der im nächsten Moment von einem Donnergrollen übertönt wurde.

»Hey!«, sagte Flynn. »Das war Tiller!«

Michael war bereits von seinem Schlafsack aufgesprungen und spähte in die Dunkelheit, die den Zeltplatz einhüllte. Schatten reckten sich in die Wüste und füllten in allen vier Himmelsrichtungen die von dem Lagerfeuer nur schwach erhellte Nacht.

2

»Wo ist Tiller hingegangen?«, fragte Junior ängstlich.

Kurt Bulmer kam aus seinem Zelt und blieb vor der geöffneten Eingangsklappe stehen. »Was ist da draußen los?«

Während Junior es ihm zu erklären versuchte, griff Michael nach dem Rucksack, den er den ganzen Tag getragen hatte. Er kramte darin herum und zog eine Taschenlampe hervor. Mit der Taschenlampe rannte er in die Richtung, aus der der Schrei gekommen war. Der Platzregen, der schließlich doch noch eingesetzt hatte, stach ihm in die Augen und verfilzte sein Haar. Der Regen hatte den trockenen Wüstenboden im Handumdrehen in einen matschigen Brei verwandelt.

Tiller schrie wieder, diesmal heiser und schmerzerfüllt.

Michael ließ das Licht seiner Taschenlampe über den Hügel vor ihm wandern. Der steile Hang war mit Büschen und Kakteen bewachsen. Sein rechter Fuß rutschte unter ihm weg. Er fiel auf ein Knie, schob sich jedoch beharrlich weiter vorwärts.

Auf der anderen Seite war der Hügel noch steiler. Michaels Tennisschuhe brachen durch die matschige Erdkruste, und er rutschte hinunter, wobei er einen Igelkaktus streifte, der brennende Nesseln in seinem Unterarm zurückließ. Er ignorierte den Schmerz und ließ den Strahl der Taschenlampe über Tiller gleiten, der vor ihm auf dem Boden kauerte.

Tiller lag auf den Knien im Matsch. Regenwasser lief in Rinnsalen um ihn herum und über seine Hände, die er in den matschigen Boden stemmte. Er hielt den Kopf gebeugt und zitterte am ganzen Leib.

»Tiller«, rief Michael. Er ließ das Licht über den Boden und die Umgebung wandern. »Hey, Tiller.«

Tiller antwortete nicht, sondern vergrub das Gesicht zwischen seinen Händen im Matsch.

»Was ist los?«, rief Kurt Balmer oben von der Anhöhe, die Michael heruntergerutscht war.

Michael richtete den Blick auf den Hügel und sah Bulmer, Junior, Flynn und Perry dort stehen. Ein Blitz zuckte über den Himmel, und Donnergrollen machte Michaels ersten Versuch einer Antwort zunichte.

»Ich weiß es nicht«, sagte Michael.

Bulmer machte sich an den Abstieg, verlor jedoch auf dem glitschigen Boden sein Gleichgewicht und stürzte. Er glitt bis zum Fuß des Hügels, während die anderen oben auf dessen Kamm stehen blieben.

»Tiller«, sagte Michael und versuchte, den Jungen mit seiner Stimme zu beruhigen. Er ließ den Felsen los und legte seine Hand auf Tillers Schulter. »Was ist los? Was hast du?«

»Mein Vater«, flüsterte Tiller heiser, während er zitternd hin und her schaukelte und seine Schluchzer zu ersticken versuchte.

»Was ist mit seinem Vater?«, fragte Bulmer, der in der Nähe stand.

»Sein Vater ist tot«, erwiderte Michael.

»Das tut mir Leid«, sagte Bulmer. »Aber wir müssen ihn aus dem Regen herausbringen.«

Michael hakte sich bei Tiller ein und versuchte, ihm auf die Füße zu helfen. Tiller machte sich los und schob auch Bulmer von sich fort. »Nein!«, schrie Tiller. »Ich kann nicht hier weg!«

»Warum nicht?«, fragte Bulmer. »Du wirst es bequemer haben, wenn wir erst in einem der Zelte sind.«

»Mein Vater«, wiederholte Tiller.

Bulmer zögerte. »Wir werden über deinen Vater sprechen.«

»Mein Vater«, versuchte Tiller noch einmal zu erklären, »mein Vater will nicht, dass ich weggehe.«

»Dein Vater würde nicht wollen, dass du hier draußen bleibst«, bemerkte Bulmer.

»Dann sagen Sie's ihm!« Tiller streckte einen Arm aus und wies in die Dunkelheit vor ihnen. »Sagen Sie's ihm!«

Zuerst konnte Michael gar nichts erkennen. Doch dann schien sich unmittelbar hinter dem Lichtkegel der Taschenlampe ganz allmählich eine ätherische Gestalt in der Dunkelheit zu materialisieren.

Die Gestalt hatte ungefähr die Umrisse eines Mannes. Dann traten mehr Details hervor. Der Mann sah aus, als wäre er vom Scheitel bis zur Sohle in eine Art silbrigen Schimmer gehüllt, wie ein Bild aus einem Schwarzweißfilm, das am Computer in einen Farbfilm eingefügt worden war, so wie Michael es verschiedentlich in der Werbung gesehen hatte. Er war groß und breit, hatte ein brutales Gesicht, winzige Augen und einen breiten, harten Mund.

Das Einzige, das nicht ins Bild passte, war das kurze Stück Seil, das in einer Schlinge um seinen Hals hing.

»Seht ihr das?«, fragte Michael. Das Sprechen strengte ihn an.

»Was sollen wir sehen?«, rief Junior von oben.

Michael gestikulierte mit der Taschenlampe und sah, dass der Lichtstrahl durch die grelle Figur fiel und über die Felsen und Kakteen hinter ihr wanderte. »Den Geist?«

»Ich sehe überhaupt nichts«, antwortete Flynn.

Michael hätte sich am liebsten zu Flynn umgedreht und ihn gefragt, wie es denn sein könne, dass er den Geist nicht sah. Stattdessen hielt er das Licht auf die düstere Gestalt gerichtet. Jetzt sah er auch zum ersten Mal die silbrigen Regentropfen, die einfach durch den Geist hindurchgingen.

»Ich auch nicht«, kommentierte Bulmer. »Reich mir eine Hand, Guerin. Ich will Tiller aus dem Regen schaffen. Vielleicht sogar heute Nacht noch nach Roswell.«

»Nein!«, schrie Tiller und starrte nach vorne. »Seht ihr denn nicht? Mein Vater will, dass ich hier bleibe.«

Michael drehte sich zu Bulmer um. »Sehen Sie nichts?«

»Nein.« Bulmer bemühte sich, Tiller festzuhalten, der zu fliehen versuchte. »Ich sehe nichts.«

Tiller warf sich hin und her, während Bulmer ihn festhielt, stieß Flüche aus und schrie seinen Vater an. Michael half dabei, Tiller zurückzuhalten, doch er hatte große Schwierigkeiten damit, da das schmutzige Wasser über seine Füße strömte.

Vor Michaels Augen setzte sich der Geist – das *Bild*, korrigierte er sich selbst – in Bewegung. Das Gespenst lief so trittsicher wie eine Bergziege, es schien überhaupt kein Problem mit dem matschigen Grund zu haben. Der Gehängte sprintete die kurze Strecke auf sie zu. Seine Füße ließen das Wasser nicht aufspritzen, und wenn er überhaupt ein Geräusch machte, dann wurde es von dem Donnerschlag übertönt, der in dieser Sekunde über den Himmel rollte.

»Neiiiin!«, kreischte Tiller. Statt weiter gegen Bulmer und Michael zu kämpfen, lenkte er seine Bemühungen plötzlich in die entgegengesetzte Richtung und versuchte zu fliehen. Bulmer verlor beinahe das Gleichgewicht. Michael fiel auf die Knie und spürte, wie der Matsch ihn einhüllte.

Im nächsten Augenblick prallte der Geist gegen Tiller und Michael, während gleichzeitig direkt neben ihnen ein Blitz einschlug. Einen Moment spürte Michael nur mehr einen betäubenden Schmerz. Er fühlte, wie Tiller sich von seiner Hand losriss, aber das war nicht seine größte Sorge. Denn mit einem Mal wurde er von einer geheimnisvollen Kraft rückwärts gestoßen und landete im kalten Matsch.

Michael kam schlagartig wieder zu sich. Er spürte, wie sein Herz wieder zu schlagen begann, und es fühlte sich an, als wäre das Pochen durch eine Dynamitstange oder TNT in Gang gesetzt worden.

»Bleib einfach ruhig liegen«, sagte Bulmer.

Michael schob die Hand des Mannes beiseite. »Mir geht's gut.« Er schaute auf Tiller hinunter, während er sich in eine sitzende Position brachte. »Wie geht es ihm?«

»Er ist bewusstlos«, sagte Bulmer. Er legte eine Hand an Tillers Hals. »Aber er hat einen starken Puls.«

Noch während Bulmer sprach, stöhnte Tiller und flackerte mit den Augenlidern. »Haben Sie ihn gesehen?«, fragte er.

»Den Blitz, der eben eingeschlagen ist?«, entgegnete Bulmer.

Michael betrachtete schweigend den fußballgroßen Krater, der sich im Boden geöffnet hatte. Er versuchte, nicht darüber nachzudenken, was mit ihnen geschehen wäre, wenn der Blitz sie in all dem Wasser hier getroffen hätte.

»Nein, nicht den«, sagte Tiller. »Den Geist. Den Geist meines Vaters.«

Bulmer schüttelte den Kopf. »Das war kein Geist, Tiller. Das war bloß ein Blitz, der viel zu nah an uns herangekommen ist.«

»Nein«, wandte Tiller ein. »Ich habe den Geist meines Vaters gesehen.«

Michael fand die Taschenlampe wieder, die er festgehalten hatte, bis die unglaubliche Kraft ihn niedergestreckt hatte. Er leuchtete in alle Richtungen, doch da war keine Spur mehr von jenem Bild.

»Gib mir deine Hand«, sagte Bulmer. »Lass uns Tiller nach Roswell bringen. Jemand in der Unfallstation soll mal einen Blick auf ihn werfen.«

»Nein«, entgegnete Tiller und schüttelte sie ab. »Ich gehe nicht in die Unfallstation. Mir geht's gut. Was ich gesehen habe, habe ich gesehen.« Er wollte noch mehr sagen, hielt sich jedoch zurück. »Was ich gesehen habe, habe ich gesehen.« Er sprach leise und zittrig. Seine Augen leuchteten vor Aufregung. Er drehte sich wortlos um und ging über den aufgeweichten Boden durch den Regen zum Camp zurück.

Bulmer richtete seine robuste Laterne auf den Boden. Er hielt den Lichtstrahl einen Moment lang ganz ruhig und betrachtete aufmerksam den Krater. Das Halogenlicht spiegelte sich in dem Wasser, das sich darin sammelte. »Hast du was gesehen?«, fragte Bulmer.

Michael starrte in die schwach erhellte Leere. Doch alles, was er erblickte, war harter, von sickerndem Wasser bedeckter Fels.

Was Michael gesehen hatte, war nicht mehr da. Und was immer es gewesen sein mochte, es war verschwunden, ohne dass die anderen etwas gesehen hatten. Er musste darüber nachdenken. Da er ein Alien war, besaß er andere Sinne und Kräfte als die Menschen und kannte deren volles Ausmaß noch immer nicht. Aber er wusste noch genau, worin eine seiner ersten Lektionen bestanden hatte: Er durfte nicht anders erscheinen als die anderen. Anonymität bedeutete Sicherheit.

Michael knipste die Taschenlampe aus und sah Bulmer an. »Nein, ich habe nichts gesehen.« Und während er sich umdrehte und den Hügel hochstapfte, hoffte er, dass er das Gespenst niemals wieder sehen würde.

Max Evans hielt mit dem gemieteten 71er Oldsmobile Cutlass draußen vor dem Reservat der Mesaliko-Indianer. Er hatte dringend wieder einen fahrbaren Untersatz gebraucht, nachdem sein Jeep explodiert war. Für den Augenblick war der gemietete Cutlass genau das Richtige. Max beobachtete die Leute, die sich durch das Dorf bewegten, während die gelbe Staubwolke, die er mit hineingebracht hatte, sich wieder legte. Die Sonne brannte bereits heiß auf den Boden herab, obwohl es erst Vormittag war.

Er konnte nicht glauben, dass er nichts weiter tat, als hinter dem Lenkrad zu sitzen. Die Mesaliko, die ihn beobachteten, dachten wahrscheinlich, er würde sich langweilen oder hätte sich verirrt. Und vielleicht hatte er das ja auch. Seit Tess mit dem Baby – seinem Sohn – weggegangen war, spürte er die ganze Zeit eine innere Leere, die er vorher nie gekannt hatte.

Max betrachtete sein Spiegelbild in der staubigen Windschutzscheibe. Ich habe meinen Sohn weggeschickt und bin nicht mit ihm gegangen. Welcher Vater würde so etwas tun?

Während seiner ganzen Schulzeit hatte er sich bemüht, nicht

so viel mit anderen zu tun zu haben und in seiner eigenen persönlichen Seifenblase zu existieren. Wenn er sich in das Leben von anderen verwickeln ließ, bedeutete das ein Risiko für ihn, weil er anders war. Er hatte immer gewusst, dass er anders war. Er hatte nur nicht gewusst, wie sehr.

Aber so distanziert und reserviert er auch zu sein versuchte, hatte er sich manchmal doch ohne Zögern in das Leben anderer eingemischt. Er hatte seine Zurückhaltung aufgegeben, nachdem er vor fast zwei Jahren im *Crashdown Café* Liz Parker das Leben gerettet hatte. Das Bild, wie Liz von der Kugel des Bewaffneten getroffen nach hinten kippte, verfolgte Max manchmal bis in seine Träume. Er hatte an diesem Tag entschieden, seine Kräfte zu benutzen, um sie zu heilen, und damit hatte er ein andauerndes Hin und Her zwischen ihnen beiden herbeigeführt.

Max öffnete die Tür des Cutlass' und trat hinaus in die Ofenhitze, die sich über das unwirtliche Land gelegt hatte. Das langsame Ticken des abkühlenden Cutlass-Motors klang laut in der Stille des Dorfes. Ein Kind schlang seinen Arm um das Bein seiner Mutter und versteckte sich hinter der Frau.

Drei Mesaliko-Männer in Jeans, T-Shirts und Denim-Hemden mit Schweißflecken und hochgekrempelten Ärmeln waren dabei, das Dach eines Gemeindegebäudes neu zu decken. Obwohl keiner von ihnen etwas sagte, standen sie alle gleichzeitig auf und sprangen über den Rand des einstöckigen Gebäudes. Ihre Stiefel knirschten beim Aufprall auf dem harten Boden, dann kamen sie auf Max zu.

Max wich nicht von der Stelle, während er sie auf sich zukommen sah, obwohl er Lust gehabt hätte, zurück in den Cutlass zu steigen und wegzufahren. Er beobachtete, wie die Männer vor ihm stehen blieben und einen Halbkreis um ihn bildeten.

»Was willst du hier?«, fragte einer von ihnen barsch. Er war so groß wie Max und schmal, aber seine Arme und Schultern waren von harter körperlicher Arbeit muskelbepackt. In seiner vernarbten Hand hielt er einen Dachdeckerhammer.

»Ich wurde eingeladen«, sagte Max. Es kostete ihn Mühe, die Worte herauszubringen. Von seinen letzten Besuchen im Reservat wusste er, dass sich der Stamm der Mesaliko nicht viel aus Außenstehenden machte, und schon gar nicht aus Leuten, die in irgendeiner Verbindung zu den Legenden des Besuchers stand, der mit dem schicksalhaften Raumschiffabsturz in Roswell 1947 angekommen war.

»Wer hat dich eingeladen?«, fragte der Mann.

»River Dog«, antwortete Max. Der Bote hatte ihm die Nachricht erst vor kurzem in Roswell überbracht.

»Davon weiß ich nichts«, sagte der Mann.

Max nickte. »Tut mir Leid.«

»Er sollte nicht hier sein«, erklärte einer der anderen Männer.

»Wir könnten dafür sorgen, dass er geht«, schlug der dritte Mann vor.

Max bekam Angst. Das Gefühl war ungefiltert und stark. Das war etwas, das er erst an sich kannte, seit er seinen Sohn verloren und Liz mit Kyle gesehen hatte.

»Ich gehe nicht«, sagte Max leise.

Der Mann mit dem Hammer starrte ihn an, sein Gesicht war so kalt und unbewegt wie Marmor. »Vielleicht hast du aber gar keine Wahl, Junge.«

Einer der Männer an der Seite machte einen Schritt, sodass er ein Stück weiter hinter Max stand.

Max widerstand dem Impuls, einen Schritt in Richtung des Cutlass' zurückzuweichen und damit zu verhindern, dass sie ihn einkreisten. Einen Moment lang dachte er darüber nach, dass der Trotz, den er verspürte, etwas war, das er eigentlich für eine Eigenart von Michael gehalten hatte.

Ein Hund fing an, aufgeregt zu bellen. Zwischen den kleinen Behausungen hallte das Geräusch von Laufschritten wider. Einen Augenblick später rannte ein Mädchen mit Federn und Türkisen in den geflochtenen Zöpfen auf sie zu. Sie trug kakifarbene kurze Wanderhosen und ein lavendelfarbenes

Shirt mit Spaghettiträgern. Sie konnte nicht älter als zehn Jahre sein.

»George Grayhawk«, rief das Kind. »River Dog erwartet diesen Mann.«

Grayhawk, der Mann mit dem Hammer, trat widerstrebend zur Seite, als das Mädchen näher kam. Der gesprenkelte Hund hielt Schritt mit ihr und bellte eifrig.

Das kleine Mädchen blieb vor Max stehen und betrachtete ihn vom Scheitel bis zur Sohle, als wäre er aus einem Labor entkommen. »Bist du Max?«, fragte sie.

»Ja«, antwortete Max.

Das kleine Mädchen hob zögernd den Arm und nahm Max an der Hand, als er ihr nicht sofort folgte. »Mein Name ist Sarah Swiftfox. Du brauchst keine Angst zu haben.«

»Ich hab keine Angst«, sagte Max. Er setzte sich in Bewegung und ging an Grayhawk und den anderen beiden Männern vorbei hinter Sarah her.

»Doch, hast du«, erwiderte Sarah über die Schulter schauend.

Kennen Kinder eigentlich immer die Wahrheit?, fragte sich Max. Das war etwas, worüber er bei Gelegenheit nachdenken sollte. Wenn sein Sohn noch mal mit ihm zusammentraf – und Max war irgendwie sicher, dass das geschehen würde –, würde er ihm die Geschichte abkaufen, die Max ihm darüber erzählen würde, warum er hier geblieben war, statt mit seiner Mutter wegzugehen? Er stieß einen Seufzer aus, als ihm klar wurde, dass sein Sohn ihm vielleicht sogar glauben würde und dass die eigentliche Frage lautete, ob er ihn auch verstehen würde.

Der Hund trabte neben Max und Sarah her, während das kleine Mädchen sie aus dem Dorf heraus in die umliegenden Berge führte. Die Sonne brannte auf die versengte Erde herab.

Max sah hier und da Rinnen und Auswaschungen, die die heftigen Regenfälle vor drei Tagen hinterlassen hatten, aber sie waren inzwischen alle schon wieder ausgetrocknet, zurückgebliebene Narben, die der Wind bald wieder glätten würde. Die grellen pinkfarbenen, weißen, roten und gelben Blüten der verschiedenen Kakteen, die auf dem aufgeplatzten Boden wuchsen, waren im Moment noch geöffnet.

Sarah hielt an und streckte den Arm aus. »Da ist River Dog.«

Er folgte der Linie ihres Arms und erblickte den Schamanen, der im Schneidersitz auf einer Decke saß und in die aufgehende Sonne schaute. Der Schamane trug eine traditionelle Tracht, wozu auch die auf die Brust, die Arme und das Gesicht gemalten Symbole gehörten.

Max fühlte sich irgendwie unbehaglich. »Stimmt irgendwas nicht mit ihm?«, fragte er das Mädchen.

Sarah betrachtete den Schamanen und verzog das Gesicht. »Ich weiß es nicht. Er hat mir nicht gesagt, ob was nicht stimmt.«

»Warum hat er nach mir geschickt?«, fragte Max.

Der gesprenkelte Hund jaulte auf, um die Aufmerksamkeit des Mädchens zu erheischen.

»Ich weiß es nicht.« Sarah kniete sich hin und nahm die Schnauze des Hundes in die Hände. Das Tier hörte auf zu jaulen und leckte ihr das Gesicht. »Unsere Geschichten, die Legenden unseres Volkes berichten häufig, dass zwei Leute, die unvollständig sind, sich häufig gegenseitig bei ihren Problemen helfen können.« Sie stand auf. »Ich sehe, dass du Probleme hast. Vielleicht war das der Grund, weshalb River Dog nach dir geschickt hat. Ich hoffe, es stimmt.«

Ich auch, dachte Max. Einer der Wege, die er hatte erkunden wollen, um seinen Sohn zu finden, war der Mesaliko-Schamane gewesen. Er hatte nur nicht gewusst, wie River Dog das anstellen würde, und er war nicht bereit gewesen, dem Schamanen zu erzählen, was sich in Wahrheit abspielte. River Dog hatte ihnen geholfen, die *heilenden Steine* zu finden, und mehr schlecht als recht auch Nacedo, aber er hatte sie nicht voll und ganz unterstützt. River Dogs Bemerkungen Liz gegenüber hatten das gezeigt. Andererseits hatte der Schamane geholfen, als Michael krank geworden war.

Max drehte sich zu dem Mädchen um, weil er sich bedanken wollte. Doch er sah, dass Sarah schon wieder auf der Mitte des Hügels war. Der gesprenkelte Hund hielt sich dicht an ihrer Seite.

Max wandte sich entschlossen wieder dem Schamanen zu und überquerte den Hügelkamm. Seine Schuhe knirschten auf der heißen Oberfläche.

Nur wenige Meter von dem Schamanen entfernt schnellte etwas über die Felsen und zwischen den kleinen, tonnenförmigen Kakteen hindurch. Max versuchte, die Bewegung nachzuvollziehen, und erhaschte einen Blick auf etwas verschwommenes Silbriges, das in der aufgesprungenen Erde verschwand.

Im nächsten Moment schlug ihm eine Luftwand entgegen, so hart, dass er strauchelte. Er richtete sich wieder auf, drehte sich in den Wind und blickte in Richtung der aufgehenden Sonne. In einer ohrenbetäubenden Lautstärke donnerten Hufe über die Erde.

Der Wind hatte eine gelbe Staubwolke von dem Hang aufgewirbelt und trieb sie zu River Dog auf den Hügelkamm. Das Geräusch der Hufe wurde lauter.

Im Staub zeichneten sich schwach die Umrisse eines Pferdes samt Reiter ab, die immer schneller wurden, bis Tier und Mann schließlich aus der wirbelnden Staubwolke gesprengt kamen. Auf dem vorwärts stürmenden Pferd saß ein Indianerkrieger. Sowohl Mann als auch Tier trugen Kriegsbemalung. Der Krieger trug zudem einen Brustharnisch aus Vogelknochen und einen Lendenschurz aus ungegerbtem Leder. Von seinem Kopfschmuck standen Adlerfedern ab. Ein lederner Schild verdeckte seinen linken Arm, und in der Rechten trug er einen mit Federn geschmückten Kriegsspeer.

Der berittene Krieger stieß, ohne anzuhalten, einen wütenden Schrei aus und ritt direkt auf River Dog zu. In einer geschmeidigen Bewegung führte er die Lanze zurück, seine Muskeln spielten, während er sich anschickte, die tödliche Waffe zu schleudern.

3

Liz Parker stand in ihrem Zimmer vor dem Spiegel und begutachtete ihr Äußeres. Sehe ich aus wie jemand, der kurz davor steht, den Verstand zu verlieren? Wie jemand, der nur einen Schritt vom Abgrund entfernt ist?

Diese Fragen hatten durchaus ihre Berechtigung. Wie viele Leute konnten schon aushalten, was sie aushalten musste, ohne dabei verrückt zu werden? Diese ganze Dein-Freund-ist-ein-Alien-Sache war die letzten anderthalb Jahre schon anstrengend genug gewesen, vor allem als sie ihm geholfen hatte, seinen Heimatplaneten zu finden. Aber dass dazu noch die Tatsache kam, dass Max ein Kind mit einer anderen hatte, mit der er in einem anderen Leben verheiratet gewesen war, mit einer Frau, die, wie sich herausstellte, einen von Liz' besten Freunden umgebracht hatte, war mehr, als einem einzelnen Mensch zuzumuten war.

Und darum geht es doch letztlich, nicht wahr?, fragte Liz ihr Spiegelbild. Komme ich damit klar, oder komme ich nicht damit klar? Eine Beziehung zu führen war auch zwischen zwei normalen Menschen schon schwierig genug.

Ein Bild huschte ihr durch den Kopf. Es erinnerte sie daran, wie sie vor nur wenigen Tagen mit Max' Entscheidung umgegangen war, mithilfe des Granilithen auf seinen Heimatplaneten zurückzukehren. Sie hatten vor dem *Crashdown Café* im Jeep gesessen.

»Ich wünschte wirklich, alles könnte ganz anders sein«, hatte Max ihr gesagt. »Ich wünschte es so sehr.« Dann hatte er sich zu ihr gebeugt und sie geküsst, und ihr war schlagartig die vertraute Merkwürdigkeit dieses Kusses bewusst geworden.

Als er sich zurückgezogen hatte, hatte sie ihn angesehen und nicht gewusst, was sie tun sollte, da sie spürte, dass Tess zwischen ihnen stand. »Ich schätze, dies ist unser Abschied«, hatte sie gesagt. Und danach hatte sie ihm die beängstigendste und schwierigste Frage ihres Lebens gestellt. »Sag mir nur eins. Liebst du sie?«

Max hatte, ohne zu zögern, geantwortet: »Nicht so, wie ich dich liebe.«

Da wäre Liz beinahe bei ihm geblieben. Aber sie war nicht dazu in der Lage gewesen. Sie war voller widersprüchlicher Gefühle gewesen und hatte kaum an sich halten können. Ihn dort sitzen zu lassen und ins *Crashdown* zu gehen, hatte sie all ihre Kraft und ihren Mut gekostet, und sie hatte sich dabei verzweifelt an den Schmerz geklammert, den ihr seine Worte bereitet hatten.

Ihre Augen füllten sich mit brennenden Tränen. Sie riss sich zusammen, unterdrückte diese hilflose Gefühlsregung. Sie konnte sich nicht noch einmal an Max Evans verlieren. Sie würde es nicht zulassen, sich noch einmal so allein gelassen zu fühlen.

Sie durchquerte den Raum, ohne richtig auf die Musik zu achten, die aus dem Radio neben ihrem Bett kam. Sie sah auf die Uhr und entdeckte, dass sie nur noch wenige Minuten Zeit hatte, um pünktlich bei der Arbeit zu sein. Das Gute war, dass sie in dem Café unten im Erdgeschoss arbeitete, aber gar nicht gut war, dass sie damit ihren Arbeitsplatz immer in der Nähe hatte. Sie konnte von einem Moment auf den anderen zur Arbeit gerufen werden. Das taten ihre Eltern zwar normalerweise nicht, aber die Möglichkeit bestand.

Liz versuchte, sich zu konzentrieren, griff nach ihrer Schürze und ihrem Bestellblock und verließ den Raum. Draußen im Flur hörte sie Stimmen. Zuerst dachte sie, ihre Eltern unterhielten sich vielleicht im Wohnzimmer, aber dann fiel ihr ein, dass ihr Vater nur dann da sein würde, wenn irgendwas passiert war.

Liz bewegte sich zu der Tür der kleinen Küche, die die Parkers über dem Café hatten, und lauschte. Sie fühlte sich nicht besonders schuldig dabei, denn schließlich machte sie sich Sorgen. Sie hatte niemanden in den Wohnbereich der Familie kommen hören, und trotz des gedämpften Lärms vom Café unten konnte sie normalerweise hören, wenn jemand kam.

»Ich weiß einfach, dass irgendwas los ist«, insistierte Nancy Parker. »Liz ist schon seit Wochen nicht mehr sie selbst.«

Liz schlug das Herz bis zum Hals. Sie hatte schon mitbekommen, dass ihre Eltern wussten, dass es ihr nicht gut ging, aber wenn sie schon so darüber sprachen, bedeutete das, dass sie kurz davor standen, etwas zu unternehmen.

Aber was konnten sie schon gegen ihre Probleme unternehmen?

Mein Freund ist ein Außerirdischer. Nicht unbedingt ein Thema, das sich für eine Daily Talkshow eignen würde, dachte Liz. Es ist schon alles kompliziert genug. Dass meine Eltern da jetzt auch noch mit reingezogen werden, ist das Letzte, was ich brauchen kann.

»Natürlich weiß ich, dass ich etwas unternehmen muss«, sagte Nancy Parker.

Liz bemerkte den scharfen Ton in der Stimme ihrer Mutter, den sie im Laufe der Jahre nur selten bei ihr gehört hatte, und für gewöhnlich auch nur dann, wenn sie über ihre eigene Mutter sprach, Liz' Großmutter. Die Beziehung zwischen den beiden Frauen war sehr angespannt, und Liz wusste aus kurzen Unterhaltungen zwischen ihrer Mutter und ihrem Vater nur wenig über diese Geschichte.

»Ich *werde* etwas unternehmen«, wiederholte Nancy in einem angestrengten Ton.

»Du hast mir immer vorgeworfen, ich würde Dinge vor mir herschieben, und hattest damit noch nie Recht. Ich möchte darüber nicht mehr sprechen, Mutter.«

Liz überlief ein kalter Schauder. Ihre Großmutter mütterlicherseits war schon vor Jahren gestorben.

»Nein, Mutter«, sagte Nancy. »Ich weiche dem Thema nicht aus.«

Liz zog sich von der Tür zurück. Wie um alles in der Welt konnte ihre Mutter mit ihrer Großmutter reden?

»Natürlich liebe ich Liz, Mutter«, erwiderte Nancy Parker wütend.

Liz' Angst wurde noch größer. Entspann dich, sagte sie zu sich selbst. Es muss einen vernünftigen Grund dafür geben.

»Ich werde dir sagen, was ich für sie tue«, meinte Nancy Parker schnippisch. »Ich gebe ihr den Freiraum, den sie braucht, um sich zurechtzufinden, Mutter. Das ist etwas, das du nie kapiert hast, als ich aufgewachsen bin. Ich respektiere den Freiraum, den Liz braucht.«

Töpfe klapperten auf dem Herd in der Küche.

»Nein!«, brüllte Nancy Parker über das Scheppern der Töpfe und Pfannen hinweg. »Wag es nicht, das zu sagen, Mutter! Wag es ja nicht –«

Liz brachte es nicht fertig, draußen vor der Tür stehen zu bleiben, während ihre Mutter diese wie auch immer geartete Situation durchstand, und platzte zur Tür herein.

Ihre Mutter stand am Herd. Sie sah zu Liz herüber und blinzelte wie benommen.

Außer ihr war niemand im Zimmer.

»Hallo Liz«, sagte Nancy Parker. Sie schaute auf die Bratpfanne und den Kochtopf in ihrer Hand hinunter, als wäre sie überrascht, sie zu sehen.

Weitere Töpfe und Pfannen standen in einem wilden Durcheinander auf der Herdplatte und der Arbeitsfläche. Offenbar hatte dieses Gespräch schon lange begonnen, bevor Liz darauf aufmerksam geworden war, denn ihre Mutter hatte Teller, Töpfe und Pfannen sowie andere Kochutensilien aus den Schränken genommen und in der Küche verteilt.

»Hey, Mom«, sagte Liz. Sie wollte noch mehr sagen, doch sie konnte es nicht. »Wie ist es denn heute so um deinen Geisteszustand bestellt?«, war eine Frage, die sie einfach nicht stellen konnte. »Ich wollte nur mal checken, ob du die Realität noch wahrnimmst.« Das war auch kein Stück besser.

Nancy Parker sah auf die Uhr am Herd, während sie Topf und Pfanne vorsichtig abstellte. »Du bist spät dran.«

»Ich wollte mich gerade auf den Weg nach unten machen«, sagte Liz. In dem Raum war es ungewohnt kühl, aber sie nahm an, dass jemand das Fenster offen gelassen hatte. In Roswell war es um die Mittagszeit immer heiß, aber manchmal brauchte es eine Weile, bis die Kälte der Wüstennacht verscheucht war. Ihre Mutter musste das Fenster offen gelassen haben.

»Brauchst du noch irgendwas?«

Liz erstarrte einen Moment lang. »Nein«, antwortete sie dann. »Ich habe dich hier drinnen reden gehört –«

»Ich habe nichts gesagt.«

Liz starrte ihre Mutter an. »Okay, vielleicht habe ich in meinem Zimmer das Radio angelassen und gedacht, du wärst das.«

Nancy Parker lächelte. »Vielleicht sollten wir mal deine Ohren untersuchen lassen.«

Meinen Ohren geht's wunderbar, dachte Liz, doch sie sagte: »Brauchst du noch irgendwas? Bevor ich runtergehe, meine ich.«

»Nein. Danke.«

»Wo ist Dad?«

»Ich will ja nicht meckern«, sagte Nancy Parker, »aber du kommst zu spät. Maria und Michael sind darauf angewiesen, dass du für den Mittagsbetrieb gerüstet bist.«

»Ich weiß. Bin schon unterwegs.« Liz ging zur Tür und warf noch einen Blick zurück zu ihrer Mutter.

Nancy Parker betrachtete erstaunt und verwirrt den Stapel Töpfe, Pfannen und Geschirr, der vor ihr stand.

»Mom«, sagte Liz.

»Was?« Ihre Mutter wirkte gedankenverloren.

»Du würdest es mir doch sagen, wenn du etwas auf dem Herzen hättest, oder?«, fragte Liz. »Ich meine, wenn irgendwas wäre.«

Nancy Parker blickte ihre Tochter schweigend an und lächelte dann. »Natürlich würde ich das. Genauso wie du es mir sagen würdest, wenn irgendwas wäre, wobei du meine Hilfe benötigst.«

Liz hielt dem Blick ihrer Mutter einen Moment lang stand und fühlte sich unglaublich schuldig. Sie hatte ihrer Mutter kaum etwas über die letzten anderthalb Jahre erzählt.

»Klar«, sagte Liz und trat durch die Tür nach draußen. »Wenn irgendwas passiert, denk einfach daran, dass ich für dich da bin. Okay?«

»Das werde ich«, versprach ihre Mutter und fing dann an, die Töpfe und Pfannen wegzuräumen.

Unsicher und immer noch ein bisschen besorgt ging Liz hinaus. Eine von uns beiden ist dabei, den Verstand zu verlieren, sagte sie zu sich selbst. Ein Teil von ihr hatte Angst, dass sie diejenige war und nicht ihre Mutter.

Während sie die Tür schloss, glaubte Liz, in der Küche einen silbernen metallischen Blitz zu sehen. Sie hielt inne, öffnete die Tür wieder und sah sich in dem Raum um. Es war nichts Silbernes zu erblicken, aber sie war sicher, dass sie etwas gesehen hatte.

»Liz!«

»Ja, ich gehe ja schon«, erwiderte Liz. Als sie sich umwandte, bemerkte sie die Kälte, die sich in dem Raum ausgebreitet hatte. Erst da registrierte sie, dass das Fenster entgegen ihrer Vermutung gar nicht geöffnet war. Wie seltsam, wunderte sie sich.

Aber da sie wusste, dass ihre Mutter kurz davor stand, ernstlich wütend zu werden, drehte Liz sich ohne ein weiteres Wort um und eilte den Flur entlang. Die Seltsamkeit dieses Morgens verbannte sie in ihren Hinterkopf, wo sie alle seltsamen

Vorkommnisse verstaute, die sie erlebt hatte, seitdem sie Max Evans kannte.

Der bewaffnete Krieger hielt genau auf River Dog zu. Die grausame Metallklinge der Speerspitze funkelte im Sonnenlicht, als Pferd und Reiter aus der aufgewirbelten Staubwolke kamen.

Max rannte los. »River Dog!«, schrie er aus Angst, nicht früh genug bei ihm zu sein.

Der Mesaliko-Schamane hob den Kopf und wandte Max seinen Blick zu. Er wich dem Pferd nicht aus.

Die Hufe des Pferdes donnerten über den Boden, wirbelten sandige Lehmklumpen durch die Luft und durchschnitten Kakteen. Der Krieger richtete sich auf dem Rücken seines Pferdes auf, hielt sich mit seinen Knien in Position und stieß einen wilden Schrei aus. Die Kriegsbemalung ließ den bedrohlichen Ausdruck in seinem Gesicht noch schlimmer erscheinen. Sein Arm schnellte nach vorne, und er schleuderte den Speer.

Max machte einen langen, niedrigen Hechtsprung, um die Strecke zu überwinden, die ihn von dem Mesaliko-Schamanen trennte. Er prallte gegen den anderen Mann, sodass sie beide flach auf dem Boden zu liegen kamen, und sah aus dem Augenwinkel, dass der Speer sich nur wenige Zentimeter von ihnen entfernt in die Erde bohrte.

Der Krieger preschte näher, und die Hufe des Pferdes donnerten haarscharf an Max' Kopf vorbei.

»Was machst du?«, fragte River Dog aufgebracht.

Max rappelte sich eilig auf und versuchte, dem Schamanen zu helfen. »Ich rette dich.«

»Dazu besteht keine Notwendigkeit.«

Der Krieger zog die Zügel an und zwang das große Pferd zu einer scharfen Wende, bei der ein Regen aus Staub und Sand aufgewirbelt wurde. Er hielt seine wütenden Augen auf River Dog gerichtet.

Max betrachtete den Speer, der nur ein kurzes Stück neben

ihnen aus dem Kamm des Hügels herausragte. »Er hätte dich getötet.«

»Er kann mich nicht töten«, sagte River Dog überzeugt.

Max sah sich verzweifelt nach einer Möglichkeit um, sie beide in Sicherheit zu bringen, bis Hilfe kam. Die Schreie des Kriegers waren unten im Dorf bestimmt nicht unbemerkt geblieben.

Der bemalte Krieger richtete einen anklagenden Finger auf den Schamanen. »River Dog!«, sagte er schroff. »Verräter deines Volkes!«

Max sah zu River Dog hin. »Kennst du ihn?«

»Das ist Bear-Killer«, antwortete der Schamane, nickte und sah dem Krieger direkt in die Augen. »Er ist einer meiner Ahnen. Er starb vor zweihundert Jahren.«

Max sah den Krieger an und verstand nicht. Das bemalte Gesicht sah aus, als wäre der Mann vielleicht zwanzig Jahre alt.

Der Krieger zeigte, in seinen Steigbügeln stehend, immer noch auf River Dog. »Du hast die Besucher zu uns gebracht. Du bist der Grund, weshalb unser Stamm nach all den Jahren des Schmerzes und der Sorge schließlich dahinschwinden und sterben wird.«

»Nein«, antwortete River Dog. Seine Stimme drang laut und kraftvoll über den Hügel.

»Du hättest den ersten Besucher töten müssen«, sagte der Krieger.

Max schätzte, dass der Krieger von Nacedo sprach. Vor langer Zeit hatte River Dog Nacedo gefunden, nachdem das Raumschiff, das sie zur Erde gebracht hatte, in Roswell abgestürzt war. River Dog hatte ihn gesund gepflegt und das Geheimnis über die extraterrestrische Herkunft des Mannes für sich behalten. Ihm waren sogar die heilenden Steine anvertraut worden, die Max und die anderen später zurückbekommen hatten.

Der bemalte Krieger zog ein langes Jagdmesser aus einer

Scheide an seinem Gürtel. Er trat seinem Pferd in die Flanken, setzte es damit in Bewegung und stieß ein wildes Kriegsgeschrei aus.

Max packte River Dog am Arm und versuchte, ihn wegzuziehen.

»Nein«, sagte der Schamane und widersetzte sich Max' Bemühungen.

»Er wird dich töten«, sagte Max.

»Nein«, beharrte River Dog. »Er kann mich nicht töten. Hier geschehen Dinge, die du nicht verstehst.«

Max akzeptierte das. Es gab eine Menge Dinge in seinem Leben, die er nicht verstand.

»Lass mich los und trete zurück«, befahl River Dog.

Max zögerte.

»Tu es jetzt sofort«, sagte der Schamane.

Da ihm klar war, dass er River Dog niemals rechtzeitig von der Stelle bewegen konnte, wenn dieser sich wehrte, ließ Max ihn los und trat beiseite. Panik stieg in ihm hoch, als er sah, wie der berittene Krieger direkt auf den Schamanen zuritt.

River Dog verzog keine Miene. Der Schamane wich nicht von der Stelle. Als der Krieger und sein Pferd bei ihm ankamen, hob River Dog die Arme. In einer Faust hielt er eine türkisfarbene Halskette, in der anderen rot und weiß bemalte Adlerfedern. Er stimmte ein Lied seines Volkes an, und seine Stimme übertönte den Lärm der donnernden Hufe.

Mit einem Riesenschrecken beobachtete Max, wie Krieger und Pferd im Inneren von River Dog verschwanden. Tier und Reiter lösten sich einfach auf und verschwanden wie eine Fata Morgana. Die Staubwolke, die die Hufe des Pferdes aufgewühlt hatte, rollte über River Dog hinweg. Dann explodierte vor dem Schamanen ein Blitz, der so stark war, dass sich Max die Haare sträubten. River Dog wurde von den Füßen gerissen und nach hinten katapultiert, als hätte ihn ein Bus gestreift.

River Dog sah mit starrem Blick in den blauen Himmel empor.

Sein Körper lag ausgestreckt auf dem Boden. Der Sand um ihn herum war makellos sauber und glatt wie frisch gefallener Schnee. Max vermutete, dass die Wucht, die durch das Verschwinden des Kriegers und seines Pferdes freigesetzt worden war, den Sand glatt gestrichen hatte.

Max befürchtete das Schlimmste und legte die Finger seitlich an den Hals des Schamanen. Sein Körper wies keinerlei Wunden auf. Nicht mal blaue Flecken waren zu sehen.

Aber er hatte auch keinen Puls mehr.

4

Die elektrische Entladung muss einen Herzstillstand bewirkt haben, folgerte Max, während er auf River Dog hinabstarrte und die Panik niederzukämpfen versuchte, die ihn zu überwältigen drohte. Auch sein eigener Körper kribbelte noch von der Elektrizität in der Luft, die allmählich nachließ und verschwand.

Verzweifelt legte Max seine Hand auf die Brust des Mannes. Er wusste, dass die Zeit gegen ihn arbeitete und dass dem Organismus des Schamanen mit jeder Sekunde, die River Dogs Herz sich zu schlagen weigerte, immer größerer Schaden zugefügt wurde. Er tastete nach der Wärme, nach der Verbindung, die ihn an River Dog ankoppeln würde. Er bewegte seine Hand und schob die Handfläche über die Stelle, an der er das Herz vermutete.

Als er spürte, wie die Energie sich in ihm aufbaute, presste Max sie aus sich heraus und konzentrierte seine Willenskraft darauf, River Dogs Herz wieder zum Schlagen zu bringen. Zuerst befürchtete er, dass seine Anstrengung nicht ausreichen und er mit River Dogs Leichnam zurückbleiben würde.

Dann fing River Dogs Herz an zu schlagen, zuerst mit Unterbrechungen und in einem unregelmäßigen Rhythmus. Max spürte das ungleichmäßige Pochen, das gegen seine Handfläche schlug.

Komm schon, dachte Max angestrengt. Atme!

Plötzlich öffnete River Dog den Mund und holte rasselnd Luft. Er hob einen Arm und umfasste Max' Handgelenk.

»Genug«, stieß River Dog heiser hervor.

Max ließ zu, dass er seine Hand wegschob.

River Dog schaute um sich. »Der Reiter?«

»Er ist weg«, sagte Max. »Wir müssen gehen.« Er stand auf und bot ihm seine Hand an.

River Dog brachte sich in eine sitzende Position, ignorierte Max' Hand jedoch. »Nein.«

Max blickte sich um und lauschte auf das einsame Echo des Windes, der über das unwirtliche Gelände fegte. Hier und da standen hohe Sträucher und warfen einen lediglich kurzen, stumpfen Schatten auf den Sand, der grau statt schwarz aussah. Geier kreisten am Himmel.

»Bist du sicher, dass der Reiter nicht zurückkommt?«, fragte Max.

River Dog sah ihn an. »Es ist egal, wohin wir gehen«, sagte er leise. »Bear-Killer wird wieder zu mir kommen, wenn er es will.«

Max drehte sich um und ließ seinen Blick über das Gelände ringsum gleiten. Er konnte kilometerweit sehen. Wie hatte der Krieger auf seinem Pferd näher kommen können, ohne dass sie ihn entdeckt hatten?

»Wie kann es sein, dass er zweihundert Jahre alt ist?«, fragte Max.

»Er ist keine zweihundert Jahre alt«, erwiderte River Dog. »Er sieht noch nicht einmal aus wie zwanzig. Er starb in einer Schlacht gegen einen Stamm, der seinerzeit unser Feind war.«

»Vor zweihundert Jahren?«

»Ungefähr.«

Die Ruhe, die der Schamane ausstrahlte, irritierte Max immer mehr. Die Sonne brannte auf ihn herab. In der Ferne bildeten winzige Wirbel aufsteigender heißer Luft fast so etwas wie eine Fata Morgana. »Warum ist er jetzt hier?«

»Das wurde schon vor langer Zeit vorhergesagt«, antwortete River Dog. »Das ist der Grund, warum ich dich hier hergebeten habe.«

»Was wurde vorhergesagt?«

Der Schamane wartete einen Augenblick. »Dass eines Tages

die Toten auferstehen und die Lebenden bestrafen würden«, antwortete River Dog.

Liz eilte zwischen den Tischen umher, während es im *Crashdown Café* wie um die Mittagszeit üblich immer voller und voller wurde. Wegen seines außerirdischen Dekors gehörte das *Crashdown Café* zu den örtlichen Touristenattraktionen. Da es idealerweise in der Nähe des Stadtzentrums lag, kamen auch örtliche Geschäftsleute und Angestellte zum Essen dorthin und teilten sich die Tische mit den Touristen, die kamen, um die Sehenswürdigkeiten zu beglotzen.

»Hey, Fräulein«, rief ein Trucker mit einer Baseballkappe der Atlanta Braves. »Irgendwann heute hätte ich gern noch mal meinen Tee.«

Liz sah den Mann an. Freundlich bleiben, sagte sie zu sich selbst. Einfach freundlich bleiben. Die Uhr läuft, und die Schicht ist irgendwann vorbei. Und wer freundlich ist, bekommt mehr Trinkgeld.

»Ja, Sir«, erwiderte sie und setzte ein Lächeln auf, das genauso künstlich und falsch war wie die Art-déco-Raketen, die an der Wand hingen. Sie schnappte sich im Vorbeigehen eine Flasche Ketschup von einem leeren Tisch und stellte sie auf einem anderen ab, an dem Teenager saßen, die bereits zwei Flaschen geleert hatten. Sie sahen noch nicht mal auf, um sich bei ihr zu bedanken.

Super, dachte Liz. Wenn ich mal was nicht habe, das irgendeiner braucht, dann merkt es jeder. Aber sobald ich mal was richtig mache, glauben alle, es wäre von Zauberhand geschehen.

Liz atmete tief durch. Sie hatte genug Erfahrung, um sich nicht allzu viel zu Herzen zu nehmen. Sie schaffte es, die Bestellung einer fünfköpfigen Familie aufzunehmen, von der jeder irgendeine Extrawurst auf der Vorspeise haben wollte, dann huschte sie nach hinten zum Tresen, um die Teekanne zu holen.

Maria war schon da und stopfte gerade Zucker und Süßstoffpäckchen in ihre Schürzentaschen.

»Also«, sagte Maria, »meinst du, deine Mutter wird ein hoffnungsloser Fall?«

»Das ist wirklich taktvoll von dir.« Liz stopfte noch eine Hand voll in Papier eingepackte Strohhalme in ihre Schürze.

Maria sah mit wissender Miene in das fast schon randvolle Restaurant. »Wir haben keine Zeit, taktvoll zu sein.« Sie nahm eine Kanne mit entkoffeiniertem Kaffee von der Warmhalteplatte. »Also, wir können über die Sache reden, oder wir ignorieren sie.« Ohne ein weiteres Wort trat sie wieder hinaus in den Speiseraum, und sofort wurde von allen Seiten nach ihr gerufen.

Liz heftete die letzte Bestellung an die Drehscheibe, die an der Durchreiche zur Küche befestigt war. Michael, der über seiner Jeans und seinem T-Shirt eine Schürze trug, schwang mit verbissenem Fleiß Zange und Spachtel. Er wendete ein halbes Dutzend Burger, hob dann einen Korb mit Pommes aus der Fritteuse und schlug dabei gleichzeitig auf den nervtötend piependen Timer, um ihn auszuschalten.

»Was ist mit der Bestellung hier?«, fragte Liz und schnippte mit dem Zeigefinger gegen einen der Zettel.

Michael schüttelte den Korb mit Pommes. »Ich wäre bedeutend schneller, wenn wir uns nicht mit dieser ganzen Kocherei aufhalten müssten, weißt du.«

»Prima Idee«, sagte Liz.

Michael zuckte die Achseln und verteilte Käse auf die Burger, als würde er Spielkarten austeilen. »Hey.«

»Was?«

Ein besorgter Blick huschte über Michaels Gesicht. »Glaubst du, deine Mutter macht schlapp?«

Liz schluckte eine harsche Antwort hinunter, schnappte sich die Bestellung, die in der Durchreiche stand, und ging zurück in den Speiseraum. Sie verteilte das Essen und bemerkte im nächsten Moment, dass der Trucker wieder den Arm hob. Sie ging zum Tresen zurück, holte die Teekanne und füllte ihm Tee nach.

Sie platzierte drei Stammkunden an einen Tisch weiter hinten, den der junge Hilfskellner, den ihr Vater für den Sommer angeheuert hatte, gerade erst abgeräumt hatte, und nahm ihren Bestellblock heraus. Die Tischplatte glänzte noch von Ethals Wischlappen. Nachdem sie die Getränkebestellung aufgenommen hatte, die sie dankenswerterweise auswendig behalten konnte, brachte sie die Drinks an den Tisch.

Liz griff sich ein Tablett vom Tresen und ging rasch zu einem der Tische. Während sie drei Gläser auf einmal mit jeder Hand nahm und auf das Tablett wuchtete, gesellte Maria sich zu ihr.

»Ich sehe genau, dass du wütend bist.« Maria sammelte das Besteck ein und steckte es in einen der Getränkebecher. »Vielleicht reden wir besser später darüber.«

»Du hast es *Michael* erzählt.«

»Aha. Deswegen.«

Liz wischte über den Tisch und hob das Tablett hoch.

»Okay, das war ein Fehler«, sagte Maria und folgte Liz zwischen den Tischen hindurch. »Aber es ist einfach leichter, über die Probleme von jemand anders zu reden als über unsere eigenen.«

»Freut mich zu wissen, dass ich euch behilflich sein konnte.«

»Komm schon, Liz. Du möchtest doch darüber sprechen«, sagte Maria. »Ich weiß, dass du es möchtest. Es quält dich doch.«

Es stimmte, dass Liz sich inzwischen ernsthafte Sorgen um ihre Mutter machte. Normalerweise kam ihre Mutter herunter, um sich zu vergewissern, dass in der Mittagshektik alles wie am Schnürchen lief. Heute war Nancy Parker überhaupt nicht aufgetaucht. Liz konnte nicht umhin, sich zu fragen, ob ihre Mutter immer noch oben war und mit sich selbst redete. Diese Vorstellung schmerzte und verwirrte sie und machte sie zugleich wütend.

»Vielleicht war es ein Fehler, dir was davon zu erzählen«, sagte Liz und wandte sich von ihrer Freundin ab. Schließlich gehörte Maria immer noch zum Freundeskreis der glücklichen kleinen Aliens, die heimlich in Roswell lebten. Mochte ja sein, dass sie über Beziehungsprobleme mit Michael klagte, dessen allzu menschliche Fehler tadelnswerter zu sein schienen als irgendwelche außerirdischen, aber sie war immer noch eng mit ihnen verbunden. Liz dagegen nicht.

»Mit mir zu reden ist nie ein Fehler«, sagte Maria. »Sieh mal, vielleicht gibt es ja eine vernünftige Erklärung dafür, dass deine Mutter heute Morgen Selbstgespräche geführt hat.«

»Bitte?«

Maria seufzte. »Ich weiß es nicht. Noch nicht.«

Liz ging zur Durchreiche, um nach ihren Bestellungen zu sehen.

Maria folgte ihr und holte sie an der Durchreiche ein. »Wir werden das herausfinden. Das verspreche ich dir.«

Als Michael sie hörte, drehte er sich vom Grill weg.

»Was herausfinden? Was ist denn mit Liz' Mutter?«

Maria machte ein missbilligendes Gesicht und schüttelte den Kopf. »Ich hätte dir wirklich nichts erzählen sollen.«

Michael sah zu Liz und dann wieder zu Maria. »Du hast es eigentlich kaum erwähnt«, meinte er in einem schleppenden Tonfall.

Weder Maria noch Liz sagten etwas.

»Hilft das was?«, fragte Michael.

»Nein«, erwiderten Liz und Maria im Chor.

»Aber ich habe ein Recht zu wissen, was mit deiner Mutter ist«, sagte Michael defensiv.

»Wie kommst du denn darauf?«, fragte Liz.

»Ich arbeite schließlich auch hier.« Michael klopfte mit seinem Spachtel auf die brutzelnden Burger. »Ich bin abhängig von diesem Job. Ohne diesen Job habe ich kein Zuhause. Ohne ein Zuhause muss ich in einem Pappkarton schlafen. Du musst dir über so was keine Sorgen machen, wenn deine Mutter in die Klapse eingeliefert wird und das *Crashdown* schließen muss.«

Liz konnte nicht fassen, dass Michael so unsensibel sein konnte. Nach allem, was sie zusammen durchgemacht hatten, nach allem, was sie ihn schon hatte tun sehen.

»Also, ich will mich keineswegs aufdrängen«, sagte Michael, »aber wenn du Hilfe brauchst – du weißt schon, wenn du ein paar Tage irgendwo unterkriechen willst oder jemanden brauchst, der dir hilft, deine Mutter zu bändigen, bis die Leute vom Irrenhaus hier sind – ich bin immer für dich da.«

»Oh, wow«, erwiderte Liz sarkastisch, »das ist ja wirklich schrecklich nett von dir.«

Michael schüttelte angewidert den Kopf. »Da draußen gibt es ungefähr eine Million Typen, die dir nicht anbieten würden, deine Mutter zu bändigen, ohne ihr dabei weh zu tun.«

Das Traurige ist, dass Michael Recht hat, dachte Liz. Sie und Maria trugen die Bestellungen an ihre jeweiligen Tische.

Mehrere Minuten vergingen, in denen sie neue Bestellungen aufnahm und Getränke nachfüllte. Liz musste sich eingestehen, dass ihr der Umstand, Max irgendwo da draußen zu wissen, ohne dass er irgendeine Ahnung von ihren Problemen mit ihrer Mutter hatte, am meisten Sorgen bereitete.

Kurz darauf, nach einem weiteren Ansturm von Fragen nach Ketschupflaschen und Getränkenachschub, standen Maria und Liz wieder an der Durchreiche. Liz wünschte sich, dass der Mittagsstress bald abflauen würde und sie nach ihrer Mutter sehen konnte.

»Ich hab eine Idee«, meinte Maria.

Liz fragte unwillkürlich: »Was?«

»Was weißt du alles über das *Crashdown Café*?«

»Jede Menge«, antwortete Liz.

»War das hier immer schon ein Restaurant?«

»Vielleicht«, antwortete Liz. »Ich glaub schon. Aber was macht das für einen Unterschied?«

»Vielleicht ist ja jemand hier gestorben«, sagte Maria. »Vielleicht spukt ja ein Geist in diesem Restaurant.«

»Ein Geist?« Liz konnte nicht glauben, dass Maria das ernst meinte. »Du meinst, meine Mutter hat da oben mit einem Geist gesprochen?«

Maria trat einen Schritt zurück und runzelte die Stirn. »Das ist doch besser als zu denken, sie wäre total durchgeknallt.«

»Aber das glaube ich doch gar nicht«, widersprach Liz und fühlte sich schuldig, weil sie in Wahrheit durchaus so etwas vermutete. »Zu glauben, dass meine Mutter mit einem Geist spricht, ist auch nicht besser als davon auszugehen, dass sie durchdreht.«

Maria zuckte die Achseln. »Das kommt darauf an, ob man an Geister glaubt.«

»Ich glaube jedenfalls nicht an Geister«, gab Liz zurück. »Außerdem hat meine Mutter nicht mit dem Geist eines früheren Bewohners gesprochen, sondern mit meiner Großmutter.«

»Vielleicht ziehen Geister ja Geister an«, meinte Maria. »Vielleicht geht ein Poltergeist im *Crashdown* um, der den Geist deiner Großmutter angezogen hat.«

»Wir wohnen schon seit Jahren hier«, sagte Liz. »Warum sollten sie ausgerechnet jetzt hier auftauchen?«

Maria runzelte die Stirn. »Ich weiß auch nicht auf alles eine Antwort. Ein paar Sachen müssen wir erst noch herausfinden.«

»Es gibt keine Geister«, sagte Liz.

»Oh doch, die gibt es«, sagte Michael, der gerade ein paar Teller zur Durchreiche brachte. »Ich habe einen gesehen.«

»*Was?*«, platzte Maria heraus. »Du hast einen Geist gesehen und es mir nie erzählt?«

Michael sah sie an. »Ich wusste nicht, dass ich dich an meinen übernatürlichen Erfahrungen teilhaben lassen soll. Außerdem warst du nicht gerade scharf darauf, über irgendwas zu reden, was ich letzte Woche gemacht habe. Du warst ziemlich sauer auf mich, weil ich nicht da war.«

»Die geologische Untersuchung«, sagte Liz, als es ihr wieder einfiel. Sie hatte in der letzten Woche einen Teil von Michaels Schichten übernehmen müssen.

»Genau«, erwiderte Michael.

»Du warst mit Tiller Osborn da«, sagte Maria.

Michael nickte.

»Ich habe gehört, wie jemand sagte, er hätte den Geist seines Vaters gesehen oder so was in der Art.«

»Hat er auch«, sagte Michael.

»Und das war der Geist, den du gesehen hast?«, fragte Liz.

»Ja.« Michael wandte sich wieder dem Herd zu und begann mit der Zubereitung der nächsten Burger. Das Fleisch zischte auf der heißen Grillplatte. »Diese Bestellungen da sind fertig.«

»Moment mal«, sagte Maria. »Du kannst nicht einfach erzählen, du hättest einen Geist gesehen, und dann weggehen. Erzähl uns alles.«

»Das war schon alles«, erwiderte Michael. »Der Geist war da und dann war er wieder weg.«

»Und es war Tillers Vater?«, fragte Liz.

Michael nickte. »Ich fand, er sah ihm ähnlich. Tiller war auch der Meinung. Dieses Erlebnis hat ihm ziemlich zugesetzt. Am nächsten Tag haben wir ihn nach Roswell zurückgebracht und hier gelassen.«

»Hat er den Geist seitdem noch mal gesehen?«, fragte Liz. Irgendwie klang diese ganze Geschichte einfach zu seltsam, um glaubwürdig zu sein, aber nach allem, was sie während der letzten anderthalb Jahre erlebt hatte, klang die Geistergeschichte vielleicht gar nicht so weit hergeholt, wie sie es eigentlich sollte.

»Ich weiß es nicht«, antwortete Michael. »Wir haben keinen Kontakt.«

»Und meinst du nicht, du solltest mal nach ihm sehen?«, fragte Maria.

»Nein. Ich bin einfach ein Typ, mit dem er einen Tag lang zusammen gearbeitet hat. Jemand, den er manchmal zufällig in der Aula sieht. Ich nehme an, er möchte, dass man ihn jetzt in Ruhe lässt.«

»Weiß er, dass du den Geist seines Vaters gesehen hast?«

Michael legte Hamburgerfleisch auf den Grill, um es zu braten. »Nein.«

»Warum nicht?«

»Er hat mich nicht gefragt.« Michael benutzte das bereits gebratene Fleisch, um mit emotionsloser Routine Hamburger aufzuschichten.

»Du hast es ihm nicht gesagt?«

»Nein.«

»Warum?«

Michael häufte eine Portion Pommes frites auf die Teller und schob sie durch die Durchreiche. »Niemand sonst hat den Geist gesehen. Wenn ich Tiller erzählt hätte, dass ich ihn gesehen habe, hätte er vielleicht darüber nachgedacht und beschlossen, dass ich lüge. In diesem Fall hätte er wahrscheinlich Lust bekommen, mir was aufs Maul zu geben. Wenn er mir geglaubt hätte, dass ich den Geist gesehen habe, während ihn sonst niemand gesehen hat, wäre er vielleicht darauf gekommen, dass ich anders bin als die anderen.« Er sah zu Maria. »Und mir ist es lieber, dass er das nicht tut, weißt du.«

In Liz' Kopf drehte sich alles bei dem Gedanken. Wenn sie zwischen zwei Übeln wählen konnte – ob ihre Mutter mit sich selbst oder mit einem Geist gesprochen hatte –, wüsste sie nicht, was ihr lieber wäre. »Was wollte der Geist?«, fragte sie.

»Ich weiß es nicht«, gab Michael zu. »Der Geist hat nicht gesprochen oder so. Er ist einfach in Tillers Richtung gesaust und hat einen Blitzstrahl auf Tiller, Bulmer und mich gelenkt.«

»Du wärst beinahe von einem Blitz getroffen worden?«, fragte Maria. Michael ging in diesem Moment auf, dass sie auch keine Ahnung hatte, dass er fast von einem Blitzschlag erschlagen worden wäre.

»Ach, das war gar nichts«, sagte Michael. »Der Blitz hat uns drei umgeworfen. Das ist alles.« Er schubste die Teller nach vorn. »Bringt die besser mal raus, bevor wir gelyncht werden.«

Maria seufzte angewidert, als sie ihre Bestellungen nahm. »Darüber sprechen wir noch.«

Michael nickte. »Schon verstanden.«

Liz trat einen halben Schritt zurück und wartete, bis Maria gegangen war. »Hast du vorher auch schon mal Geister gesehen?«, fragte sie leise.

»Nein.«

»Vielleicht ist das ja eine neue Kraft, die sich bei dir zeigt«, meinte Liz. Seit sie Max, Michael und Isabel kannte, waren ihre Kräfte immer stärker geworden.

Michael zuckte die Achseln und machte sich daran, die Grillplatte zu säubern. »Vielleicht. Vielleicht ist das aber auch bloß passiert, weil wir Gruselgeschichten erzählt haben und das Gewitter losging. Vielleicht habe ich in Wirklichkeit auch gar nichts gesehen.«

Liz wandte sich, fünf Teller auf einmal auf dem runden Serviertablett balancierend, wieder dem Speiseraum zu. Nachdem sie die Bestellung bei den wartenden Gästen abgeliefert hatte, ging sie zum Tresen, um die Tee- und Kaffeekannen zu holen.

Maria kam nur kurz nach ihr dort an. »Ist das zu fassen? Ist das zu fassen, dass Michael einen Geist gesehen hat und mir nichts davon erzählt?«

»Ich glaube, er ist sich nicht sicher, ob er wirklich einen Geist gesehen hat«, sagte Liz.

»Und was ist mit dem Blitz?«

»Zufall.«

»Rund um die drei? Ausgeschlossen.«

»Der Geist war Tillers Vater«, bemerkte Liz. »Niemand, den Michael kennt.«

»Wenn unsere Schicht hier vorbei ist –«, begann Maria, dann ließ sie den Blick durch den Speiseraum gleiten. »Okay, wenn diese Schicht jemals enden sollte, dann gehen wir zum Makler und ein paar anderen Geschäftsleuten hier auf der Straße, die schon vor dir und deinen Eltern hier gewohnt haben. Vielleicht ist hier ja mal irgendwas passiert.«

»Was denn?«, fragte Liz.

»Ein Mord.« Maria sah sie an. »Findest du, dass ich übertrieben dramatisiere?«

»Ja.«

»Können wir es dann bei der Arbeitshypothese belassen, dass deine Mutter langsam überschnappt?«

Liz zog eine Grimasse. »Okay. Wir hören uns um, aber ich glaube, es gibt eine vernünftigere Erklärung dafür, dass –«

Auf der Straße vor dem Restaurant wurde laut gehupt.

Liz sah auf und beobachtete, wie eine dünne Vogelscheuche von einem Mann vor dem *Crashdown Café* über die Straße flitzte. Sie erkannte ihn als einen ihrer Stammkunden.

Leroy Wilkins kam selten ins *Crashdown Café*, um etwas zu essen, aber er schaute häufig auf einen Kaffee rein und um ein bisschen zu plaudern. Dünn und drahtig wie er war, fast schon mager, musste Wilkins einer der Goldgräber aus den Sechziger- und Siebzigerjahren sein. Seine Haare und der lange graue Bart standen in alle Himmelsrichtungen ab. Er trug eine ausgewaschene, mit Flicken übersäte Jeans, ein Flanellhemd, das in demselben grauenhaften Zustand war, sowie einen verbeulten Cowboyhut, der einmal schwarz gewesen sein musste, jetzt jedoch eine unauslöschliche Patina aus Wüstensand hatte.

Wilkins gewagter Sprint über die Straße provozierte weitere wütende Hupsignale. Ein Geländewagen konnte nicht schnell genug bremsen. Reifen quietschten auf dem Asphalt. Der Geländewagen rutschte vorwärts und erfasste Wilkins, bevor er ausweichen konnte. Der dünne Mann lag einen Moment lang ausgestreckt auf der Motorhaube des Geländewagens und sah aus wie die frisch erlegte, stolz zur Schau getragene Beute eines mechanischen Raubtiers.

Dann rutschte er herunter, stand auf und rannte weiter auf das *Crashdown Café* zu. Keuchend und mit von der Anstrengung rotem Gesicht erreichte er die Tür.

Liz spähte instinktiv über seine Schulter. Jemand, der so rannte, musste von irgendwem verfolgt werden – oder von *irgendwas*.

5

Liz bekam allmählich Angst, als sie sah, wie Leroy Wilkins sich an die Tür des *Crashdown Cafés* klammerte wie ein wild gewordenes Tier. Seine arthritischen Hände rutschten auf dem Griff hin und her. Wilkins gelang es, die Tür zu öffnen und hineinzuschlüpfen. Er drehte sich um, sodass er mit dem Gesicht zu den Fenstern an der Front des Cafés stand.

»Nein!«, jammerte Wilkins heiser und hob die Hand, als wollte er einen Schlag abwehren.

Liz starrte auf die Straße hinaus. Außer dem zum Stillstand gekommenen Verkehr konnte sie nichts erkennen.

»Haltet ihn auf!«, schrie Wilkins. Er hob beide Hände vor das Gesicht und wich immer weiter in das Café zurück. »Haltet ihn auf! So helft mir doch!«

Mehrere der Stammkunden in der Nähe standen auf und ließen ihr Essen stehen, weil sie nicht wollten, dass der alte Goldschürfer ihnen zu nahe kam.

»Siehst du jemanden?«, wollte Maria von Liz wissen.

Liz schüttelte den Kopf.

Wilkins drehte sich um und wich noch weiter zurück. Bevor Liz einen Schritt tun konnte, war der alte Mann bei ihr, packte sie bei den Schultern und starrte ihr in die Augen.

»Mach, dass er aufhört!«, bettelte Wilkins. Seine Lippen waren feucht, und auch in seinem Bart schimmerte Speichel. Sein Atem roch faulig und ging rasselnd.

»Wer denn?«, fragte Liz. Die Finger des alten Mannes gruben sich schmerzhaft tief in ihre Schultern. Sie versuchte, sich freizukämpfen, doch er packte sie daraufhin nur noch fester.

»Swanson!«, platzte es aus Wilkins heraus. »Swanson ist da, um mich zu holen!«

Liz hatte keine Ahnung, wer Swanson war, und sie sah auch niemanden hinter dem alten Mann stehen. Aber sie spürte, dass Wilkins zitterte. »Ich sehe Swanson nicht«, sagte sie.

Wilkins trat einen Schritt zur Seite, schob Liz jedoch zwischen sich und die Eingangstür und sah auf die Straße hinaus. Dann klammerte er sich wieder fester an sie, so fest, dass sie beinahe geschrien hätte.

»Du *lügst*!«, kreischte der Alte. »Er ist da draußen! Ich kann ihn sehen! Er verfolgt mich schon seit Tagen!«

Aus dem Augenwinkel beobachtete Liz, wie Michael durch die Tür neben der Durchreiche aus der Küche trat. Er nahm seine Schürze ab, knüllte sie zusammen und warf sie hinter sich auf den Boden, während er rasch auf Wilkins zukam.

»Swanson!«, schrie Wilkins mit seiner heiseren Stimme. »Mich kriegst du nicht! Die Geschäfte, die wir miteinander gemacht haben, sind vorbei! Du bist tot!«

Tot? In Liz' Kopf überschlug und drehte sich alles. Wilkins spricht mit einem Geist?

Da griff Michael nach Wilkins. Der Alte hatte noch nicht bemerkt, dass Michael bei ihm war. Bevor Michaels Hand auf Wilkins Schulter fiel, erhob sich von der Straße eine Wolke aus wirbelndem Müll. Schachteln und Becher aus Pappe, Zeitungen und anderes undefinierbares Zeug.

Liz hielt diesen Wirbelwind für nichts Besonderes. Solche Staubstürme kamen draußen in der Wüste häufig vor. Aber sie hatte noch nie einen gesehen, der so schnell anschwoll wie der, der in diesem Moment vor dem *Crashdown Café* tobte. Innerhalb weniger Sekunden war der Wirbelwind so groß, dass er die Eingangstür und fast die ganzen Glasfenster einhüllte, die nach draußen auf die Straße gingen.

Liz sah Michael an und fragte sich, warum er nicht irgendwas wegen Wilkins unternahm. Stattdessen war Michael wie angewurzelt stehen geblieben und starrte auf den Eingang des Cafés.

Was sieht er nur?, fragte sich Liz. Denn es gab keinen Zweifel, dass er etwas sah. Sie starrte durch die Scheibe, zog den Großteil ihrer Aufmerksamkeit von Wilkins ab und ignorierte den Schmerz in ihren Schultern.

Sie sah nur Blätter durch die Luft wirbeln. Einige flogen gegen die Eingangstür und die Fenster und produzierten auf diese Weise unheimliche Klopfgeräusche, wie sie ihr von der Tonspur irgendwelcher schlechter Horrorfilme vertraut waren. Draußen auf der Straße glitzerte und funkelte es, irgendetwas huschte zwischen den Autos umher. Aber das Glitzern war schon wieder verschwunden, bevor Liz sicher sein konnte, dass sie überhaupt etwas gesehen hatte.

Im nächsten Augenblick schlug der Staubwirbel gegen die Glasfront des Cafés. Glas splitterte, als die Fenster dem Ansturm nachgaben.

»Neiiin!«, schrie Wilkins und riss Liz nach hinten. Er stolperte, fiel beinahe hin und konnte sich nur deshalb wieder fangen, weil Liz ihrerseits das Gleichgewicht hielt.

Michael reagierte blitzschnell, trat einen Schritt vor und packte Wilkins Arm. Er riss die Hand des panischen Alten von Liz' Schulter und entwand sie seinem Griff.

»Neiiin!«, heulte Wilkins abermals und nahm beide Arme hoch. Der Wind erreichte ihn und riss ihm den Cowboyhut vom Kopf. »Tu es nicht, Swanson! Tu es nicht –« Sein ängstliches Flehen wurde von einem plötzlichen Donnergrollen beendet.

Einen Moment lang erfüllte ein weiß glühender Lichtbogen das Café. Liz spürte die Hitze des Blitzstrahls – wenn es denn einer war –, aber nur in ihrem Gesicht und auf einem Arm, weil Michael sie umgedreht hatte, damit er sie mit seinem Körper schützen konnte. Donner grollte und hallte im Inneren des Cafés wider.

Die Lichtexplosion hinterließ dunkle Schatten auf Liz' Netzhaut. Sie konnte die normalen Kunden und die Touristen erkennen, die sich im hinteren Teil des Cafés und unter den Tischen versteckten.

»Alles in Ordnung mit dir?«, fragte Michael.

»Ja«, antwortete Liz. »Ich glaube schon.« Ihre Ohren taten weh, und hinter ihren Augen begann es, schmerzhaft zu pochen. Sie entzog sich Michaels Umklammerung.

Leroy Wilkins lag ausgestreckt auf dem Boden. Sein Gesicht hatte sich dunkelrot verfärbt, doch die Röte erstreckte sich auch über seine Arme und Hände.

Michael zog sich von Liz zurück und kniete sich neben den alten Goldgräber auf den Boden. Er griff nach Wilkins Handgelenk, als wollte er den Puls des Mannes fühlen. Und während er dies tat, verdrückten sich mehrere Stammkunden des Cafés zügig durch die Eingangstür nach draußen.

Wilkins reckte ohne Vorwarnung den Arm hoch und packte Michaels Hemd. Überrascht und offensichtlich auch ein bisschen erschrocken fuhr Michael zurück und schlug die Hand des Alten weg.

Wilkins schnappte nach Luft und fiel zurück auf den Boden. Sein Mund bewegte sich heftig. Er öffnete und schloss sich wie bei einem Fisch auf dem Trockenen. Dann begann der Alte, am ganzen Körper zu zittern und zu zucken.

»Was ist los mit ihm?«, fragte Liz, die hinter Michael stand.

»Es ist in ihn hineingefahren«, erwiderte Michael.

»Was ist in ihn hineingefahren?«

Michael antwortete nicht.

»Hast du es gesehen?«, fragte Liz.

Michael zögerte und nickte dann.

Einen Augenblick lang erwartete Liz fast, dass irgendetwas aus Wilkins herausplatzen würde. Wenn irgendwas in den alten Mann hineingefahren war, dann wollte es vielleicht ja auch wieder heraus. Sie trat unbewusst einen Schritt zurück, während

Michael weiter beobachtete, wie der Körper des Alten zuckte und sich krümmte.

»Warum ruft denn keiner einen Krankenwagen?«, schrie ein Mann. »Seht ihr denn nicht, dass er einen Herzinfarkt hat?«

»Wenn ich nicht wüsste, dass wir uns vor deinen Eltern verstecken, würde ich denken, dass du dich schämst, mit mir gesehen zu werden.«

Isabel spürte einen Anflug von Verständnis, ein Gefühl, in das sich sofort Gewissensbisse mischten. Sie hatte noch nie etwas vor ihren Eltern verborgen. Na ja, abgesehen von der Entwicklung der Kräfte, die von ihren Alien-Genen herrührten. Aber nun verbarg sie möglicherweise das größte Geheimnis, das sie in ihrem ganzen Leben je gehabt hatte. Nicht einmal Max wusste davon. Was ganz schön seltsam war, denn sie hatte Max noch nie etwas verheimlicht, und er war seit ihren Kindertagen auch noch nie fähig gewesen, etwas vor ihr geheim zu halten. Aber seit Tess mit dem Baby weggegangen war, hatte Max genug mit seinen eigenen Problemen zu kämpfen.

Der Mann, der ihr da gegenübersaß, war ebenfalls extrem unerwartet aufgetaucht, und hatte sie vollkommen umgehauen. Sie betrachtete Jesse Esteban Ramirez, der mit ihr an einem öffentlichen Picknicktisch saß. »Ich schäme mich nicht.«

Jesse war groß und dunkelhaarig und außerordentlich gut aussehend. Er trug modisch weite Jeans und dazu ein konservatives Hemd. Seine Krawatte lag im Auto. Jesse lehnte sich gegen die Betonbank und deutete mit seinem halb aufgegessenen Jumbo-Sandwich auf die triste Umgebung. »War eine gute Idee, das mit dem Picknick.«

»Freut mich, dass du das sagst«, erwiderte Isabel. »Aber ...?«

Jess biss noch einmal in sein Sandwich. Seine weißen Zähne blitzten. »Warum glaubst du, dass darauf ein Aber folgen muss? Bist du so misstrauisch?«

»Im Gegenteil«, sagte Isabel. »Diese Frage entsprang einem geübten, geordneten Verstand.«

Jesse wischte sich den Mund mit einer Papierserviette ab. »Es gibt hier kein Aber.«

»Ich erlaube mir, anderer Meinung zu sein. Du hast mir irgendwas verschwiegen.«

Erstaunt hob sich eine von Jesses Augenbrauen und formte einen Bogen über seinen dunklen Augen. Isabel hatte herausgefunden, dass sein Blick eine magnetische Wirkung ausübte, er war wie ein Brunnen, in den sie hineinstarren und in dem sie immer wieder etwas Neues entdecken konnte.

»Verschwiegen?«, fragte Jesse.

»Ja, allerdings.«

»Und was habe ich dir angeblich vorenthalten?« Jesse pflückte eine Frucht von der Traube, die Isabel in den Picknickkorb gepackt hatte.

»Eine anständige Überleitung«, sagte Isabel zu ihm.

Jesse zerkaute die Traube und schien ihrer Anklage seine ganze Aufmerksamkeit zu widmen. »Von dem Satz, dass du dich möglicherweise für mich schämst, zu der Tatsache, dass das Picknick eine gute Idee war?«

»Von deinem halbherzigen Versuch, mir die Schuld für unsere Lage zuzuweisen, zu deinem unzureichenden Versuch, das Thema zu wechseln.«

Jesse machte eine Geste, die die Leere ringsum beschrieb. Dann sagte er ernst: »Das Picknick war eine tolle Idee, Isabel – versteh mich nicht falsch. Und das Essen ist fantastisch. Ich wusste gar nicht, dass du so gut kochen kannst.«

»Das sind doch bloß Sandwiches, Kartoffelsalat, Obst und Makkaroni mit Käse«, protestierte Isabel. »Nicht gerade eine kulinarische Meisterleistung. Oder eine ausgewogene Mahlzeit.« Sie hatte ein schlechtes Gewissen deshalb, aber sie war in Eile gewesen und hatte keine Zeit gehabt, in die Geschäfte zu rennen und andere Sachen einzukaufen. Essen für eine Person in eine braune Papiertüte zu packen, erregte zu Hause keine besondere Aufmerksamkeit, aber Essen für zwei in einem ziemlich schick aussehenden Picknickkorb zu verstauen war, wie sie selbst zugeben musste, definitiv verräterisch.

»Ich weiß, aber wenn du so ein Mittagessen mitbringst, habe ich das Gefühl, dass ich dir meinen Teil schuldig bleibe.«

»Und was für ein Teil sollte das sein?«

»Dass ich dich zu einem Abendessen in einem guten Restaurant in Roswell ausführe«, gab Jesse zurück.

Isabel betastete lächelnd die einzelne rote Plastikrose in der Glasvase zwischen ihnen. Die Blüte passte farblich nicht zu der rotweiß karierten Tischdecke, die sie mitgebracht hatte, aber das war ihr ziemlich egal. »Du hast doch die Blume mitgebracht.«

Jesse nickte. »Ja. Aber da sie aus Plastik und dies hier helles Tageslicht und kein romantischer Abend ist, entfaltet sie nicht ganz die Wirkung, die ich mir erhofft hatte.«

»Ach was«, versicherte Isabel ihm, »diese Rose entfaltet durchaus eine große Wirkung.« Einen Moment lang konnte sie nicht glauben, dass sie das gesagt hatte. Es entsprach ganz und gar nicht dem Charakter der Isabel Evans, die sie bislang zu sein geglaubt hatte. Aber die war sie ja auch gewesen, bevor sie diese ganzen Dinge über ihre Herkunft erfahren hatte.

Und bevor sie Alex verloren hatte. Bevor Tess den Jungen getötet hatte, der möglicherweise ihre erste große Liebe hätte werden können.

»Mit dir hier zu sitzen ist wirklich toll«, fuhr Jesse fort.

»Das lasse ich gelten«, sagte Isabel.

»Aber es ist nicht dasselbe, wie mit dir durch die Stadt zu gehen und den Leuten zu zeigen, dass wir zusammen sind.«

»Das können wir nicht«, sagte Isabel, und bei dem Gedanken fröstelte sie innerlich. Ihre Eltern hatten schon genug Mysteriöses und genügend Veränderungen erlebt, und jetzt schon wieder eine – und noch dazu diese –, das wäre wirklich zu viel.

»Ich weiß«, sagte Jesse. »Ich bin einfach nur frustriert.«

»Warum?«

Jesse rupfte eine weitere Traube ab und drehte die Frucht zwischen den Fingern. »Weil ich Angst habe, dass wir an diesem Punkt kleben bleiben.«

»Wie meinst du das?«

Einen Moment lang sah es so aus, als würde Jesse nichts mehr sagen. Er atmete seufzend aus. »Du und ich. Kleben bleiben. Nicht über diesen Punkt hinauskommen.«

Isabel lehnte sich auf der harten steinernen Picknickbank zurück. In Wahrheit war der Rastplatz zwischen Roswell und Santa Fe nicht besonders romantisch. Da sie diese Gegend schon in ihrer Kindheit ein paar Mal besucht hatte, konnte sie sie nicht länger malerisch nennen.

»Was willst du damit sagen?«, fragte Isabel. Sie spürte, wie ihr das Herz in der Brust höher schlug. Jesse war fast zehn Jahre älter als sie. Wenn sie ihren Freundinnen von der High School davon erzählt hätte, hätten sie das skandalös gefunden, obwohl es schon mehrfach vorgekommen war, dass eine von ihnen sich in einen der jüngeren Lehrer verknallt hatte. Da sie um ihre Andersartigkeit wusste, war sie froh gewesen, sich nicht mit diesem ganzen Getue um Verabredungen abgeben zu müssen. Dann hatte Max sich über beide Ohren in Liz verknallt und Michael in Maria und – und Alex war für sie da gewesen, als alle anderen anscheinend nichts mehr von ihr hatten wissen wollen.

Die Erinnerung trieb Isabel unerwartet Tränen in die Augen. Sie ließ den Rest ihres Sandwiches sinken und konzentrierte sich darauf, ihre Gefühle unter Kontrolle zu bringen. Sie sah von Jesse weg und versuchte etwas, *irgendetwas* zu finden, worauf sie sich konzentrieren konnte. Ein silberner Funke in einiger Entfernung hinter Jesse erregte kurz ihre Aufmerksamkeit, verschwand jedoch genauso schnell wieder.

»Tut mir Leid«, sagte Jerry mit sanfterer Stimme.

Isabel, die wieder zu dem zurückgefunden hatte, was Michael

manchmal ihr ›Eisprinzessinnengehabe‹ nannte, erwiderte Jesses Blick. »Dir braucht nichts Leid zu tun.«

»Ich habe deine Gefühle verletzt.«

»Das ist meine eigene Schuld«, sagte Isabel. »Ich hätte sie nicht zeigen sollen, dann hätten sie nicht verletzt werden können.« Sie griff in den Picknickkorb, um den kleinen Müllbeutel aus Papier herauszuholen, und begann, den Tisch sauber zu machen.

»Isabel«, sagte Jesse.

»Was?«, fragte sie, während sie sich weiter auf das Säubern des Tisches konzentrierte.

»Sprich mit mir.«

»Das tu ich doch.«

»Ich sagte, es tut mir Leid.«

Isabel nickte. »Und ich sagte, dafür gibt es keinen Grund.«

»Diese – diese *Situation* ist für uns beide nicht leicht.«

»Ich weiß.« Isabel legte das Besteck in einen leeren Plastikbehälter, den sie extra zu diesem Zweck mitgebracht hatte. Es mochte ja sein, dass sie durch Roswell schleichen und es nicht wagen konnten, in einem der Restaurants zu essen, weil die Gefahr bestand, dass man sie erwischte, aber trotzdem wollte sie kein Plastikbesteck benutzen. Sie hatte sich selbst welches gekauft und hielt es von dem der Evans' getrennt, als Teil ihres zweiten, heimlichen Lebens, von dem ihre Eltern nichts wussten.

Jesse verfiel in Schweigen.

Isabel hörte mit dem Saubermachen auf und sah ihn an. »Was willst du?«

»Dass die Leute wissen, dass wir zusammen sind.«

»Jesse«, sagte Isabel, »wir wissen ja nicht einmal selbst, ob wir zusammen sind.«

»Ich bin zu alt für einen kleinen Sommerflirt«, sagte Jesse. »Damit habe ich schon vor dem Jurastudium aufgehört.«

Einen Moment lang war Isabel wütend. Dann unterdrückte sie dieses Gefühl. Jesse versuchte, ehrlich zu sein und ihr zu zeigen, was ihm im Kopf herumging.

»Ich war noch nie an Sommerflirts interessiert«, sagte Isabel entschieden. »Ich hatte noch nie einen, und ich werde auch nie einen haben.«

Jesse spreizte die Hände. »Und was ist dann das hier?«

Isabel dachte einen Augenblick nach. »Das hier, Herr Anwalt, ist das, was wir ein Sondierungsgespräch nennen. Und es wird dazu führen, dass wir in weitere Verhandlungen eintreten.«

»Sehr witzig«, murmelte er.

Ein riesiger Caravan zischte auf dem Highway an ihnen vorbei. Das Geräusch verschwand in der Ferne. Hoch über ihnen glitten drei Habichte durch die warme Luft und formten jeder für sich ein klares Dreieck, um ihr persönliches Jagdgebiet abzugrenzen.

»Ich war schon immer witzig«, sagte Isabel.

Jesse wollte etwas erwidern, überlegte es sich dann aber offensichtlich anders.

»Eine weise Entscheidung, Herr Anwalt«, sagte Isabel.

Jesse sah sie ernst an. »Das macht mir Angst. Ich hab mich noch nie so weit auf etwas eingelassen.«

»Das klingt ja fast so, als würdest du ertrinken.«

»Nein«, sagte Jesse. Er schüttelte den Kopf und nahm ihre Hände in seine. »Es ist nur so, dass ich nicht erwartet hatte, jemanden wie dich zu treffen. Jedenfalls noch lange nicht. Vielleicht sogar nie. Als ich studiert und gleichzeitig gearbeitet habe, war das sehr schwer, vielleicht das Schwerste, was ich in meinem Leben gemacht habe. Ich habe in der Zeit meine Gefühle eingemauert, außer Reichweite gehalten für jeden, der vorbeikam.«

»Es sind also schon andere da gewesen?«, fragte Isabel.

»Ich bitte, die Aussage verweigern zu dürfen«, sagte Jesse.

»Stattgegeben«, nickte Isabel. »Weil ich es gar nicht wissen will.« Sie hielt inne und holte tief Luft. »Mich hat es auch noch nie so erwischt. Nicht so. Und ich bin noch nie so schnell in so etwas Großes hineingeraten. Weihnachten ist meine liebste Jahreszeit, und ich plane immer alles genau voraus. Ich nehme mir genau vor, was ich tun werde.«

»Aber ich war nicht geplant«, sagte Jesse.

»Nein«, gab Isabel zu.

»Und deine Zukunftspläne?«

»Ich bin noch mit der Vorbereitung des Weihnachtsfestes beschäftigt.«

Jesse lachte. »Im Juni?«

»Weihnachten ist eine Riesensache. Es soll großartig und aufregend werden. Ich tue alles, was ich kann, damit es so wird, jede Menge ehrenamtliche Arbeit für die Stadt eingeschlossen. Das mache ich schon seit Jahren.«

»Aber du hast noch keine Pläne, was uns angeht?«

Isabel umklammerte seine Hände mit den ihren. »Solche Pläne macht man besser zu zweit. Im Moment arbeite ich lediglich daran, dich weiterhin zu sehen, ohne dass meine Eltern dahinter kommen. Es besteht ja immerhin die Möglichkeit, dass wir erwischt werden.«

»Was, glaubst du, würde dein Vater dann tun?«, fragte Jesse.

Isabel lächelte. »Tja, ich bin in seinem Büro beschäftigt und treffe mich heimlich mit seinem neuesten Junganwalt. Ich denke da an eine fristlose Entlassung für dich und vielleicht zehn Jahre harte Wiedergutmachungsarbeit für mich.«

»Wegen des Altersunterschiedes?«

»Weil ich es nicht gemeldet und meinen Eltern erzählt habe«, erwiderte Isabel. Es wäre wahrscheinlich auch besser, den Planeten zu verlassen, als es meinen Eltern zu erzählen, fügte sie in Gedanken hinzu. »Und weil ich den neuesten und viel versprechendsten Anwalt meines Vaters von der Arbeit ablenke.«

»Ich habe noch nicht einen Tag bei Gericht versäumt«, sagte Jesse. Er sah auf seine Uhr. »Und wo wir gerade bei Gerichtstagen sind, ich muss gleich zurück, um eine Aussage aufzunehmen.«

Isabel gestattete es Jesse, ihr beim Aufräumen zu helfen, allerdings bestand diese Hilfe vor allem darin, alles zurück in den Picknickkorb zu stopfen. Sie beauftragte ihn damit, die Tischdecke auszuschütteln und zusammenzufalten. Und während er damit beschäftigt war, sorgte sie für Ordnung im Picknickkorb.

Jesse erwischte sie dabei und bedachte sie abermals mit einem langen Blick. Er zog eine Augenbraue hoch. »Weißt du, ich dachte, wir wollten süß und lieb zueinander sein. Ich wusste nicht, dass Ordnung so wichtig ist.«

»Ordnung ist nichts, was man sich aussucht. Es ist eine Lebensart«, sagte sie und hob etwas verlegen den Picknickkorb hoch.

Jesse nickte. »Ich werde versuchen, es mir zu merken.« Er ging um den Tisch herum und nahm ihr den Picknickkorb aus der Hand. »Den trage ich.«

»Als er voll war, war er schwerer«, bemerkte Isabel. Sie war eher als Jesse aus dem Büro ihres Vaters verschwunden. Als Jesse an dem Rastplatz angekommen war, hatte sie den Imbiss bereits ausgebreitet.

Jesse beugte sich wortlos vor und küsste Isabel. Sie spürte seine Lippen auf ihren, dann fühlte sie, wie das vertraute aufgeregte Kribbeln sie durchfuhr. Vielleicht war das, was sie fühlte, nicht mit den beinahe halluzinogenen Empfindungen vergleichbar, die Max angeblich hatte, wenn er Liz küsste. Auch taten sich keine explosionsartigen Einblicke in ihr vergangenes Leben auf. Aber der Kuss war schlicht und einfach großartig.

Jesse zog sich langsam und zärtlich zurück. »Kann ich dich heute Abend sehen?«

Isabel sah ihn an. Wie hätte sie ihn nicht sehen können? Das Mittagessen des nächsten Tages war noch fast vierundzwanzig Stunden entfernt – eine untragbar lange Zeit. »Ich weiß nicht«, antwortete sie. »Vielleicht. Es wird immer schwieriger, sich etwas auszudenken, was ich für zu Hause noch dringend besorgen muss.«

»Ich werde dir helfen, eine gute Ausrede zu finden«, bot Jesse sich an, dann nahm er sie beim Ellbogen und führte sie zurück zu den geparkten Autos. »Wenn mir was einfällt, schicke ich dir eine E-Mail.«

Bevor Isabel darauf etwas erwidern konnte, kreischten auf dem Highway plötzlich Reifen auf. Sie hob den Blick und sah, wie ein schwarzer Van von der Fahrbahn abbog und auf den Rastplatz raste. Zehn Meter entfernt von ihren Autos oder etwas anderem, hinter dem sie hätten Schutz suchen können, waren sie ihm schutzlos ausgeliefert.

Das schlingernde Fahrzeug kam näher und hielt auf sie zu wie ein blutrünstiges Raubtier.

6

»Diese Legende wurde in unserem Stamm von Generation zu Generation weitergegeben. Keiner der Schamanen, die die Geschichte erzählten, wusste genau, wovon sie handelte. Aber am Ende, nachdem das Raumschiff abgestürzt war, das euch in unsere Welt gebracht hat, entschied der Schamane, der mich ausgebildet hat, dass die Besucher die Rückkehr unserer Ahnen aus dem Land der Geister hervorrufen könnten.«

Max ging neben River Dog auf das Mesaliko-Dorf zu. »Sind dem Volk der Mesaliko denn vorher schon mal Geister ihrer Ahnen erschienen?«

River Dog hatte ihm berichtet, dass während der letzten Tage mehreren Leuten seines Stammes tote Familienmitglieder erschienen waren. Zuerst waren diese Visionen trügerische, nur flüchtig erkennbare Schatten gewesen, bei denen es sich ebenso gut um optische Täuschungen gehandelt haben konnte. Aber keine hatte sich derartig körperlich manifestiert, wie River Dogs Ahne dies soeben getan hatte.

»Vor langer Zeit haben sie schon einmal Geister gesehen«, sagte River Dog nickend.

»Und was haben sie getan, um sie wieder zu verjagen?«

»Zuerst gingen sie nicht«, sagte der Schamane. »Mein Volk packte sein Hab und Gut und zog weg aus diesen Bergen. Und nach einiger Zeit, als das Wild für die Jagd knapp und das Leben in den Gegenden, in die meine Leute gegangen waren, hart wurde, schickten sie Späher in diese Gegend. Die Geister waren verschwunden, also zog das Volk wieder hierher.«

»Warum waren die Geister verschwunden?«, fragte Max.

River Dog hob die Schultern und senkte sie wieder. »Das

wusste niemand. Einer der Schamanen versuchte, sich das Verdienst für ihre Abwesenheit zuzuschreiben. Er hatte dafür gebetet und getanzt, dass so etwas passieren möge und am Ende hat er behauptet, durch seine Bemühungen hätte er die Gunst der Götter erlangt, die daraufhin die Geister fortgenommen hätten.«

»Wie lange war der Stamm denn fort, bevor er zurückkam und herausfand, dass die Geister verschwunden waren?«

River Dog schüttelte den Kopf. »Mein Volk hat die Zeit nie so gemessen wie die Europäer. Es legte keinen Wert darauf, die Jahre zu markieren, und erst recht nicht die Wochen, Tage oder Stunden. Es gab nur ein Vorher und ein Nachher. Ich weiß nur, dass eine beträchtliche Zeit vergangen gewesen sein muss, weil immer wieder neue Späher ausgesandt wurden, um herauszufinden, ob die Geister immer noch umgingen.«

»Glaubst du, dass meine Freunde und ich dafür verantwortlich sind?«, fragte Max und beobachtete River Dog aufmerksam.

River Dog schüttelte den Kopf und zog eine Grimasse. »Nein, ich glaube nicht, dass du und deine Freunde bösartig seid oder meinem Volk irgendetwas Böses wollt.«

»Warum hast du dann nach mir geschickt?«

River Dogs Lippen verzogen sich zu einem Lächeln. »Dass ich nicht glaube, dass du dafür verantwortlich bist, heißt noch lange nicht, dass ich nicht glaube, dass du irgendwie behilflich sein kannst.«

Max starrte den Mann an. »Ich habe so etwas aber noch nie vorher gesehen.«

»Dann werden wir gemeinsam aus dem Unglück lernen, das mein Volk befallen hat.« River Dog lief auf eines der kleinen Häuser außerhalb des Dorfes zu. Neben dem Haus war ein kleiner, sorgfältig gepflegter Kräutergarten angelegt. Zwei Gartenklappstühle füllten die schmale hölzerne Veranda aus, die vorne an das Haus angebaut war. Außerdem standen auf der Veranda Regale voller Keramiktöpfe, die noch mehr Kräuter enthielten.

Max folgte River Dog auf die Veranda. Das vorragende Dach schirmte sie vor der Hitze der Sonne ab.

»Setz dich«, wies River Dog ihn an und zeigte auf einen der Klappstühle.

Max ließ sich mit schwirrendem Kopf auf einem der Stühle nieder. Er war müde und stand kurz vor der völligen Erschöpfung. Die Sorge um seinen Sohn und seine Beziehung zu Liz hatte ihn sowohl in seinen Träumen als auch in seinen wachen Stunden umgetrieben. Ständig quälten ihn Alpträume. Tess hatte Alex getötet. Sie hatte vorgehabt, ihn, Isabel und Michael mit zurückzunehmen und sie der Gefangenschaft auszuliefern.

Was würde sie mit seinem Sohn machen?

River Dog verschwand im Haus. Die Tür mit dem Fliegengitter schlug hinter ihm zu.

Max saß in dem Gartenstuhl und spürte, wie die Plastikstreifen unter seinem Gewicht nachgaben. Als er die Häuser in der Nähe betrachtete, die alle wie ziemlich exakte Nachbildungen von River Dogs Haus aussahen, sah er, dass eine Reihe von Leuten ihn argwöhnisch beobachtete.

River Dog kehrte kurz darauf zurück. Er trug zwei Einmachgläser mit schwarzem Tee und Eis. »Er ist süß und stark«, warnte der Schamane. »Ich mag ihn so, aber wenn du ihn bei der Hitze, die wir heute haben, zu schnell trinkst, wird dir schwindelig davon, vielleicht fällst du sogar in Ohnmacht.«

Max nippte an dem Tee. Er fand ihn fast zu süß zum Trinken. Er wünschte sich eine Flasche Tabasco herbei, um den Geschmack abzumildern. »Wie kommst du darauf, dass ich hierbei behilflich sein könnte?«

»Ich hatte eine Vision«, antwortete River Dog. »Du kamst darin vor.«

»In der Vision?«

»Ja.« River Dog setzte sich auf seinen Stuhl. Ein alter, arthritischer Hund kam unter der Veranda hervor und ließ sich zu den Füßen des Schamanen nieder. River Dog zog seine Schuhe aus und massierte den Rücken des Tieres mit seinen schwieligen Zehen.

»Erzähl mir mehr von dieser Prophezeiung«, schlug Max vor.

»Es gibt sie in meinem Volk schon seit Anbeginn jedweder Erinnerung. Eines Tages, als es sich erstmals in dieser Gegend ansiedelte, versuchte Raven, der Rabe, die Sonne zu essen.«

»Wer ist Raven?«, fragte Max.

»Er war derjenige, der zwischen der Erde und dem Ort der Götter hin- und herreisen konnte«, erklärte River Dog. »In anderen Stämmen unseres Volkes kennt man Raven unter dem Namen Koyote. Er wird immer als ein Mann dargestellt, der mehr ist als ein Mensch, aber weniger als ein Gott. Der immer nur selbst weiß, was er vorhat.«

Max hörte so höflich zu, wie er konnte. Er versuchte, sich auf die Wasserperlen auf dem Glas Eistee in seiner Hand zu konzentrieren. Er wünschte, er könnte die betäubende Kälte in sich hineinziehen, damit er die Angst nicht mehr spürte, die ihn quälte.

»An diesem Tag, so berichtet die Geschichte, die man sich in unserem Stamm erzählt, wandelte Raven unter den Menschen und beobachtete, wie sie aus Altersgründen starben«, sagte River Dog. »Raven alterte nie, und er verstand nicht, wie die Menschen sterben konnten oder warum die Götter sie sterben ließen.«

Max nickte, ohne zu wissen, was das, was River Dog ihm da erzählte, mit ihm zu tun haben sollte. Außerdem gab es da noch die völlig ungeklärte Frage, auf welche Weise er ihm helfen sollte. Aber er wartete.

»Raven dachte lange nach«, sagte River Dog. »Dann entschied er, dass die Sonne, wenn sie für alles Leben notwendig ist und alle Pflanzen wachsen lässt und die Welt erwärmt, auch das Geheimnis des ewigen Lebens in sich bergen müsse. Also flog Raven von dieser Welt zur Sonne.«

Das erregte Max' Aufmerksamkeit. Handelte die Geschichte von der Raumfahrt? »Wie denn?«

»Raven konnte genau wie Koyote magische Kräfte einsetzen«, erklärte River Dog. »Er benutzte seine Zauberkräfte, um zur Sonne zu fliegen. Als er dort angekommen war, klaubte er ein paar Flammen der Sonne mit seinem Schnabel zusammen und flog zur Erde zurück. Aber die Flammen der Sonne waren sogar für Raven zu heiß. Als er diese Welt wieder betrat, begann sein Schnabel zu brennen, und so kam es, dass Ravens Schnabel schwarz wurde. Da er die Schmerzen nicht mehr ertragen konnte, die ihm sein brennender Schnabel bereitete, spuckte Raven die Flammen aus. Der Feuerball schlug dort in die Erde ein, wo heute das Reservat der Mesaliko und die Wüste sind.«

Max nippte an dem Tee und wartete.

»Die Alten sagen, dass Raven, als er den Feuerball auf die Erde spuckte, die verdorrten Gegenden auf der Erde verursachte«, fuhr River Dog fort. »Einige der Mesaliko, die Raven dabei helfen wollten, die Flammen von der Sonne zu stehlen, starben, als die Flammen den Boden versengten. Tage später erhoben sich ihre Geister wieder und gingen um und sprachen zum Volk der Mesaliko.«

»Aber warum erhoben sich die Geister?«, fragte Max.

»Weil die Sonne wütend auf Raven war«, antwortete River Dog. »Die Sonne bestrafte Raven, indem sie ihm seine Federn wegnahm und ihn so zwang, eine Zeit lang nackt durch die Welt zu gehen. Raven schämte sich und war wütend. Er gab, wie er es immer tat, allen anderen die Schuld, nur nicht sich selbst, und versteckte sich lange Zeit in den Bergen.«

»Zog der Stamm der Mesaliko fort, weil er von den Geistern der toten Krieger heimgesucht wurde?«

River Dog nickte. »Diese Krieger, die mit Raven verschwunden waren, kehrten zuerst zurück, aber mit der Zeit kamen auch andere Ahnen wieder. Und schließlich hatte das Volk keine andere Wahl als zu gehen.«

Max dachte über die Geschichte nach. Irgendwie schien es von Bedeutung zu sein, dass die Geister der Krieger, die Raven begleitet hatten, zuerst zurückkehrten, aber er konnte sich nicht erklären, warum. »Was ist mit der Prophezeiung?«, fragte er.

»Als die Mesaliko hierher zurückkamen, zuerst freiwillig und dann, weil die Regierung der Vereinigten Staaten hier Reservate geschaffen hatte, protestierten die Schamanen und sagten, die Geister würden wieder auferstehen. Die Götter vergessen nichts, und die Sonne würde auch niemals vergessen, wie die Menschen die Unsterblichkeit zu stehlen versuchten, die nur den Göttern gehörte.«

»Weißt du, wo die Mesaliko-Krieger verschwunden sind?«, erkundigte sich Max.

River Dog beschrieb einen Bogen über alle Berge, die vor seinem Haus und dem Dorf lagen. »Irgendwo da draußen.«

Max erhob sich und lehnte sich an die Pfosten, die das Dach der Veranda trugen. Er sah zu den schmalen Bergkämmen hinauf, die über dem Dorf aufragten, das in dem Vorgebirge eingeklemmt war. Der blaue, von Wolkenfetzen durchzogene Himmel sah unschuldig aus. Über den harten, ausgetrockneten Boden trieb Staub.

»Es muss einen Grund geben, warum diese –«, Max zögerte. »Einen Grund dafür, dass die Geister zurückgekehrt sind.«

»Vielleicht einfach nur, um das Volk der Mesaliko dafür zu bestrafen, dass es in diese Gegend zurückgekommen ist«, meinte River Dog. »Aber der Schamane vor mir glaubte, dass ich die Götter zornig gemacht habe, weil ich Nacedo geholfen habe, sich von Verletzungen zu erholen, an denen ein normaler Mensch gestorben wäre. Proud Redbird sagte mir, dass sich die Prophezeiung noch einmal erfüllen würde, weil ich dem Besucher zu überleben geholfen hätte, und dass diese Tat genauso wäre wie Ravens Versuch, dem Volk die Unsterblichkeit zu bringen.«

Max drehte sich um, sodass er den Schamanen ansehen konnte. »Glaubst du das?«

»Ich glaube vieles«, sagte River Dog. »Aber ich weiß auch, dass es viele Dinge gibt, von denen ich nichts weiß. Bis Nacedo zu mir kam, dachte ich, Leute aus einer anderen Welt wären bloß Erfindungen aus Hörspielen, Comics oder Fernsehserien, oder aus den alten Filmen, in die mein Vater mich manchmal mitnahm, wenn mein Großvater es nicht merkte. Wenn mein Vater das nicht getan hätte, wäre ich Nacedo gegenüber vielleicht nicht so hilfsbereit gewesen, als er zu uns kam.«

Der Tonfall des Mannes verriet Max, dass River Dog die Hilfe, die er geleistet hatte, in gewisser Weise bedauerte.

»Du hattest eine Vision, in der ich vorkam?«, fragte Max.

»Ja«, antwortete River Dog. »Du und deine Freunde.« Er nippte an seinem Tee und sah in die Berge hinauf, die das Dorf allmählich in Schatten hüllten, weil die Sonne im Westen unterging. Irgendwie musst du und müssen sie eine Rolle in dieser Sache spielen.«

Ein Teil von Max bezweifelte das. Wahrscheinlich basierte River Dogs Vision auf Wunschdenken. Andererseits hätte dieses Wunschdenken nicht existiert, wenn sich die Geister/Phantome nicht gezeigt hätten.

»Ich möchte keine Rolle darin spielen«, sagte Max.

»Aber das wirst du müssen«, sagte River Dog leise. »Als du heute Morgen kamst, hatte ich meinen Ahnen bereits seit Stunden beobachtet. Bear-Killers Gestalt flackerte mal auf, mal verschwand sie wieder, er wechselte von einer Welt in die andere, immer hin und her, ohne mich zu berühren. Seine Stimme war nur ein Flüstern, ganz anders als die Schreie, die du gehört hast.«

»Aber ich habe gar nichts gemacht«, protestierte Max.

»Du warst da. Irgendwie hat deine Anwesenheit die Geister stärker gemacht.«

Max hob die Hände und betrachtete sie. Ein Zittern lief durch seine Finger und hörte nicht mehr auf. Er ballte die Fäuste und schob sie in seine Jackentaschen. »Das bin nicht ich.«

»Du bist es nicht allein. Es gibt noch etwas anderes als dich, das diese Geister aus ihren Ruhestätten in der jenseitigen Welt in unsere geholt hat.« River Dog durchbohrte Max mit einem unverwandten Blick. »Aber du bist ein Teil davon.«

Max schaute weg und versuchte herauszufinden, was als Nächstes zu tun war. »Ich habe nichts damit zu tun.« Zwing mich nicht, etwas damit zu tun zu haben. In meinem Leben gehen schon genug Sachen schief, ging ihm durch den Kopf.

»Die Geister werden immer stärker werden«, sagte River Dog. »Als sie damals zurückkamen, erschienen sie nur dem Volk und sprachen zu den Familien. Aber nach einer Weile wurden sie irgendwie gewalttätig. Sie konnten auf dem Wind reiten und aus heiterem Himmel Stürme entfachen. Und wenn ein Geist einen berührte, war man verletzt, manchmal verstümmelt oder gar tot. Vor heute Morgen war Bear-Killer niemals in der Lage gewesen, mich zu berühren.«

Max schwieg. Aus einem der nicht weit entfernten Häuser drangen Radioklänge herüber und sorgten für einen Anflug von Normalität. Eine Frauenstimme sagte irgendwas, das dringend klang, und die Radiogeräusche verschwanden. Diese Geräusche klangen normaler und erholsamer als alles, was er den ganzen Tag über gehört hatte.

»Vielleicht sollte dein Volk darüber nachdenken, an einen anderen Ort zu ziehen«, schlug Max vor.

»Wohin denn?« Der Schamane spreizte die Hände. »Dies hier ist unser Zuhause. Schon seit hunderten von Jahren. Mein Volk kann nirgendwo anders hingehen. Außerdem müsste in dem Fall die Regierung der Vereinigten Staaten eingeschaltet werden.« Er schwieg einen Moment lang. »Ich schätze, du bist genauso wenig darauf aus wie ich, dass die Regierungsbehörden ihre Nase allzu tief in unsere Angelegenheit hineinstecken.«

»Stimmt«, nickte Max. Er hatte genug von Regierungsbehörden und Geheimdiensten. Keiner dieser Organisationen lagen seine Interessen oder die seiner Freunde am Herzen. Seit sie sich nicht mit dem Granilithen davongemacht hatten, gab es für sie keine Hoffnung auf Rückkehr in ihre ursprüngliche Heimat.

Wenn ihr Geheimnis aufgedeckt würde, würden die Regierungsbehörden sie aus der Welt entfernen, in der zu bleiben sie sich entschieden hatten.

Von der staubbedeckten Straße, die sich zwischen den Häusern durchschlängelte, drangen Laufschritte zu ihnen herauf. Der Hund zu River Dogs Füßen richtete sein graues, strähniges Fell auf und bellte die beiden Kinder an, die um einen fünfzig Jahre alten Ford Pickup herumliefen, der neben der Veranda stand.

»River Dog! River Dog!«, schrien die beiden Jungs. »Du musst kommen!«

River Dog stellte sein Getränk ab und stand auf. »Was ist los?«

»Unser Großvater«, sagte der ältere der beiden Jungen. Er trug eine abgewetzte abgeschnittene Jeans und war von der Sonne braun gebrannt. Staub bedeckte seine nackten Füße und Beine. Er deutete auf die enge Gasse zwischen den Häusern hinter ihnen.

»Was ist mit deinem Großvater?«, fragte River Dog.

»Er ist zurückgekommen«, sagte der Ältere. Er schlang seine Arme um seinen jüngeren Bruder, der in Tränen ausgebrochen war, und hielt seinen Kopf. »Er schreit Mama an und sagt schreckliche Sachen zu ihr!«

River Dog drehte sich zu Max um. »Los, komm!«

Mit dem Schamanen zu gehen war das Letzte, was Max wollte, doch er spürte, dass er unaufhaltsam in die Ereignisse hineingezogen wurde. Wenn River Dog Recht hatte mit seiner Vermutung, dass die Vorkommnisse irgendwie mit Isabel, Michael und ihm in Verbindung standen, musste er den Grund dafür herausfinden.

River Dog ging durch die Gasse voran und hielt nur noch einmal kurz an, um die beiden Jungen an die Hand zu nehmen.

Während Max hinter dem Schamanen und den Jungen hertrottete, hörte er eine Frau vor Angst und Schmerz schreien. Auch andere Männer und Frauen rannten aus ihren Häusern und schlossen sich ihnen an, um zu dem Haus zu kommen, aus dem die Geräusche drangen.

Einen Augenblick lang glaubte Isabel, dass der Van, der da auf sie und Jesse zusteuerte, voller Regierungsbeamter sein würde. In diesem Moment war sie sicher, dass ihr Geheimnis irgendwie aufgedeckt worden war. Dann sah sie die entsetzt aussehende Frau hinter dem Steuer.

Die Frau hatte den Mund aufgerissen und schrie panisch, aber das Röhren des schnellen Motors erstickte das Geräusch. Die Frau blickte über ihre Schulter und starrte mit irrem, entsetztem Blick auf irgendetwas auf der Rückbank.

Als Isabel sich endlich aus ihrer Erstarrung gelöst hatte, riss Jesse sie in seine Arme und schob sie zurück zum Picknickareal. In der Hektik ließ Isabel den Picknickkorb fallen.

Jesse stieß sie aus dem Weg des herannahenden Vans, kam dabei jedoch ins Stolpern. Isabel sah sofort, dass er sein Gleichgewicht verloren hatte und sich nicht von der Stelle bewegen konnte, um sich selbst zu retten. Sie drehte sich um, erwischte mit einer Hand seine Jacke und zog ihn zurück, während sie so tat, als wäre sie selbst gestolpert.

Sie sprangen mit ausgestreckten Gliedern beiseite, als der Van an ihnen vorbeiraste, und prallten im nächsten Moment unsanft auf den Asphalt des Rastplatzes. Isabel bekam keine Luft mehr. Aber da sie sich an das panische Gesicht der Fahrerin erinnerte, wand sie sich aus Jesses schützender Umarmung heraus und drehte sich, um den Van im Auge zu behalten.

Die Fahrerin kam offensichtlich wieder zu Verstand. Der Van bog von seinem direkten Kurs auf die steinernen Picknicktische und Bänke ab. Aber diese Bemühung kam zu spät und führte nur dazu, dass das Fahrzeug seine unsichere Bodenhaftung vollends verlor. Reifen quietschten, als die Geschwindigkeit und das Gewicht das Fahrzeug unkontrolliert ins Schleudern brachten.

Die Reifen der Beifahrerseite krachten gegen die hohe Bordsteinkante am Ende des Picknickareals. Der Van verlor das Gleichgewicht und kippte auf die Seite. Die Fliehkräfte bewirkten, dass er sich noch einmal überschlug und schließlich gegen die Picknicktische und die Bänke prallte. Der Motor lief weiter auf hohen Touren und heulte immer wieder auf, als wäre er völlig außer Kontrolle, bis es sich anhörte, als stünde eine Explosion unmittelbar bevor. Die Hupe dröhnte unablässig und übertönte das gespenstische Aufheulen des laufenden Motors.

»Oh mein Gott«, rief Jesse.

Isabel rappelte sich auf. Die Frau im Inneren des Wagens konnte noch am Leben sein.

»Komm schon, Jesse!«, schrie Isabel. »Wir müssen nach ihr sehen?«

»Nach wem?«, fragte Jesse und ließ sie nicht los.

»Nach der Frau in dem Auto.« Damit wandte Isabel sich um und marschierte Richtung Van.

»Du hast eine Frau gesehen?«

»Ja.« Isabel musste laut sprechen, um das Motorengeräusch zu übertönen. In der Luft lag der Geruch von brennendem Öl und Benzin. »Sie sah ängstlich aus. Sie hat geschrien.«

Vertraute elektronische Pieptöne erregten Isabels Aufmerksamkeit, während sie sich dem Wagen von hinten näherte. Sie drehte sich sofort um und sah, dass Jesse drei Ziffern in sein Handy eintippte.

»Was machst du?«, fragte Isabel.

»Ich rufe den Rettungsdienst an.«

Da wurde Isabel noch ängstlicher zu Mute. Rettungsdienst und Polizei bedeuteten, dass Uniformierte erscheinen und ihre Aussagen aufnehmen würden. Vielleicht würde es sogar ein Protokoll geben, in dem Jesses und ihr Name aufgeführt würden. Ihr Vater war Anwalt in Roswell. Er las andauernd polizeiliche Dokumente. Es war zwar übertrieben zu glauben, dass ihr Vater einen Unfallbericht von diesem Abschnitt des Highways lesen würde, aber falls es zu einem Prozess kam, bestand diese

Möglichkeit durchaus. Und was würde ihr Vater unternehmen, wenn er herausfand, dass sie zusammen hier gewesen waren? Und was konnte Max tun? Der Gedanke an ihren Bruder machte Isabel ein nur noch schlechteres Gewissen. Max hatte schon genug durchgemacht. Zu wissen, dass sie vielleicht ihr Glück gefunden hatte, würde ihm seinen Verlust umso deutlicher vor Augen führen.

Sie sah sich um, obwohl sie wusste, dass man nichts tun konnte als abzuwarten, was als Nächstes passieren würde. Ihr blieb nichts anderes übrig, als auf das Unvermeidliche zu warten.

7

Isabel holte tief Luft, nickte Jesse zu und versuchte, sich zu beruhigen. Es musste schon mit dem Teufel zugehen, wenn ihr Vater tatsächlich die Dokumente zu Gesicht bekäme, die von der hiesigen Polizeistation oder anderen Strafverfolgungsbehörden erstellt werden würden.

Jesse sprach mit jemandem vom Bereitschaftsdienst am anderen Ende der Handy-Verbindung und nannte den genauen Ort und die Details des Unfalls.

Isabel wandte sich wieder dem Van zu, trat näher und konzentrierte sich eher auf das Autodach als auf das Fahrwerk. In ihrer Fantasie malte sie sich aus, was für ein Blutbad sie möglicherweise erwartete.

Die Windschutzscheibe des Vans war unter der Wucht des Aufpralls zersprungen. Auf der asphaltierten Parkfläche und der sandigen Picknickfläche lagen kleine, viereckige Glassplitter verstreut und glitzerten wie Diamanten. Auch zwischen den Überresten des demolierten Picknicktisches glänzten Glasstückchen.

Bevor Isabel am vorderen Teil des Wagens ankam, fasste Jesse sie am Ellbogen und hielt sie auf. Sie drehte sich zu ihm um.

»Was hast du vor?«, fragte Jesse.

»Ich will nach der Fahrerin sehen«, erwiderte Isabel.

»Riechst du denn das Benzin nicht?«, fragte Jesse und versuchte, sie von dem beschädigten Fahrzeug wegzuziehen. »Der Van könnte explodieren.«

»Wenn das hier ein Film oder ein Fernsehspiel wäre, vielleicht«, antwortete Isabel.

Jesse sah sie zärtlich an. »Ich meine es ernst, Isabel. Ich möchte, dass du von hier weggehst. Ich will nicht, dass dir etwas passiert.«

»Ich werde nach der Fahrerin sehen«, beharrte Isabel.

»Das kann ich doch machen.«

»Bist du plötzlich unverwundbar?«

Jesse sah aus, als wollte er wütend werden.

»Wir werden es zusammen machen«, sagte Isabel. »Ich habe einen Erste-Hilfe-Kurs besucht.«

Jesse schien Einspruch gegen diese Entscheidung erheben zu wollen, aber bevor er dazu kam, drang ein entsetztes Wimmern aus dem Wagen.

»Mein Baby!«, schrie eine Frauenstimme. »Jemand muss meinem Baby helfen!«

Isabel wirbelte herum und lief zum vorderen Teil des Wagens. Bei dem Gedanken, dass sich in dem verunglückten Wagen ein Baby befand, durchlief sie ein kalter Schauder.

Der Benzingeruch wurde stärker. Die gleichzeitige Hitzeentwicklung erinnerte Isabel daran, dass die Gefahr eines Feuers sehr real war und nicht nur irgendwelchen Special Effects in einem Fernsehfilm entsprang.

Als sie vorne am Wagen angekommen war, ließ sie sich auf Hände und Knie fallen und spähte ins Innere des Fahrzeugs. Nachdem sie so lange im hellen Sonnenlicht gestanden hatte, dauerte es einen Moment, bis ihre Augen sich an die Dunkelheit in dem Van gewöhnt hatten.

Die Fahrerin kämpfte mit dem Sicherheitsgurt und versuchte verzweifelt, mit den Armen nach dem Rücksitz zu greifen. Sie war Mitte oder Ende zwanzig, hatte blondes Haar und blasse Gesichtszüge. Blut strömte ihr übers Gesicht, das allerdings mehr Angst als Schmerz zeigte. Aus dem Lenkrad hatte sich ein Airbag gelöst.

Isabel konnte nicht erkennen, wie schwer die Verletzung der Frau war, und aus ihrem Erste-Hilfe-Kurs wusste sie, dass solche Kopfverletzungen besonders stark bluteten. »Hallo«, sagte sie so ruhig, wie es ihr möglich war.

Die Frau hörte nicht auf, nach hinten zu langen, sah Isabel jedoch an. »Helfen Sie mir!«, krächzte sie.

»Das werde ich«, sagte Isabel und rutschte ein wenig zur Seite, damit Jesse sich zu ihr gesellen konnte. »Wir werden Ihnen helfen.«

»Mein Baby!«, wiederholte die Frau.

»Wir werden Ihr Baby herausholen«, versprach Isabel. Sie blickte ins Hintere des Vans.

Hinter dem Fahrersitz befanden sich noch zwei weitere Sitzreihen. Schachteln und Taschen aus der Kofferraumfläche lagen im Inneren des Vans verstreut. Als sie das Ausmaß der Zerstörung in dem Wagen sah, fragte sich Isabel, wie ein kleines Kind diesen Unfall überlebt haben konnte. Denk das nicht, sagte sie zu sich selbst. Alles wird gut. Sie ist noch am Leben. Dann muss das Kind auch noch am Leben sein. Genau wie sie. Isabel wünschte sich, Max wäre da.

Jesse griff in den Wagen und zog an dem Sicherheitsgurt, der die Frau hinter dem verbogenen Steuer gefangen hielt. »Das bringt nichts. Der Verschlussmechanismus ist kaputt.« Er griff in seine Tasche und zog ein kleines Schweizer Taschenmesser heraus. »Ich werde sie losschneiden müssen.«

»Nicht mich!«, schrie die Frau. Tränen füllten ihre Augen. »Bitte! Sehen Sie nach meinem Baby! Sie haben gesagt, sie wäre tot! Sie haben mir gesagt, sie wäre tot, aber da ist sie doch!« Sie zeigte nach hinten. »Ich kann sie sehen. Bitte! Sie braucht Hilfe!«

»Ich werde Ihr Baby holen.« Isabel glitt in den Van.

»Tu das nicht«, sagte Jesse und packte Isabel bei den Schultern.

»Ich muss«, sagte Isabel. Sie starrte ihm in die Augen. »Wir müssen die Mutter rausholen, Jesse. Wir sind kilometerweit von Roswell entfernt. Es wird lange dauern, bis Hilfe kommt.«

In Jesses Augen lag Unentschlossenheit.

»Ich werde dir keine Wahl lassen«, sagte Isabel.

»Lass mich das Baby holen.«

»Du passt nicht durch.« Bevor Jesse noch ein Wort erwidern konnte, zog Isabel sich in den Van. Da der Wagen sich überschlagen hatte und auf der Fahrerseite lag, war es schwierig, sich im Inneren zurechtzufinden.

»Isabel«, rief Jesse.

Sein Körper verstellte einen Großteil des Lichts, das durch die kaputte Windschutzscheibe fiel. Wenn der Van zum Transportieren von Personen und nicht von Lieferfracht gedacht gewesen wäre, wären an allen Seiten Fenster gewesen. Dann hätte es mehr Licht gegeben, und Isabel hätte durch die Fenster ins Innere blicken können.

»Der Benzingeruch wird stärker«, warnte Jesse.

Isabel wusste, dass das stimmte. Sie konnte es selbst riechen. Der Van verwandelte sich in eine Bombe, und der laufende Motor reichte vielleicht aus, um die destruktiven Kräfte zur Detonation zu bringen.

Da Isabel wusste, dass Jesse aus seiner Position nicht sehen konnte, was sie machte, legte sie ihre Hand auf die Metallverkleidung des Vans und ließ ihre Kraft entweichen. Zu ihrem Alien-Erbe gehörte die Fähigkeit, elektronische Geräte zu beeinflussen. Und der Van besaß elektronische Teile, die den Motor und die Zündung steuerten.

Der Teil ihres Gehirns und ihrer Sinne, der ihre Alien-Kräfte kontrollierte, machte sich auf die Suche nach dem Puls des Vans. Sie spürte die elektrische Kraft und schickte eine Energiewelle durch den Van.

»Isabel«, rief Jesse. »Ich habe gerade eine Energiewelle gespürt. Wir können hier nicht bleiben –«

Der Motor des Vans kam ins Stottern und ging schließlich aus.

»Hol sie raus«, sagte Isabel.

»Mein Baby!«, stöhnte die Frau. »Gebt mir mein Baby!«

»Ich hole es«, versprach Isabel, doch ihr wurde mulmig, als sie das Durcheinander von Schachteln und Taschen sah, die über die Rücksitze verstreut waren. Sie hielt nach einem Kindersitz Ausschau, konnte jedoch keinen erblicken. Verzweifelt schob sie die Kisten beiseite, ohne zu wissen, ob sie das Kind damit freilegte oder nur weiter begrub.

»Da ist sie! Da ist sie!«

Isabel schaute, überrascht von der Stimme der Frau, nach vorn. Das Gesicht der Frau sah aus wie eine Maske aus Blut, und Tränen liefen ihr über die Wangen. Aber sie lächelte. Jesse war es schon fast gelungen, die Frau loszuschneiden, und sie konnte sich auf ihrem Sitz umdrehen.

»Da ist ja mein kleiner Engel!«, gurrte die Frau aufgeregt. »Da ist ja meine kleine Abbie! Komm zu Mami, Abbie! Komm!«

Jesse machte ein verwirrtes Gesicht, als er an der Frau vorbei nach hinten blickte. Er sah Isabel an und schüttelte den Kopf.

Isabels Herz hörte beinahe auf zu schlagen. Ihr erster Gedanke war, dass dem Baby etwas Schreckliches zugestoßen sein musste. Sie musste sich überwinden, sich umzudrehen und nach dem Sitz zu sehen.

Ein Kind, das sicher nicht älter war als anderthalb Jahre, lag zusammengerollt wie ein Fötus und von Kisten eingerahmt unten zwischen den Sitzen. Es hatte blonde Haare und Pausbacken. Auf seinem Kopf saß eine pinkfarbene Schleife, die zu dem Rüschenkleid und der Unterwäsche passte. An den Füßen steckten unglaublich groß und plump wirkende pinkfarbene Turnschuhe mit weißen Schnürsenkeln.

»Sehen Sie?«, rief die Frau. »Das ist mein Baby. Das ist meine kleine Abbie.« Sie lächelte und stöhnte dann auf, als Jesse fortfuhr, sie von dem Sicherheitsgurt loszuschneiden. »Die Ärzte haben gesagt, dass sie es nicht geschafft hat, aber ich wusste, dass sie Unrecht hatten. Eine Mutter weiß so was.«

Isabel merkte nicht, wie merkwürdig die Worte der Frau waren. Sie bahnte sich einen Weg zu dem Sitz. »Hey«, sagte sie zu dem kleinen Mädchen. »Alles in Ordnung mit dir?«

Das Mädchen starrte Isabel an und verschränkte die pummeligen Arme vor der Brust.

Jesse half der Mutter aus dem Van, wobei er sie mit sanfter Gewalt hindern musste, Isabel bei der Befreiung des kleinen Mädchens zu helfen.

Isabel streckte ihre Arme nach dem Kind aus. Doch bevor sie

es erreichte, warf das kleine Mädchen den Kopf in den Nacken und knurrte und fletschte die winzigen weißen Zähne. Isabel zögerte überrascht.

»Isabel«, rief Jesse.

Isabel versuchte zweimal, etwas zu sagen.

Das Kind knurrte und schnappte nach ihr. Es sah Isabel an und zeigte dann mit dem kleinen Zeigefinger auf sie. »Du gehörst nicht hierher.«

Jesse spähte ins schattige Innere des Vans. »Was siehst du denn da?«

»Das Baby«, flüsterte Isabel.

»Ich sehe kein Baby«, sagte Jesse. »Wo siehst du es denn?« Er griff nach vorn und schob ein paar Kisten beiseite, wobei er durch das Kind hindurchfasste, als wäre es gar nicht da.

Bevor Isabel, da sie noch zögerte, welche Antwort einen Sinn ergeben würde, etwas erwidern konnte, stand das kleine Mädchen auf und flitzte in den vorderen Teil des Wagens. Sie krabbelte auf allen Vieren über die Kisten und die Sitze, wobei sie sich so geschmeidig bewegte wie ein Kaninchen.

Von dem bösartigen Funkeln in den Augen des Kindes alarmiert, folgte ihm Isabel. Als sie aus dem Wagen kletterte, kratzte sie sich den Ellbogen an einem Splitter der Windschutzscheibe auf. Draußen blendete sie das intensive Sonnenlicht.

»Isabel!«, rief Jesse panisch. Er versuchte, ihr aus dem Wagen zu folgen, verhedderte sich jedoch in den Gurten.

Geblendet und ohne zu verstehen, was los war, beobachtete Isabel, wie das kleine Mädchen zu der verletzten Frau lief, die auf dem Boden lag.

Die Frau streckte ihre Arme aus, konnte wegen ihrer Verletzungen jedoch nicht aufstehen.

»Mutter!«, rief das kleine Mädchen mit sadistischem Vergnügen. In seinem Gesicht zeigte sich ein böses Grinsen, das es blutrünstig und Jahre älter aussehen ließ.

»Abbie!«, flüsterte die Frau. Tränen rannen über ihr blutiges Gesicht. »Oh mein Gott, Mami wollte nicht glauben, was die Ärzte ihr gesagt haben. Mami wusste, dass du lebst und irgendwo bist. Es tut mir so Leid, Schätzchen, dass ich nicht für dich da gewesen bin.« Sie machte eine Geste mit ihren Händen. »Komm zu Mami, Baby. Komm zu Mami. Mami verspricht, dass wir nie wieder getrennt werden. Mami wird immer für dich da sein.«

Das Ding in Gestalt eines Kindes – Isabel gelang es nicht, es weiterhin als kleines Kind zu betrachten – stand unmittelbar außerhalb der Reichweite der Frau und verschränkte die Arme vor der Brust. »Du hast mich umgebracht, Mami.«

Die Frau zog eine schmerzverzerrte Grimasse. »Nein, Abbie, das ist nicht wahr! Oh mein Gott, das ist nicht wahr!«

Jesse befreite sich aus dem Van und ging auf die Frau zu. »Sie halluziniert.«

Isabel sah ihn an. Sie wusste, dass Jesse dieses Ding, aus welchem Grund auch immer, weder sehen noch hören konnte. Er ging zu der Frau hin.

Isabel hielt ihn zurück, da sie nicht wusste, zu was das Ding fähig war, und da sie Angst um Jesse hatte. »Ruf noch mal den Notruf an«, bat sie. »Sag ihnen, was sie hier erwartet.«

Jesse zögerte.

»Das wäre das Beste für sie«, sagte Isabel. »Ich werde ihr helfen.«

Jesse nickte ernst und holte sein Handy heraus. Während er sprach, beobachtete er mit besorgter Miene die Frau.

Das mochte Isabel an Jesse, dass er sich um eine Frau sorgte, die er nicht einmal kannte. Trotzdem war sie immer noch besorgt, was ihr Vater sagen würde, wenn er herausfand, dass sie beide zusammen gewesen waren.

»Abbie!« Die Frau klang nun sehr kläglich. Ihre Verletzungen und der Schock machten sie immer schwächer.

»Du hast mich umgebracht«, sagte das Ding anklagend. »Du hast mich nicht genug geliebt. Du hast dich nicht genug bemüht.«

Isabel kniete ungläubig neben der Frau nieder und versuchte, sie zu trösten. »Es ist alles in Ordnung«, flüsterte Isabel, ohne ihre Augen von dem streitlustigen Etwas zu nehmen. »Was immer sie auch hören oder sehen, es ist nicht real.« Nichts auf der Welt könnte so höhnisch und gemein sein, dachte sie.

Die Frau klammerte sich mit beiden Händen an Isabels Arm. »Ich habe sie nicht umgebracht! Ich schwöre es!«

Isabel überließ der Frau eine ihrer Hände, während sie mit der anderen ihr Haar glatt strich.

»Du hast mich umgebracht, Mami«, sagte das Ding wieder anklagend. »Du wolltest mich nicht. Du wolltest Daddy ganz für dich allein haben. Du hattest Angst, ihn zu verlieren.«

»Nein!« Die Frau klang hysterisch. »Es war ein Unfall, Abbie. Die Nabelschnur hatte sich um deinen Hals gewickelt! Sie haben mir gesagt, dass ich nichts dafür konnte! Es war nicht meine Schuld!« Sie blickte zu Isabel hoch und hielt sich noch stärker an ihr fest. »Sie haben mir gesagt, dass es nicht meine Schuld war.«

»Ich bin sicher, dass es nicht Ihre Schuld war«, sagte Isabel.

Das Ding kreischte vor Wut. Ohne Vorwarnung rannte es direkt auf die am Boden liegende Frau zu.

Ohne nachzudenken, einfach nur in der Absicht, das Ding abzuwehren, damit es der hilflosen Frau nichts antun konnte, streckte Isabel ihre Hand aus. Einen kurzen Moment lang fühlte sie kaltes, hartes Fleisch an ihrer Hand. Und bevor sie Zeit fand, irgendetwas zu unternehmen, knisterte es in der Luft, als würde Elektrizität freigesetzt.

Ein Blitz zuckte aus dem Nichts und fuhr ganz in der Nähe in den Asphalt. Die Explosion riss Isabel und Jesse von den Füßen.

Sie sah zu Jesse hin, da ihr klar war, dass er mehr von dem Blitzschlag abbekommen hatte als sie. Doch als sie ihn rufen wollte, erhob sich eine graugrüne Gestalt von der Frau am Boden.

Isabel, die von dem lauten Blitzschlag immer noch ein Klingeln im Ohr hatte, beobachtete ungläubig, wie die graugrüne Gestalt bis zu einer Größe von drei Metern anwuchs. Ihre

Gesichtszüge wurden irgendwie ausgeprägter, und sie entwickelte sich zu einem Drachen mit buckeligem Rücken, kurzen Flügeln und einer langen Schnauze mit krummen Fangzähnen – jedenfalls wusste Isabel keine bessere Beschreibung für das, was da vor ihr stand. Unter der direkten Sonneneinstrahlung schimmerten die Schuppen silbrig.

Die Augen des Drachen sahen aus wie Fassettenaugen und bewegten sich in ihren Höhlen vor und zurück wie Kameralinsen. Aus den Augenwinkeln des Drachen ragten zwei Antennen, die sich über dem Kopf nach hinten bogen und die er blitzschnell drehen konnte. Er fuhr die Vorderbeine aus, die an die Beine einer Gottesanbeterin erinnerten und in gezackten, hakenförmigen Klauen endeten, und schlug nach ihr.

Isabel zuckte zurück, wollte die bewusstlose Frau jedoch nicht allein lassen. Die hakenförmigen Krallen verfehlten ihr Gesicht nur um wenige Zentimeter.

»Isabel.« Jesse erhob sich wieder.

»Verschwindet!«, knurrte der Drachen Isabel an. »Alles, was ihr tun müsst, ist, diesen Ort zu verlassen, sonst werdet ihr alle sterben!«

Wieder zuckte ein Blitz, der so stark war, dass Isabel trotz des hellen Sonnenlichts geblendet wurde. Diesmal schlug der Blitz in den Van ein. Offenbar war genug Benzin ausgetreten, dass sich eine Pfütze gebildet hatte, die sich sofort entzündete. Isabel sah ein paar Flammen auflodern, dann explodierte der Benzintank, und der Van wurde durch die Luft geschleudert.

Die von Flammen umhüllte, brennende Metallmasse prallte so hart auf dem Boden auf, dass die Erde erbebte. Eine Welle sengender Hitze rollte über Isabel hinweg und zerrte an ihren Haaren und Kleidern. Während sie mit der freien Hand ihre Augen bedeckte, beobachtete sie, wie sich der Drache auflöste. Er zerfiel wie ein computeranimiertes Bild, das Pixel für Pixel auseinander genommen wird.

Nach wenigen Sekunden waren nur noch die bewusstlose

Frau, der brennende, in Flammen gehüllte Van und schwarzer Rauch übrig. Isabel blickte den Highway hinunter und sah einen Polizeiwagen auf sie zurasen.

»Ich muss deinen Vater anrufen«, sagte Jesse.

Isabel nickte. »Sag ihm nicht, dass ich auch hier bin.«

Jesses Miene erfüllte sich mit Sorge. »Es gefällt mir nicht, deinen Vater anlügen zu müssen.«

»Er ist noch nicht bereit dafür«, sagte Isabel.

»Er könnte dahinter kommen.«

»Oder auch nicht«, erwiderte Isabel. »Wenn es nicht unbedingt sein muss, möchte ich nicht, dass er Bescheid weiß.« Sie hielt inne. »Noch nicht, Jesse. Nicht auf diese Weise.« Und wenn das irgendwelche Konsequenzen nach sich zieht, werde ich mich darum kümmern, wenn es so weit ist, dachte sie.

Jesse nickte widerstrebend. Er klappte sein Handy auf und ging dem ankommenden Polizeiwagen entgegen.

Während sie auf den brennenden Van starrte und die bewusstlose Frau in ihren Armen spürte, fiel Isabel plötzlich wieder ein, dass Jesse dieses Ding nicht gesehen hatte. Diese Erkenntnis brannte sich in Isabels Gehirn ein. Die Frau hatte dieses Wesen gesehen, und sie selbst hatte es gesehen. Der einzige Unterschied war, dass sie ein Alien war. Auch wenn sie und Jesse die Phase der ersten Annäherung irgendwann hinter sich hatten und herausfanden, dass die Anziehung zwischen ihnen echt war und nicht nur vorübergehend, würden sie immer noch mit dem Problem zu kämpfen haben, dass sie ein Alien war.

Für Max und Liz schien das ein ewiger Stolperstein zu sein, egal wie sehr die beiden sich auch zu lieben schienen. Und Liz weiß, dass Max ein Alien ist. Jesse hat, was mich angeht, keine Ahnung. Wie soll ich – wie sollen wir damit fertig werden? Isabel verkrampfte sich innerlich. Sie musste etwas unternehmen, aber sie hatte keine Ahnung, was.

Dieses merkwürdige Ding hat mich erkannt, rief sie sich ins Gedächtnis. Es mag zwar meinen Namen nicht gekannt haben, aber es wusste, dass ich anders bin. Und genau aus diesem Grund hat es mich gehasst. Sie beobachtete, wie Jesse mit den Polizeibeamten sprach, und ihr war klar, dass diese Sache auf die eine oder andere Weise Veränderungen in ihr Leben bringen würde.

Max hielt mit klopfendem Herzen an, als River Dog stehen blieb. Sie standen vor einem kleinen Haus mit abbröckelnder Farbe, an dessen Veranda eine Sammlung von Traumfängern und Glöckchen hing. Die leichte Brise brachte die Glöckchen zum Klingeln, doch dieses Geräusch war in Anbetracht des Lärms, der von drinnen kam, kaum zu hören.

River Dog wandte sich den beiden kleinen Jungs zu, die er an der Hand hielt. »Bleibt hier draußen, ich werde mich um eure Mutter kümmern.« Er sah auf und erblickte eine ältere Frau, die sofort näher kam und die Jungen bei der Hand nahm.

Im Haus ging irgendetwas krachend zu Bruch.

Eine Gruppe von jungen Männern kam und blieb in der engen Straße vor dem Haus stehen. Max nahm an, dass sie auf einer Baustelle arbeiteten, denn sie trugen Vorschlaghämmer, Brechstangen und Hämmer bei sich.

»Das ist das Haus von Cathy Callingcrow«, sagte einer der Männer. »Was ist hier los?«

River Dog hob seine Hand. »Lasst mich das regeln.«

Ein anderer Mann bahnte sich mit den Ellbogen den Weg durch die Menge. Max erkannte sofort, dass es George Grayhawk war. Der Mann schien ebenso wenig glücklich, ihn hier wieder zu sehen, wie umgekehrt.

»Was ist hier los?«, fragte Grayhawk herausfordernd.

»Opas Geist«, schrie einer der Jungen. »Er ist im Haus.«

Max sah aus den Augenwinkeln eine kurze Bewegung. Als er sich umdrehte, kam ein Stuhl durch das Fenster geflogen und schleuderte Glassplitter über die Veranda und die versammelte Menge.

Die ältere Frau zerrte die beiden kleinen Jungen fort, als sie zu schreien begannen. Ein paar Männer traten ebenfalls ein Stück zurück und trieben die kleinen Kinder und weitere Frauen von dem Haus weg.

»River Dog«, meinte Grayhawk giftig. »Diese Sache mit den Geistern unserer Ahnen wird immer schlimmer. Sie sind schon mal in die Häuser ihrer Nachfahren zurückgekehrt und haben ihnen geraten wegzugehen, aber sie haben bis jetzt noch nie jemanden verletzt.« Er sah Max unverwandt in die Augen. »Daran sind nur die Besucher schuld. Weil du dich mit den Besuchern eingelassen hast.«

Aus dem Haus drang ein leises ängstliches Wimmern, als hätte sich jemand wehgetan.

George Grayhawk ging mit vier Männern ins Haus.

»Komm mit«, sagte River Dog zu Max.

Da er wusste, dass der Stamm der Mesaliko ihm die Schuld an den Ereignissen gab, nahm Max an, dass der letzte Ort, an dem er sich jetzt blicken lassen sollte, das Innere eines dieser Häuser wäre. Er wollte gehen, einfach zu seinem Auto zurückkehren und nach Roswell zurückfahren.

River Dog blickte sich nicht einmal mehr nach ihm um. Er stieg auf die Veranda und ging hinter den anderen Männern ins Haus.

Da entschloss sich Max, dem Schamanen ins Innere des Hauses zu folgen. Die Schreie der Frau wurden lauter.

8

Das Haus war Max bereits von außen klein erschienen, aber die Räumlichkeiten im Inneren wirkten sogar noch enger, als er gedacht hatte. Max war merkwürdig berührt, verlegen und ängstlich zugleich.

Eine Frau, bei der es sich, wie Max annahm, um Cathy Callingcrow handeln musste, kauerte mit den Händen über dem Kopf in einer Ecke. Aus einer langen Schramme in ihrer Wange sickerte Blut. Ihre schmale Gestalt erbebte unter Schluchzen und starkem Zittern. Sie trug Jeans und ein Männer-T-Shirt und sah aus, als wäre sie nicht mal dreißig Jahre alt.

Die Möbel in dem Raum waren umgeworfen worden. Furchen, die quer über das Holz liefen, deuteten auf den Einsatz von Messern oder Klauen hin. In den Wänden klafften Löcher. In einer der Wände steckte ein Küchenstuhl, wobei zwei Beine unter den Stuhl gebogen waren und die anderen beiden sich in die Wand gebohrt hatten. Der Stuhl passte zu dem draußen auf der Veranda. Auf dem Teppichboden lagen zerschlagene Bilderrahmen.

»Wo ist er?«, fragte Grayhawk.

»Ich bin hier, George Grayhawk«, brüllte eine raue Stimme. Verblüfft über das Ausmaß der Zerstörung wandte sich Max der Mitte des Raums zu und sah einen hoch gewachsenen Mann, der Jeans, ein Khakihemd und schmutzige Arbeitsstiefel trug. Er stand in der Tür, die in die kleine Küche auf der gegenüberliegenden Seite des Zimmers führte. Er trug sein Haar zu zwei Zöpfen geflochten. Über der Stirn saß ein mit Perlen besetztes Stirnband, in dem ein Büschel Adlerfedern steckte, das von seinem Hinterkopf herabhing. Seine Gesichtshaut war faltig und trocken wie Leder, das zu lange in der Sonne gelegen hat.

River Dog sah Max an. »Siehst du den Geist?«, fragte der Schamane.

Max nickte. »Siehst du ihn nicht?«

»Henry Callingcrow ist nicht mein Vorfahre«, sagte River Dog. »Er gehört zwar zur Familie, aber wir sind nicht blutsverwandt. Wo ist er?«

Max zeigte in Richtung der Küchentür. »Da drüben.«

»Was macht er?«, fragte River Dog.

»Er ist gekommen, um mich zu bestrafen«, krächzte Cathy Callingcrow aus ihrer Ecke. »Er sagt, unser Volk sollte nicht hier sein. Er sagt, wir würden alle dafür bestraft werden, dass wir das Abkommen gebrochen haben, dass die Mesaliko einst mit den Geistern getroffen haben.«

»Ich sehe niemanden hier«, sagte Grayhawk herausfordernd.

»Er kennt Sie«, erwiderte Max. »Er hat Sie bei Ihrem Namen gerufen.«

Grayhawk wandte sich verunsichert um und spähte zur Haustür. »Er ist da.« Cathy Callingcrow fuhr sich mit der zitternden Hand über das Gesicht. »Er hat gesagt, er bringt mich um.«

River Dog bewegte sich in sicherem Abstand von der Küchentür durch den Raum und stellte sich vor die Frau. »Ich werde nicht zulassen, dass er dir etwas tut, mein Kind«, versprach der Schamane.

Henry Callingcrow machte ohne Vorwarnung einen Satz und stürzte sich in die Gruppe der Männer. Er schlug heftig mit seinen Fäusten um sich und schickte ausgewachsene Männer zu Boden wie ein Profiwrestler Fünfzigkilohänflinge. Dann rollte Donner in dem Zimmer, und gleichzeitig fuhr ein gezackter Blitzstrahl in eine der Wände. Das Brandmal an der Wand rauchte und stank.

George Grayhawk und die anderen Männer schrien und fluchten vor Angst und Wut, während sie versuchten, sich neu zu gruppieren. Grayhawk gelang es, sein Brecheisen zu schwingen, wobei ein plötzlich zurücktaumelnder anderer Mann ihm einen

Anhaltspunkt dafür gab, wo im Raum der Geist gerade sein Unwesen trieb. Selbst wenn das Brecheisen den Geist berührt hatte – Max konnte es nicht mit Bestimmtheit sagen –, hatte es die Wucht seiner Attacke nicht im Geringsten vermindert.

Henry Callingcrow trat vor River Dog und die am Boden kauernde Frau. Sie schrie panisch auf und hob schützend die Arme vors Gesicht.

Eine Gruppe weiterer Männer erreichte das Haus und stürmte herein.

River Dog hob einen Arm. »Bleibt draußen. Ihr könnt hier ohnehin nichts ausrichten.«

Den Neuankömmlingen gefiel diese Vorstellung ganz und gar nicht, aber sie konnten erkennen, dass der Geist George Grayhawk und seinen Bautrupp zu Boden gestreckt hatte.

Max war klar, dass er nicht einfach tatenlos zusehen konnte. Obwohl er nicht sicher war, ob er überhaupt irgendwas auszurichten vermochte, ging er auf den Geist zu, um sich ihm in den Weg zu stellen. Mit ausgestrecktem Arm blieb er vor River Dog stehen. In dem engen Raum gab es nicht viel Spielraum.

Henry Callingcrows Gesicht war rot vor Zorn. »Verschwinde, *Außenseiter*«, befahl er mit rauer Stimme. »Verschwinde, dann wirst du vielleicht am Leben bleiben.«

Max wollte etwas sagen, aber wenn der Geist tatsächlich eine Art unsterblicher Wiedergänger des einst lebendigen Mannes war, wusste er nicht, was er ihm sagen sollte.

River Dog stimmte hinter Max einen Sprechgesang an. »Hör mir zu, Cathy Callingcrow«, sang der Schamane, »hör mir zu und hab keine Angst. Rachsüchtige Geister werden durch unsere Angst nur noch stärker. Unsere Ahnen lernten dies, als sie das erste Mal mit ihnen konfrontiert wurden. Wenn du keine Angst hast, können sie dir nichts anhaben.«

Max glaubte das nicht. Aber während er sie betrachtete, schien die Erscheinung vor ihm plötzlich zu flackern wie ein Computerbildschirm, der ein neues Bild lädt.

River Dog fuhr mit seinem Sprechgesang fort.

»Nein!«, brüllte Henry Callingcrow und warf sich nach vorn.

Max streckte instinktiv beide Hände aus, um den Geist aufzuhalten. Einen Augenblick lang spürte er eine Art Widerstand, so als hätten seine Hände durch einen festen Pudding oder Gelatine gestoßen, die sich furchtbar kalt anfühlte, dann wurde das Zimmer wieder von einem gleißenden Blitz erfüllt.

Im nächsten Moment war der Geist aus seinem Blickfeld verschwunden.

Max atmete keuchend vor Angst, da er nicht zu glauben wagte, dass dieses Ding wirklich verschwunden war, und ließ seinen Blick aufgeregt durch den Raum wandern. Was hatte zu seinem Verschwinden geführt? River Dogs Ahne war in seinen Körper gefahren, bevor er verschwunden war.

»Ist er weg?«, fragte River Dog ruhig.

Max starrte Grayhawk an, der seinen Männern wieder auf die Beine half.

»Ich glaube schon«, sagte Max. Dann bemerkte er, dass die junge Frau leblos gegen River Dog gesunken war. »Ist sie – ist sie –«

»Sie lebt. Sie ist nur bewusstlos.«

Max beugte sich zu der Frau hinunter. Er betrachtete die lange Schramme in ihrem Gesicht. Selbst wenn sie einen guten plastischen Chirurgen aufsuchte, würde diese Wunde eine schreckliche Narbe hinterlassen und ihr furchtbare Schmerzen bereiten. Er wollte nicht, dass sie das durchmachen musste. Er konzentrierte seine Energie und legte eine Hand auf ihr Gesicht.

»Was machst du da?«, fragte Grayhawk herausfordernd hinter ihm.

»Still!«, befahl River Dog.

Max heilte die Frau und sah zu, wie das Fleisch sich schloss. Innerhalb von Sekunden ging ihr Atem tiefer und regelmäßiger, dann war nicht mal mehr ein Kratzer zu sehen, der darauf hinwies, wo die Wunde gesessen hatte.

Max fühlte sich erschöpft und zog die Hand weg. Er blickte zu River Dog auf. »In ein paar Tagen wird sich ein Mal in ihrem Gesicht zeigen«, sagte er. »Ein silberner Abdruck meiner Hand.« Ihm fiel der Abdruck ein, den Liz auf ihrem Bauch gehabt hatte. »Er wird mit der Zeit verschwinden. Es ist nichts, worüber sie sich Sorgen machen muss.«

»Verstehe«, erwiderte River Dog.

Max nickte. »Du wirst wahrscheinlich auch einen auf deiner Brust finden, wegen heute Morgen.«

»Danke«, sagte River Dog.

Ganz langsam, da er Angst hatte, in der unmittelbaren Gegenwart von Grayhawk und seinen Männern irgendwelche plötzlichen Bewegungen zu machen, erhob Max sich. Seine Knie zitterten. Er sah River Dog an. »Ich verstehe das alles nicht.«

Der Schamane nickte. »Eines Tages werden wir es verstehen, ganz bestimmt. Hilf mir mit ihr.«

Bevor Max einen Schritt machen konnte, um ihm mit der bewusstlosen Frau zu helfen, schob Grayhawk ihn beiseite und legte einen Arm um Cathy Callingcrow. »Ich hab sie«, sagte Grayhaw zu River Dog. »Sorge du dafür, dass der Besucher aus unserer Stadt verschwindet. Seine Gegenwart macht alles nur noch schlimmer.«

Max war gekränkt und spürte, wie sein Gesicht rot anlief. Er wollte nur weg aus diesem Dorf und nach Roswell zurückkehren.

Michael sah von dem Handfeger und dem Kehrblech auf, mit denen er Glassplitter vom Boden des *Crashdown Cafés* kehrte. Nach dem Zwischenfall mit Leroy Wilkins hatten Liz' Eltern das Café geschlossen und die Crew damit beauftragt aufzuräumen. Michael war nicht gerade begeistert, dass er Überstunden machen musste, denn er hatte sich schon darauf gefreut, nach Hause zu kommen und ein Nickerchen zu machen. Er hatte den versäumten Schlaf nach der Arbeit in der Wüste, die immerhin schon eine Woche zurücklag, immer noch nicht richtig nachgeholt.

Isabel stand nur wenige Meter neben ihm und schaute sich um. Sie sah aus, als hätte sie sich eben umgezogen, und duftete nach Seife und Shampoo, als käme sie geradewegs aus der Dusche.

»Ich dachte, du hättest heute gearbeitet«, sagte Michael.

»Hab ich auch.« Isabel warf ihm einen ihrer herrischen Blicke zu, die er nur zu gut kannte. »Ich bin in Eile.«

»Ich auch«, sagte Michael. »Ich hatte gehofft, heute ein bisschen eher gehen zu können.« Er wedelte mit dem Kehrblech in Richtung der Fenster, wo immer noch Teile der Glasscheiben im Rahmen steckten. »Das Café ist geschlossen, aber ich werde schwerer arbeiten müssen als je zuvor, um den Laden hier wieder sauber zu kriegen.«

Isabel verschränkte die Arme vor der Brust. »Ich habe gehört, ein wild gewordener Wirbelwind hätte das Café verwüstet. Außerdem habe ich gehört, dass ein Poltergeist alles kurz und klein geschlagen hat. Da wollte ich mich erkundigen, welche Version stimmt.«

»Und wenn ich dir sagen würde, dass es tatsächlich ein Geist war?«, fragte Michael.

»Was für ein Geist?«, hakte Isabel nach.

Michael ließ seinen Blick über das verwüstete Innere des Cafés schweifen und antwortete: »Na ja, es war definitiv nicht Casper, der freundliche Geist. Es war eher ein Geistertrio im Stil von Steven Spielbergh.«

»Ich muss mehr darüber wissen.«

Michael fügte achselzuckend hinzu: »Es war der Geist irgendeines alten Goldsuchers namens Swanson. Ziemlich dämlich aussehender Typ.«

»Der Geist war also kein kleines Kind?«

Michael starrte sie an und sah, dass ihre Ruhe und Selbstbeherrschung nur aufgesetzt waren und ihre Fassade stark bröckelte. »Du hast auch einen Geist gesehen?«

»Ich hab etwas gesehen«, stimmte Isabel zu. »Wie wir es zu nennen haben, wird sich allerdings erst noch herausstellen.«

»Wo hast du denn deinen Geist gesehen?« Michael interessierte das Thema eigentlich gar nicht so brennend, aber auf diese Weise würde Maria wenigstens auch Isabel mal über Geister sprechen hören.

»Später«, erwiderte Isabel. »Hör zu, wir müssen uns treffen und reden. Weißt du, wo Max ist?«

»Nein«, antwortete Michael. »Er hat sich nicht blicken lassen.«

»Vielleicht haben wir uns ja auch nicht bei ihm blicken lassen.« Isabel runzelte die Stirn und warf Michael einen vorwurfsvollen Blick zu.

Michael sagte nichts. Er fühlte sich keineswegs schuldig. Max war ja kein Kind mehr. Max konnte Michael problemlos ausfindig machen, wenn er etwas von ihm wollte. Aber Max hatte sich angewöhnt, sein Ding auf eigene Faust durchzuziehen, egal wie Isabel oder Michael darüber dachten. Das war einer der Punkte, die Michael an Max respektierte.

Isabel blickte sich um. »Wo ist Liz?«

»Im Krankenhaus.«

Isabel machte ein besorgtes Gesicht. »Wurde sie verletzt?«

»Nein, aber Liz' Vater bestand darauf, dass sie ins Krankenhaus fährt und sich vorsichtshalber mal durchchecken lässt. Sie ist im Polizeibericht als Zeugin von Seiten des Cafés aufgeführt. Wegen der Versicherung und so, nur für den Fall, dass der Typ vor Gericht ziehen will.«

»Gut«, sagte Isabel. »Ich möchte auch dort hinfahren. Falls du mich brauchst, findest du mich dort.«

Michael sah ihr wütend nach, da er wusste, dass Isabel einen Geist gesehen hatte, sie ihm jedoch nichts darüber erzählte, obwohl sie ihm jede Menge Fragen gestellt hatte. Wenn Isabel sich für Geister interessierte, wenn sie ebenfalls einen gesehen hatte, nahmen die Dinge in Roswell mal wieder eine Wendung zum Merkwürdigen und Unvorhersehbaren.

Auf der anderen Straßenseite hatten sich einige Teenager und Leute aus der Stadt versammelt, um die Schäden zu bestaunen. Es kursierten bereits Dutzende von Gerüchten über die Ursache des Vorfalls. Es hatte sogar geheißen, das *Crashdown Café* wäre einst auf einem alten Indianerfriedhof erbaut worden.

»Könntest du dir vorstellen, den Besen wieder in die Hand zu nehmen?«

Michael drehte sich um, als er Marias Stimme hörte, und entdeckte, dass sie nur wenige Meter hinter ihm stand. »Ich hab gerade mit Isabel gesprochen.«

Maria sah sich demonstrativ um. »Sie ist weg, also seid ihr wohl fertig mit eurer Unterhaltung. Es sei denn, ihr benutzt eine telepathische Verbindung.«

Da Maria mit einem missbilligenden Unterton sprach, fragte Michael: »Bist du wegen irgendwas sauer?«

»Nein«, antwortete Maria knapp. »Sollte ich?«

»Nein«, sagte Michael. Er wies mit der Hand auf das Chaos vor ihnen und meinte: »Ich hab das nicht gemacht.«

»Es gibt eine Menge Dinge, die du nicht machst, Michael. Es gibt eine ganze Menge Dinge, über die du offensichtlich nicht mal nachdenkst.« Maria drehte sich ohne ein weiteres Wort um und ging zurück in die Küche.

Michael versuchte, sich wieder auf die Arbeit zu konzentrieren, doch er wusste, dass er das nicht konnte. Wenn er absolut keine Ahnung hatte, worüber Maria sauer war, gab es nur eins, was er tun konnte. Er legte seufzend Handfeger und Kehrblech hin, löste den Knoten an seiner Schürze und ließ sie auf einem der Tische liegen.

Er ging in die Küche, wo Maria an dem mit Spülwasser gefüllten Becken stand und Töpfe und Pfannen schrubbte. Der Boden um sie herum war mit Schaum und Wasserlachen übersät, ein stummer Beweis für die Rage, in die sie sich hineingesteigert hatte, bevor sie sich auf die Suche nach ihm machte.

Michael lehnte sich mit der Hüfte gegen den Herd, verschränkte die Arme vor der Brust und machte sich auf das Schlimmste gefasst. Immer wenn Maria so war, wusste er, dass sie ihm irgendetwas vorwarf. Der Geist, der die verheerenden Schäden im *Crashdown Café* angerichtet hatte, war das größte Übel, das ihm einfiel. Aber dafür konnte er nichts. »Ich habe den Geist nicht hierher gebracht«, sagte er.

Maria wusch weiter Geschirr ab.

Michael rief sich im Kopf eine ganze Liste von Dingen auf, die schief gegangen sein konnten. »Ich habe uns auch nicht freiwillig zum Aufräumen angemeldet.«

»Nein«, sagte Maria mit kalter, distanzierter Stimme. »Das war ich. Ich wusste, dass wir das Geld brauchen, und Liz' Eltern konnten die Hilfe gebrauchen.«

»Du hast mich nicht gefragt«, meinte Michael. »Darüber könnte *ich* sauer sein.«

Maria sah ihn an. Sie hatte das Geschirr so kräftig gescheuert, dass kleine Schaumfetzen bis in ihr Haar aufgewirbelt worden waren. »*Bist* du denn sauer deswegen?«

Da er, was diesen Tonfall und diesen Gesichtsausdruck anging, über beträchtliche Erfahrung verfügte, entschied Michael, dass es in diesem Fall besser war, diskret zu sein. »Nein. Mehr Geld kann ich gut gebrauchen. Obwohl ich ein bisschen was von dem zurückgelegt habe, was ich draußen in der Wüste verdient habe.«

»Also hättest du das heute nicht gebraucht?«

Michael seufzte innerlich. Na, das kann ja wieder lustig werden. Aber obwohl er sich sein Gehirn zermarterte, wollte ihm nichts einfallen, was er verbrochen haben könnte. Er hatte nicht einmal genug Zeit gehabt, etwas falsch zu machen.

»Äh, wegen der Sache mit dem Geist«, unternahm Michael einen neuen Versuch. »Das hätte ich dir erzählen sollen. Das war nicht richtig von mir.«

»Ich hätte es dir nicht geglaubt«, sagte Maria.

Michael blinzelte sie verwirrt an. Hatte er irgendwas verpasst? »Dann verstehe ich nicht, warum du sauer bist«, gestand er.

Maria stieß offensichtlich frustriert die Luft aus.

Michael zuckte zusammen und trat einen Schritt zurück. Vor dem Geist des alten Goldgräbers war er nicht zurückgewichen, nicht mal als ein Blitz ins *Crashdown Café* eingeschlagen war, aber vor dem Zorn, den Maria jetzt zur Schau trug, wich er zurück.

»Hast du überhaupt nachgedacht über das, was du gemacht hast?«, fragte Maria.

»Ich hab doch gar nichts gemacht«, protestierte Michael.

»Doch, hast du.«

»Was denn?«

»Du hast Liz vor dem Geist gerettet«, sagte Maria, dabei stand ich direkt neben dir! Dir ist nicht mal in den Sinn gekommen, dass du mich retten könntest!«

9

Liz saß in der Wartezone vor der Notaufnahme des Krankenhauses. Sie wollte raus aus dem Krankenhaus oder zumindest für ein paar Minuten das Wartezimmer verlassen und nach draußen gehen, aber sie hatte das Gefühl, dass sie so bald nicht dazu kommen würde.

Das Wartezimmer war hell erleuchtet vom Sonnenlicht des frühen Nachmittags, das durch die Jalousien fiel. Leute saßen herum und redeten, wobei einige von ihnen wirkten, als hätten sie ziemlich viel Erfahrung darin, auf diesen harten, ungemütlichen Stühlen zu sitzen. Andere zappelten herum oder blätterten Zeitschriften durch, ohne wirklich darin zu lesen. Einige der Wartenden sahen richtig krank und elend aus und kurz davor, dringende Hilfe zu benötigen.

Alles in allem war der Warteraum eines Krankenhauses nicht der ideale Ort, um sich darin um irgendwen echte Sorgen zu machen, dachte Liz. Obwohl sie Wilkins nicht kannte, fühlte sie sich schuldig, weil sie sich nicht um ihn sorgte. Meistens waren ihre Gedanken jedoch bei Max. Sie fragte sich, wo er stecken mochte und warum er nicht gekommen war, nachdem er herausgefunden hatte, was im *Crashdown* geschehen war.

Es sei denn, er weiß es gar nicht, sagte sie sich. Sie versuchte, diesen Gedanken rasch zu unterdrücken, weil er mit beängstigender Plötzlichkeit an Intensität gewann.

Liz schaute zu ihrem Vater, der am anderen Ende des Zimmers saß. Jeff Parker war schlank und irgendwie immer in Aktion. Er drückte sich das Handy ans Ohr, lauschte eine Weile und sprach dann schnell hinein. Er verhandelte mit der Versicherung über die Details. Dabei blätterte er immer wieder in den Unterlagen, die er mitgebracht hatte, und machte sich Notizen.

Da sie nicht länger sitzen konnte, stand Liz auf und ging zu ihrem Vater hinüber. Als er aufsah, sagte sie: »Ich bin gleich zurück. Ich hole nur was zu trinken. Möchtest du auch etwas?«

»Kaffee«, antwortete ihr Vater. »Danke.« Dann wandte er seine Aufmerksamkeit wieder dem Telefongespräch zu.

Liz verließ den Warteraum und ging zu der Nische, in der die Getränkeautomaten standen. Sie warf einen Dollar hinein und traf ihre Wahl.

Als sie sich mit ihrer Sprudelwasserdose in der Hand wieder aufrichtete, huschte ein Schatten über die Oberfläche des Getränkeautomaten. Liz fuhr erschrocken herum, da ihr in diesem Augenblick wieder einfiel, dass sie den Geist im Café nicht gesehen hatte, und sie sich plötzlich fragte, ob sie Schatten warfen oder andere Lichtreflexe hervorriefen.

»Alles in Ordnung mit dir?«, fragte Isabel.

»Ja, es geht mir gut«, erwiderte Liz. »Du hast mich erschreckt.«

»Tut mir Leid«, entschuldigte sich Isabel.

»Ist ja nichts passiert. Wie kommt's, dass du hier bist?«

»Ich hab mit Michael gesprochen«, erklärte Isabel. »Ich habe gehört, was im *Crashdown Café* passiert ist.« Sie hielt inne und schaute sich um. »Ist Max nicht hier?«

Liz verschränkte verlegen die Arme vor der Brust. »Nein.«

»Weißt du, wo er ist?«, fragte Isabel.

»Nein«, antwortete Liz.

In Isabels Augen und in ihrem Gesicht zeichnete sich Erstaunen ab. »Wenn du ihn siehst, sag ihm doch, dass ich ihn dringend sprechen muss.«

»Klar«, meinte Liz und zwang sich, Isabel nicht das Gleiche zu sagen. Sie wollte Max nicht wissen lassen, dass sie nach ihm suchte. Wenn er zu ihr kam, sollte er von selbst kommen, nicht weil er dachte, dass sie ihn brauchte. Dann begriff sie, dass genau das der Grund war, aus dem sie ihm vorwarf, dass er nicht im Krankenhaus war, dass er nicht kam, obwohl er wissen musste, wie sehr sie ihn jetzt brauchte. »Stimmt irgendwas nicht?«

Isabel zögerte und sagte dann: »Der Geist im *Crashdown Café* war nicht der einzige Geist, der in der letzten Zeit erschienen ist.«

»Ich weiß«, erwiderte Liz. »Michael hat erzählt, dass er vor ein paar Tagen einen gesehen hat, als er in der Wüste gearbeitet hat.« Als sie Isabel ansah, ging ihr ein Licht auf. »Du hast auch einen Geist gesehen?«

»Ich habe etwas gesehen«, bestätigte Isabel. »Deshalb muss ich mit Max sprechen.« Sie hielt inne. »Du musst mir noch einen Gefallen tun.«

Liz war sofort hellwach. Isabel bat sonst nie jemanden um einen Gefallen. »Sicher«, sagte Liz.

»Ich glaube nicht, dass das jemals nötig sein wird, aber falls doch, würdest du meinem Vater bitte sagen, dass ich sofort hergekommen bin, um nach dir zu sehen, sobald ich hörte, was im *Crashdown Café* passiert ist?«

Liz blinzelte und wartete auf eine Erklärung. Sie blieb aus. »Okay«, sagte sie, fragte sich jedoch, was Isabel ihr verheimlichte. Plötzlich fürchtete sich Liz davor, dass ihr absolut jeder irgendwas verheimlichte.

Isabel sah auf ihre Uhr. »Wann bist du hier angekommen?«

»Ich weiß es nicht. Vor einer Dreiviertelstunde vielleicht.«

Isabel nickte kurz. »Falls mein Vater dich zufällig fragt, wann ich hier war, kannst du ihm dann sagen, dass ich fünf Minuten nach dir aufgetaucht bin?«

»Sicher«, erwiderte Liz und fragte sich: Die hyperkorrekte Isabel will ihre Eltern anlügen? Dann muss der Weltuntergang bevorstehen.

»Danke«, sagte Isabel. »Ich muss mal eben was nachsehen. Bin gleich wieder da.«

»Okay.« Liz stand sprachlos da und spürte, wie ihre Hand, die die kalte Getränkedose umspannte, allmählich taub wurde. Isabel drehte sich um und ging einen der Krankenhausflure entlang, als wüsste sie genau, wo sie hinwollte.

Na großartig, dachte Liz missmutig. Jetzt bin ich hier schon das Botenmädchen. Sie peilte die Kaffeemaschine an und warf noch einen Dollar ein. Sie holte die Kaffeetasse hinter der Schutzklappe aus Plastik hervor und drehte sich um. Jim Valenti stand hinter ihr. Sie erschrak so sehr, dass sie beinahe den Kaffee verschüttet hätte.

»Stimmt irgendwas nicht?«, fragte Valenti. Er war hoch aufgeschossen und knochig, ein Produkt des rauen Einflusses der Cowboys, der in New Mexico immer noch spürbar war. Er trug Jeans und ein weißes Westernhemd sowie handgemachte Cowboystiefel. In einer Hand hielt er einen weißen Hut, der ihn in der alten Fernsehserie *Rauchende Colts* als einen der Guten kenntlich gemacht hätte.

»Nein«, erwiderte Liz, während sie die Getränke zu balancieren versuchte.

»Du siehst aus, als hättest du ein Gespenst gesehen«, sagte Valenti.

Liz warf ihm einen kühlen Blick zu.

»Tut mir Leid«, entschuldigte Valenti sich mit einem knappen Grinsen. »Nachdem ich diese Geschichte gehört hatte, dachte ich, ich schaue mal vorbei und finde raus, ob sie wahr ist.«

»Ich habe kein Gespenst gesehen«, sagte Liz.

Valenti nickte und drehte den Hut um den Finger. »Ich dachte mir schon, dass das Unsinn ist, aber ich habe dieser Tage Probleme damit, die Zeit totzuschlagen.«

Vor nicht allzu langer Zeit war Valenti seines Amtes als Sheriff enthoben worden. Er hatte Informationen zurückgehalten, die Max, Isabel und Michael verraten hätten.

»Es ist nicht alles Schwachsinn«, sagte Liz. »Da war …« Sie zögerte. »… *irgendetwas*. Michael hat es gesehen.«

Valenti kniff die Augen zusammen, und seine Stirn legte sich gedankenvoll in Falten. »Wie ich gehört habe, hast du mit Maria neben Wilkins gestanden, als er zu Boden ging.«

»Ja, das stimmt«, nickte Liz.

»Aber du hast nichts gesehen?«

»Nein.«

Valenti seufzte. »Und Maria?«

»Hat auch nichts gesehen«, sagte Liz.

»Was hat Michael denn gesagt, was *er* gesehen hat?«

»Einen Mann.« Liz versuchte, sich an alles zu erinnern, was Michael ihr während ihrer hektischen Unterhaltung im Flüsterton erzählt hatte, bevor der Krankenwagen eingetroffen war.

»Jemanden, den er kannte?«

»Nein. Michael sagte, es wäre ein großer Kerl mit einem krummen Rücken gewesen, der aussah, als hätte er eine Menge Zeit in gebückter Haltung verbracht, damit er sich nicht den Kopf irgendwo anstößt.«

»Und was hatte er für Augen?«, wollte Valenti wissen.

Liz merkte sofort, dass der ehemalige Sheriff lebhaftes Interesse an dieser Sache hatte. »Michael sagte, der Geist hätte nur ein Auge gehabt. Vor dem zweiten trug er eine Augenklappe.«

Valenti kratzte mit dem Daumennagel über seine Bartstoppeln am Kinn. Es klang wie Sandpapier. »Also ein einäugiger Geist?«

»Sagt Ihnen das irgendwas?«, fragte Liz.

»Vielleicht«, gestand Valenti. »Vor dreißig Jahren hat mein Vater eine Suche nach Leroy Wilkins Partner gestartet. Nach einem einäugigen Mann namens Terrell Swanson.«

Liz überlief ein kalter Schauder. »Wilkins hat diesen Namen im Café erwähnt. Er sagte, Swanson würde ihn verfolgen.«

Valenti drehte erneut seinen Hut. Er war offensichtlich in Sorge. »Mein Vater hat Terrell Swanson nie gefunden. Er glaubte, dass Wilkins Swanson damals in den sechziger Jahren während eines Streits über einen Uranfund umgebracht und die Leiche verscharrt hat.«

Liz starrte in Valentis blaue Augen. »Glauben Sie, dass der Geist echt ist?«, fragte sie.

»Ich glaube, dass ich mit Michael sprechen möchte«, erwiderte Valenti. »Ist er noch im *Crashdown*?«

»Ja«, sagte Liz.

»Wie geht es Wilkins?«

»Ich weiß es nicht. Die Notärzte, die ins Café gekommen sind, dachten, er hätte einen Herzinfarkt. Ich glaube nicht, dass sie wissen, ob er es schafft.« Bedeutet das, dass nachher ein weiterer Geist in Roswell umgehen wird? Bei diesem Gedanken bekam Liz eine Gänsehaut.

»Wirst du noch eine Weile hier sein?«

Liz nickte.

Valenti schaute zur Tür der Notaufnahme und sagte: »Sag mir Bescheid, wenn hier irgendwas passiert, das ich wissen sollte.«

»Klar«, erwiderte Liz.

Valenti setzte seinen Cowboyhut wieder auf und fuhr mit dem Zeigefinger über die Krempe. Er sah Liz feierlich an. »Ich werde da sein, wenn diese Sache sich als etwas entpuppt, das dich und deine Freunde in Schwierigkeiten bringt.« Dann war er weg. Er ging zielstrebig durch den Warteraum und stieß die Tür zum Hauptparkplatz auf.

Liz kehrte in den Warteraum zurück und reichte ihrem Vater den Kaffee. Ihre Gedanken überschlugen sich, konfrontierten sie mit Dingen, die ihr nicht willkommen waren, und ließen sie erneut Max' Abwesenheit spüren. Liz' Vater war so in sein Gespräch mit den Versicherungsleuten vertieft, dass er ihre Abwesenheit kaum bemerkte und auch den Kaffee kaum würdigte, den sie ihm brachte.

Liz ging zurück zu ihrem Stuhl und hielt ihre Getränkedose in der Hand. Sie sah durch die Jalousien nach draußen und wünschte sich die Nähe ihres Freundes: Oh, Max, wo bist du nur?

Max trottete zu seinem Wagen zurück. River Dog ging neben ihm her. Die Sonne brannte auf ihn hinunter und zehrte an seinen Reserven. Er freute sich schon auf die Klimaanlage des Cutlass.

»Du solltest George Grayhawk und seinen Männern vergeben«, sagte River Dog. »Menschen tun manchmal merkwürdige Dinge, wenn sie Angst haben.«

Max hielt bei seinem Wagen an und schaute zurück auf die kleine Ortschaft der Mesaliko. Während er den Ort zwischen den Häusern hindurch verlassen hatte, war ihm aufgefallen, dass ihn viele Bewohner argwöhnisch anstarrten. Das Seltsame war jedoch, dass er nicht sicher sein konnte, wie viele von ihnen wirklich lebendig waren und wie viele … nicht. »Irgendwas stimmt hier nicht.«

»Wie meinst du das?«, fragte River Dog.

»Wenn die Geister wirklich wollten, dass ihr aus dieser Gegend verschwindet, warum erscheint nicht eine ganze Armee von ihnen und verjagt euch von hier?«

»Es sind schon mehrere Geister erschienen, und das bereits seit Tagen. Sie versammeln sich.«

»Du hast ja gesehen, was Henry Callingcrow da drüben mit allen gemacht hat. Wenn sich eine Gruppe von ihnen zusammenrauft, könnten sie euer Dorf dem Erdboden gleichmachen.«

River Dog nickte und ließ sich Zeit, bevor er antwortete. »Bis heute, bis zu deiner Ankunft, waren die Geister nicht dazu in der Lage, physisch mit irgendjemandem Kontakt aufzunehmen.«

»Aber Callingcrow hat dieses Haus doch schon verwüstet, bevor wir dort angekommen sind.«

»Stimmt, aber du warst im Ort.«

Max betrachtete die über die Hügel versprengten Häuser. »Das kann nicht sein«, sagte er. »Du hast erzählt, dass so etwas vor hundert Jahren zum ersten Mal passiert ist. Das Raumschiff, mit dem wir hier gestrandet sind, erreichte die Erde jedoch erst 1947. Vor hundert Jahren gab es hier niemanden wie mich.«

»Ich kenne nicht alle Antworten, aber ich weiß, dass deine Anwesenheit hier irgendeinen Einfluss auf die Dinge ausübt. Ich glaube, es wäre besser, wenn du jetzt fährst.«

Diese Äußerung traf Max schwer, aber ein Teil des Schmerzes verwandelte sich in Wut. Er gehörte nirgends hin. Tess hatte ihn verraten, hatte sie alle verraten, und Liz war in letzter Zeit auch nicht gerade begeistert, dass er hier geblieben war.

Max öffnete die Tür des Cutlass. »Nach dem Empfang, der mir hier bereitet wurde, werde ich bestimmt nicht wiederkommen.« Er stieg ins Auto und setzte sich hinters Steuer. Der Sitzbezug war heiß.

»Du bist heute auch aus eigenem Interesse hierher gekommen«, stellte River Dog fest.

Max spürte einen Kloß im Hals, der sich nicht hinunterschlucken ließ. »Ich habe einen Sohn.«

»Sei gesegnet«, sagte River Dog. »Einen Sohn zu haben verleiht viel Kraft, aber es ist auch eine große Verantwortung.«

»Er wurde mir weggenommen«, sagte Max.

River Dog sah ihn besorgt an. »Das tut mir Leid.«

»Ich hatte gehofft, du wüsstet mehr über den Granilithen. Oder könntest mir sagen, wie ich meinen Sohn finden kann.«

River Dog schüttelte den Kopf. »Ich habe dir alles gesagt, was ich über die Dinge weiß, die Nacedo mir über den Ort erzählt hat, von dem du stammst.«

»Dann gibt es da draußen vielleicht noch etwas anderes«, sagte Max. »Etwas, das Nacedo dir nicht gegeben hat. Etwas, das mir helfen könnte, den Granilithen ausfindig zu machen.«

»Wenn ich diese Sache hier erledigt habe«, sagte River Dog, »wenn ich dafür gesorgt habe, dass sich alles wieder eingependelt hat und mein Volk sicher ist, bin ich gerne bereit, dir bei deiner Suche behilflich zu sein.«

»Danke«, sagte Max.

»Wenn du wieder in der Stadt bist«, fuhr der Schamane fort, »sieh zu, dass du gemeinsam mit den anderen mehr über die Geister herausfindest, die Roswell heimsuchen.«

Max kniff die Augen zusammen, wodurch sein Blickfeld sich verengte. »Wie meinst du das?«

»Die Geister fallen auch in Roswell ein.«

»Woher weißt du das?«

»Ein paar Leute aus dem Dorf sind heute von einer Einkaufstour in Roswell zurückgekehrt. Während ich mich um Cathy Callingcrow gekümmert habe, haben ein paar von ihnen mit mir gesprochen. Es gab einen Angriff auf das *Crashdown Café.*«

Oh mein Gott, dachte Max. Liz! »Wurde jemand verletzt?«

»Nur ein Mann«, antwortete River Dog. »Er heißt Leroy Wilkins.«

Der Name sagte Max nichts.

»Wilkins ist bei uns bekannt«, ergänzte River Dog. »Er wurde vor fast dreißig Jahren beinah ins Gefängnis gesteckt, weil er im Reservat nach Bodenschätzen geschürft hatte.«

»Ich muss los«, sagte Max. Er drehte den Schlüssel im Zündschloss und hörte, wie der Motor ansprang.

River Dog zog sich vom Wagenfenster zurück und richtete sich auf. »Ein Teil der Reise steht dir allerdings noch bevor.«

Max winkte ab und legte den Rückwärtsgang ein. Die Reifen des Cutlass' drehten auf dem sandigen Boden durch und wirbelten eine Staubwolke auf. Max bremste scharf ab, legte den ersten Gang ein, scherte aus und fuhr zurück auf die Straße, die ihn zum Highway nach Roswell führte.

Während er über den zerklüfteten Weg den Hügel hinauffuhr, der zum Highway führte, bemerkte Max, dass sich rechts von ihm etwas bewegte. In der flimmernd heißen Luft, die über dem sandigen Boden stand, versammelte sich ein Dutzend Männer zu Pferd.

Alle diese Reiter waren indianische Krieger. Obwohl sie nicht so scharf und deutlich zu sehen waren wie Bear-Killer und Henry Callingcrow, konnte Max die Kriegsbemalung erkennen, die ihre Gesichter in wütende, übernatürliche Fratzen verwandelte. Die Ponys tänzelten unruhig und schlugen mit den Schwänzen, während die Reiter miteinander sprachen und den Cutlass anstarrten.

Dann trieben die Krieger ihre Tiere mit Tritten und lautem Geschrei, das den Motor und die Klimaanlage des Cutlass' übertönte, zum Galopp an. Sie hoben ihre Speere und Bögen und nahmen die Verfolgung von Max' Wagen auf.

Während er in der Mitte der sandigen Straße blieb, um den Schlaglöchern und Furchen an den Seiten auszuweichen, sah Max im Rückspiegel, dass der kriegerische Trupp in der Staubwolke verschwand, die der Cutlass aufgewirbelt hatte. Auch River Dog konnte er nicht mehr sehen.

Als er oben auf dem Hügel ankam, behielt Max den Fuß fest auf dem Gaspedal und ignorierte das Stoppschild am Ende der Straße. Er riss das Steuer nach links und schleuderte seinen Wagen über beide Fahrbahnen auf den Highway. Gummi quietschte, und es dauerte einen Moment, bis er den Wagen wieder unter Kontrolle hatte. Dann hielt er auf Roswell zu und hoffte, dass er auf dem Weg nicht in eine Radarfalle der Polizei geriet.

10

»Ist dir überhaupt in den Sinn gekommen, dass du versuchen könntest, auch mich zu retten, während du Liz gerettet hast?«

Michael fühlte sich von dieser Frage in die Enge getrieben und starrte Maria an. Nie im Leben wäre er darauf gekommen, dass sie ihn das fragen könnte.

Zwischen ihnen herrschte Stille, die nur durch das leise Zischen zerplatzender Seifenbläschen in dem dreiteiligen Spülbecken unterbrochen wurde.

»Ich stand zwischen dir und dem Geist«, bedeutete ihr Michael. »Du warst sicher. Sogar als ich Liz zu Boden gerissen habe.«

Maria stemmte wütend eine spülwasserfeuchte Hand in die Hüfte. »Da ich den Geist nicht sehen konnte, muss ich dir das wohl glauben.«

Michael dachte über ihren Satz nach. Wie bei der vorangegangenen Frage konnte auch jetzt alles, was er sagte, gegen ihn verwendet werden. »Dir ist nichts passiert«, bemerkte er.

»Mir hätte aber etwas passieren können.«

»Mir auch«, entgegnete Michael. »Ist es aber nicht. Und dir auch nicht. Wir hatten Glück.«

Maria schüttelte den Kopf. »Ich fasse es nicht. Ist das alles, was dir dazu einfällt?«

»Maria, ich habe darüber nachgedacht, dich zu retten.«

»Du hast darüber nachgedacht, mich zu retten?«, gab Maria zurück. »Zu wissen, dass du dich bewusst entschieden hast, mich nicht zu retten, macht alles noch viel schlimmer.«

Michael war allerdings der Meinung, dass es gar nicht schlimmer werden konnte. Oder dass die Veränderung so verschwindend gering war, dass er den Unterschied gar nicht mehr mitbekam. »Ich habe mich nicht dagegen entschieden, dich zu retten«, entgegnete er.

»Du hast dich entschieden, Liz zu retten.«

»Sie stand dem Geist am nächsten«, erklärte Michael.

»Und woher soll ich das wissen?«

»Weil ich es dir sage.«

Maria sah ihn zweifelnd an. »Du warst der Einzige, der den Geist gesehen hat. Ich muss mich auf dein Wort verlassen.«

»Wenn der Alte aus dem Krankenhaus kommt, kannst du ihn ja fragen«, sagte Michael.

»Also hast du dir überlegt, wen du retten würdest.«

»Ich habe Prioritäten gesetzt«, erwiderte Michael. »Abgeschätzt, wer am stärksten gefährdet war.«

Marias Augen funkelten. »Du hast uns nach bestimmten Kriterien sortiert.«

Michael konnte sich bremsen, dazu irgendetwas zu sagen. Die Unterhaltung bewegte sich mit der Geschwindigkeit einer Lawine auf einen Abgrund zu.

»Michael«, sagte Maria. »Du sortierst noch nicht mal deine Wäsche.«

»Doch, das tue ich.« Michael erinnerte sich an endlose, langweilige Streits über dieses Thema. Darin war es irgendwie um die unterschiedliche Helligkeit von Farben und um die Beschaffenheit und Dichte von Stoffen gegangen. Diese Vorträge waren ungefähr genauso spannend gewesen wie Geschichtsunterricht bei einem Football Trainer. Also dachte er seitdem – vor allem wenn Maria in der Nähe war – immer daran, die Wäsche nach Farbe und Stoffen zu sortieren.

»Prima«, sagte Maria. »Menschen sind aber keine Wäschestücke.«

Michael schwieg einen Moment verblüfft. »Menschen sind keine Wäschestücke? Ist das ein Argument?«

»Das ist eine Beobachtung«, erklärte Maria ihm. »Eine Unterscheidung, die zu machen du offensichtlich nicht in der Lage bist.«

Da er begriff, dass er erst dann wieder mit ihr reden konnte, wenn sie sich beruhigt hatte, zog Michael sich zurück. »Ich bringe den Müll raus.«

»Na prima«, sagte Maria und tauchte ihre Hände wieder ins Spülwasser.

»Prima«, wiederholte Michael. Er drehte sich um und marschierte zurück in den Speisesaal. Dort stand ein halbes Dutzend riesiger Müllsäcke und wartete darauf, hinausgetragen zu werden. Immer noch wütend riss Michael zwei von ihnen hoch.

Da sie dem plötzlichen Ruck nicht standhielten, rissen die Säcke unten auf. Essens- und Getränkereste verteilten sich auf dem Fußboden und verursachten ein größeres Chaos, als vorher geherrscht hatte.

Michael fluchte.

»Ich hatte dir ja gesagt, dass du die Mülleimer benutzen sollst und nicht nur die Müllsäcke«, rief Maria aus der Küche. »Dann hättest du sie rausbringen können, ohne Angst haben zu müssen, dass sie aufreißen. Aber ich schätze, da hattest du gerade andere Prioritäten gesetzt, nicht wahr?«

Michael stieß einen heftigen Seufzer aus. Mit all der Arbeit, die nun noch zu tun war, und mit Marias mieser Laune schien sich die ganze Aufräumerei noch länger hinzuziehen.

Als er seinen Besen und sein Kehrblech holen gehen wollte, hielt ein Geländewagen mit dem Signet eines lokalen Nachrichtensenders vor dem Café. Ein Mann in einem Anzug entstieg der Beifahrerseite, griff noch einmal in den Wagen, um ein Jackett herauszuholen, und schlüpfte hinein.

Von der Rückbank des Geländewagens kletterte ein Mann in Jeans und einem ärmellosen T-Shirt der Universität von New Mexiko. Er ließ seinen Blick über die Straße und das *Crashdown Café* gleiten, zog eine Spider-Man-Baseballkappe aus seiner

Hosentasche und setzte sie auf. Dann langte er noch mal in den Wagen und brachte eine Minicam zum Vorschein.

»Mach zuerst mal ein paar Außenaufnahmen, Bob«, sagte der Nachrichtensprecher, während er sein Jackett zuknöpfte. Er nahm ein Mikrofon vom Armaturenbrett des Geländewagens. »Und überprüf die Audiolevel an diesem Mikro, bevor wir den Spot drehen.«

Der gelangweilte Blick des Kameramanns zeigte, wie sehr der andere Mann ihn nervte. »Ich mache meinen Job schon länger, als du beim Sender bist, Marty. Ich weiß schon, was ich zu tun habe.«

»Du folgst meinen Anweisungen«, befahl Marty knapp, »ansonsten werde ich dem Sender sagen, sie sollen rechtzeitig zur Fünfuhrsendung einen anderen Kameramann rausschicken.«

Bob drehte seine Kappe um und schulterte die Minicam. »Mach das, Marty. Dann wird jeder Kameramann des Senders dich aufs Kreuz legen. Bei jedem Spot wird dann die Hälfte deines Kopfes außerhalb des Bildes sein oder ein Pickel von der Größe des *Mount Rainier* wird dick und fett in die Bildmitte gerückt. Vor der Kamera reden, können eine Menge Leute. Aber nicht jeder kann eine bedienen.«

Diese Warnung kam nicht gut an bei Marty, aber das war Bob offensichtlich egal.

»Tommy«, sagte Marty.

»Ja«, antwortete der Fahrer.

»Sieh mal zu, ob du ein paar von den Ortsansässigen zu Interviews zusammentrommeln kannst. Es gibt doch immer irgendwen, der ins Fernsehen will. Und bring mir jemanden, der den Geist gesehen hat, der das hier angerichtet hat.«

Oh je, sagte Michael zu sich selbst, während er sich anstrengen musste, ruhig und klar zu denken: das ist ganz und gar nicht gut.

»Was ist das Erste, was du dich fragst, wenn du einen so heruntergekommenen Ort betrittst?«

Kyle Valenti griff nach dem Lappen, der an seinem Hosenbund befestigt war und wischte sich den Schweiß aus dem Gesicht. Er hob seinen Mundschutz ein wenig an und wischte sich auch übers Kinn. Die Luft in diesem verdammten Gebäude war abgestanden, schwül und voller Staub. Er spürte den Dreck, der sich auf die exponierten Stellen seiner Haut gelegt hatte. Er trug ein T-Shirt mit abgeschnittenen Ärmeln, Jeans und einen Werkzeuggürtel, der ihn beim Gehen noch immer aus dem Gleichgewicht brachte, da dessen Gewicht ungewohnt für ihn war.

»Das Erste, woran ich denke, ist, wie ich hier am schnellsten wieder herauskomme«, erwiderte Kyle und setzte sich die Maske wieder auf.

»Ich nicht.« Doyle Quinlann war ein örtlicher Bauunternehmer. Er war von kleiner, aber kräftiger Statur und gehörte zu den Männern, die ihren Kopf rasierten. Er trug einen Atemschutz, Handschuhe, ein durchgeschwitztes Arbeitshemd aus Baumwolle und Leinen und eine Arbeitshose. Er schwenkte eine Taschenlampe durch den mit Schutt und Müll voll gestopften Raum.

Kyle wartete und war dankbar, kurz durchatmen zu können. Quinlann war selbständig und hatte fünf Kinder. Der Mann arbeitete wie eine Maschine und wirkte, als könnte ihn nichts umhauen. Er war in den Vierzigern und konnte die meisten Jungs in den Zwanzigern, was das Arbeitspensum betraf, locker an die Wand spielen.

»Nein«, sagte Quinlann und ließ das Licht der Taschenlampe über Stapel zerbrochener Möbel, Kisten mit alten Kleidern, Büchern und andere Sachen gleiten, die ihren Besitzern nichts mehr bedeuteten. »Ich frage mich jedes Mal, ob an Orten wie diesem jemand gestorben ist.«

»Hm, schöner Gedanke«, kommentierte Kyle. Er schlug gegen seine Maske und klopfte den Staub ab, der sich darauf angesammelt hatte.

»Es lohnt sich schon, darüber nachzudenken.« Quinlann leuchtete die Wände an. »Immobilienmakler müssen es dir nicht sagen, wenn in dem Haus, das du kaufen willst, jemand abgekratzt ist. In dem Haus, in dem du mit deinem Vater lebst, könnte beispielsweise auch mal jemand gestorben sein.«

Als hätte ich nicht schon genug Sorgen, dachte Kyle. Jetzt muss ich mir auch noch Sorgen über Geister bei mir zu Hause machen.

»Tatsächlich«, sagte Quinlann. »Ich bin nicht abergläubisch, aber vor Geistern habe ich einen gesunden Respekt.« Er richtete den Lichtstrahl auf ein Fenster, das von einer Lage Sperrholz verdeckt war. »Reiß mal das Sperrholz da runter und lass ein bisschen Licht herein.«

Kyle hob die schwere Brechstange vom Boden auf. Als er vor einer Woche angefangen hatte, für Quinlann zu arbeiten, hatte er sich über das Gewicht der Brechstange noch keine Gedanken gemacht. Das Werkzeug war ein bisschen schwerer gewesen als ein Baseballschläger. Aber jetzt fühlte das Ding sich an wie der Amboss eines Schmieds am Ende eines Zwölf- oder Vierzehnstundentags.

»Meine Mutter ist vor ein paar Jahren gestorben«, fuhr Quinlann fort.

»Das tut mir Leid.« Kyle schob das Ende der Brechstange unter das Sperrholz und begann, daran zu rütteln.

»Ja«, sagte Quinlann. »Sie hat dauernd gemeckert, dass ich alles verliere. Du weißt schon, Schlüssel, meine Brieftasche, meinen Hochzeitsring, da ich ihn bei der Arbeit nicht trage.«

Einige Nägel lösten sich quietschend aus der Wand. Allmählich lockerte sich das Sperrholz. Sonnenlicht zerteilte die Dunkelheit im Raum und spielte mit den Staubkörnern, die in der Luft wirbelten.

»Na ja«, sagte Quinlann, »jedenfalls hatte meine Mutter diesen speziellen Platz, an den sie immer meine Sachen legte, wenn sie sie gefunden hatte und wusste, dass ich mich nicht mehr erinnern würde, wo ich sie liegen gelassen hatte. Vor ungefähr zwei

Jahren habe ich meinen Ehering ein paar Wochen nicht mehr gefunden. Ich habe ihn überall gesucht. Meine Frau hat ihn überall gesucht. Meine Kinder haben ihn überall gesucht, weil ich eine Belohnung ausgesetzt hatte. Nichts. Nichts zu machen. Der Ring war einfach nicht aufzufinden.«

Kyle packte die Sperrholzplatte und zerrte daran, bis sie abfiel. Sie landete mit einem Knall auf dem Boden und wirbelte eine Staubwolke auf, die ihn an die Explosion einer Atombombe erinnerte.

»Dann hatte ich eines Nachts diesen Traum«, sagte Quinlann. »Meine Mutter sagte mir darin, dass ich doch mal an ihrem Lieblingsplatz nachsehen sollte. Sie hatte die letzten vier Jahre ihres Lebens bei uns gewohnt. Jedenfalls bin ich am Morgen aufgestanden, erinnerte mich an den Traum und bin zu dem Versteck gegangen. Und rate mal, was ich da fand.«

»Den Ring«, sagte Kyle.

»Genau.« Quinlann knipste die Taschenlampe aus. Jetzt, da das verschmutzte Fenster nicht mehr von der Sperrholzplatte verdeckt war, drang gerade so viel Licht ins Zimmer, dass man umhergehen konnte, ohne zu stolpern. »Was ich damit sagen will, ist, dass du was Geister betrifft, unvoreingenommen sein solltest.«

»Das werde ich.«

Quinlann wies auf die anderen verdeckten Fenster. »Lass uns die auch gleich abreißen. Dann kann die Reinigungsmannschaft kommen und die Zimmer ausmisten.«

Kyle machte sich dankbar für den Themenwechsel an die Arbeit.

Vor mehr als fünfzig Jahren war das dreistöckige Gebäude nahe der Innenstadt von Roswell ein billiges Hotel gewesen, in dem man tage-, wochen- oder monatsweise Zimmer mieten konnte. Die letzten zwanzig Jahre hatte das Gebäude überwiegend leer gestanden und war nur von einigen Geschäftsleuten angemietet worden, um dort Ware zu lagern, die im Grunde nichts anderes war als Müll, von dem sich niemand endgültig trennen wollte. Jetzt hatte jemand das Gebäude gekauft und Quinlanns Bauunternehmen damit beauftragt, es aufzumöbeln und zu einem Telekommunikations-Marketing-Center umzugestalten, um von der erheblich veränderten Bevölkerungsstruktur des Ortes zu profitieren.

Während Kyle die verdeckten Fenster in Angriff nahm, das Sperrholz abriss und mehr Licht in den Raum ließ, war Quinlann damit beschäftigt, die tragenden Wände zu markieren, die während der Renovierung nicht eingerissen werden durften. Es sollten nur ein paar Wände stehen bleiben, um die einzelnen Büros voneinander zu trennen.

»Da hinten muss ein Badezimmer sein«, sagte Quinlann, als Kyle mit den Fenstern fertig war. »Brich das mal auf und lass uns einen Blick hineinwerfen. Nach dem Plan zu urteilen, müssten wir das da rausreißen können.«

Kyle ging durch den Raum zur Tür und hielt an, als ihm sogar durch den verkrusteten Atemschutz ein schwerer Gestank in die Nase stieg. »Riecht, als wäre hier was verwest.«

»Das ist Faulgas«, erwiderte Quinlann. »Als die Wasserzufuhr zum Gebäude gekappt wurde, sind die Leitungen alle ausgetrocknet. Und da nun kein Wasser mehr da ist, das als Siegel gegen die Gase aus den Abflussrohren dienen könnte, steigen die Gase durch die Rohre nach oben.«

»Oh«, erwiderte Kyle. Während seines Jobs bei der Baufirma lernte er wesentlich mehr über das Klempnerhandwerk, als er jemals hatte wissen wollen.

Das Badezimmer war klein und mit einer Duschwanne, einer Toilette und einem Waschbecken ausgestattet. Zerbrochene Kacheln lagen über den Boden verstreut.

Kyle öffnete den Mund und atmete ein. Nicht durch die Nase zu atmen, milderte den Gestank erheblich, aber trotzdem war es hier drinnen noch unangenehm genug.

»Wie schlimm ist es?«, fragte Quinlann.

»Schlimm«, versicherte Kyle.

»Ich rede von der Bausubstanz. Wir werden alle Rohre und Installationen rausreißen müssen, stimmt's?«

»Ja.« Kyle bemerkte ein silbernes Glitzern auf dem Fußboden. Er sah genauer hin und kam zu dem Ergebnis, dass es sich bei dem Glitzern um eine optische Täuschung gehandelt haben musste. Denn nun war nichts mehr davon zu sehen.«

»Kyle.«

Das leise Flüstern drang an sein Ohr und sorgte dafür, dass sich Kyles Nackenhaare aufrichteten. Ein Urinstinkt, eine unmittelbare Angst vor allem Unbekannten ließ Kyle regungslos verharren.

»Kyle.« Das leise, zischende Geräusch wiederholte sich.

Kyle hatte plötzlich einen trockenen Mund, und das Schlucken fiel ihm schwer. »Ist außer uns noch jemand hier?«

»Nein. Warum?«

»Ich dachte, ich hätte hier drinnen jemanden gehört«, sagte Kyle.

»Sieh besser mal nach«, sagte Quinlann. »Möglicherweise treiben sich ja irgendwelche Obdachlosen oder Kinder hier herum. Die suchen sich solche Orte, um hin und wieder hier zu pennen oder Partys zu feiern. Das hab ich schon häufiger erlebt.«

Kyle starrte die verdreckte, lichtdurchlässige gläserne Duschwand an. Nirgendwo sonst in diesem Raum war genug Platz für ein Versteck.

»Hast du da drinnen schon das Fenster aufgemacht?«, fragte Quinlann.

»Mach ich sofort«, antwortete Kyle. »Wo ist es denn?«

»Den Plänen zufolge befindet sich das einzige Fenster in der Wand, die nach Osten geht.«

Kyle blickte nach links und entdeckte das vernagelte Fenster. Er hatte es übersehen, weil es kleiner war als die Fenster in den äußeren Räumen und weil die Toilettenschränke ringsum den Blick darauf zusätzlich behinderten.

»Ich habe es gefunden«, rief Kyle. Er ging zur Wand und hob die Brechstange. Bevor er sie in Position bringen konnte, wurde er auf etwas aufmerksam, das sich rechts von ihm hinter der gläsernen Duschwand bewegte.

Die Gestalt auf der anderen Seite der Duschwand sah undeutlich und verschwommen aus, bewegte sich jedoch eindeutig und sprach: »Kyle. Du bist mit Max, Isabel und Michael befreundet. Sie müssen gehen.«

Kyle bekam eine Riesenangst. Seitdem er sich mit Liz und ihren Alien-Freunden eingelassen hatte, war sein Leben nie mehr so gewesen wie vorher. Die merkwürdigen Dinge, die geschehen waren, hatten dazu geführt, dass sein Vater sich völlig besessen auf einen ungelösten Fall seines Großvaters gestürzt hatte. Dann hatten sie die Wahrheit über Max, Isabel und Michael herausgefunden, über ihre außerirdische Herkunft.

Kyle spähte trotz seiner Angst durch die Duschwand und versuchte die Gestalt auf der anderen Seite besser zu erkennen. Irgendwie kam sie ihm vage bekannt vor. Er streckte seine zitternde Hand aus und öffnete die Dusche.

In der Duschwanne stand ein toter Mann. Er war dünn und jung, sein Fleisch war auf der Straße, auf der er getötet worden war, zu Hackfleisch zermahlen worden, und sein Gesicht war dort, wo es nicht rot, schleimig und blutig war, von schwarzen Wunden bedeckt.

»Halte dich von ihnen fern, Kyle«, sagte der tote Mann. »Ihre Zeit ist um. Sie werden gesucht und gejagt werden. Und jeden, der bei ihnen ist, wird dasselbe Schicksal ereilen.«

Kyles Angst verwandelte sich in schiere Panik. Seine Füße fühlten sich so schwer an wie getrockneter Beton. Das tropfende Schreckensbild in der Dusche umfasste plötzlich die Kanten der Duschwand und trat auf ihn zu. Kyle versuchte panisch, nach hinten zu springen. Er rutschte auf einem Stück Schutt aus, drehte sich im Fallen um sich selbst und schlug mit den Armen um sich, während der tote Mann über ihm schwebte.

Die Brechstange durchschlug die gläserne Duschwand und zerlegte sie in riesige Scherben. Eine der Scherben rutschte gegen Kyles linken Arm und bohrte sich in sein Fleisch. Die Schnittwunde füllte sich sofort mit Blut, das überquoll und an seinem Arm herunterlief. Als er neben der Dusche auf dem Hintern landete, sickerte das Blut in einem steten Strom von seinem Arm auf den Boden.

Der Tote beugte sich zu Kyle hinunter und offenbarte die hässlichen klaffenden Wunden, die ihm auf dem harten Asphalt zugefügt worden waren. Jetzt erinnerte Kyle sich, wer der tote Mann war, obwohl er schon seit Jahren nicht mehr an ihn gedacht hatte.

»Bleib mir vom Leib«, japste Kyle. Die Schnittwunde begann zu schmerzen, und die große Menge Blut, die er verlor, flößte ihm Angst ein. »Geh weg!«

Der tote Mann beugte sich noch näher heran. Seine Hände hinterließen auf dem Rand der Badewanne blutige Schlieren. »Sie werden sterben, Kyle. Wir werden Sie töten. Genauso wie wir alle töten werden, die Ihnen gegen uns beistehen.«

»Kyle!«, schrie Quinlann aus dem Nebenraum. Polternde Schritte wurden laut.

»Geh weg!«, sagte Kyle noch einmal zu dem toten Mann.

Quinlann platzte in den Raum und erfasste sofort, was passiert war. »Warte, Kyle«, sagte er. »Ganz ruhig. Es wird alles wieder gut.« Er zog sein Shirt aus und wickelte es um Kyles verletzten Arm.

»Sehen Sie ihn?«, fragte Kyle und schob sich von dem toten Mann weg, der sich aus der Duschkabine beugte.

»Wen soll ich sehen?«, fragte Quinlann. Er bemühte sich, das Shirt stramm zu ziehen und festzubinden.

»Den Mann«, sagte Kyle. Er hatte plötzlich das Gefühl, nicht mehr genug Luft zum Atmen zu bekommen.

»Beruhige dich«, sagte Quinlann. »Du hyperventilierst unter der Maske. Das kriegen wir wieder hin.«

»Nein«, widersprach Kyle. Er versuchte, den Arm zu heben, um sich zu schützen. Wie konnte es sein, dass Quinlann den Mann nicht sah?

»Kyle!«, sagte Quinlann. »Kyle!«

Der tote Mann streckte seinen Arm nach Kyle aus und drehte seine blutige Handfläche so, dass sie Kyles Gesicht bedeckte.

11

Isabel fand Jesse in der Eingangszone der Notaufnahme. Er trug noch immer seinen Anzug, hatte das Jackett jedoch über den Stuhl neben sich gehängt. Jede Faser seines Körpers war angespannt. Er starrte aus dem Fenster auf den Parkplatz hinaus.

Die zwei Krankenschwestern am Empfangstresen waren die ganze Zeit mit Telefonieren und dem Abfertigen von Patienten beschäftigt.

Isabel durchquerte den Raum. Jesse musste sie im Spiegel des Fensterglases gesehen haben, denn er drehte sich herum und sah sie an. Auf seiner Kleidung und seinem Haar lag noch immer eine feine Schicht Wüstensand. Isabel hielt sich mühsam davon ab, seine Hand zu nehmen oder zu nah an ihn heranzutreten. Roswell war einfach zu klein, um solche Risiken einzugehen. Irgendjemand würde sie sehen und offensichtliche – und richtige – Schlüsse daraus ziehen. Und schließlich würde ihr Vater alles erfahren.

»Geht es dir gut?«, fragte Jesse.

»Ja, mir geht's gut«, antwortete Isabel. Sich nicht neben ihn zu setzen und ihn nicht zu berühren war schwer, und es wurde jedes Mal, wenn sie ihn im Büro ihres Vater sah, schwerer.

»Wie geht es deiner Freundin?«, fragte Jesse.

»Ihr geht's gut«, sagte Isabel. »Vielleicht ist sie ein bisschen gestresst, aber es ist niemand verletzt worden.«

Jesse zeigte auf den Fernseher, der in einer Ecke der Eingangszone von der Decke hing. »In den Lokalnachrichten wird darüber berichtet.«

Isabel starrte auf den Fernsehbildschirm und betrachtete

ungläubig das Filmmaterial, das vor dem *Crashdown* aufgenommen worden war.

»Sie behaupten, der Schaden sei von einem Poltergeist verursacht worden«, sagte Jesse. »Total verrückt, findest du nicht?«

Isabel versuchte, nicht zu zögern. »Ja«, erwiderte sie. Um ihre momentane Verunsicherung zu überspielen, richtete sie eine interessierte Frage an ihn: »Hast du meinem Vater gesagt, dass du hier bist?«

Jesse nickte. »Ich habe ihm erzählt, dass ich Zeuge dieses Unfalls war und dass ich das Gefühl hatte, hier bleiben zu müssen, um sicherzugehen, dass es der Frau gut geht. Das konnte er verstehen. Dann hat er mir gesagt, du wärst hier. Und dass ich dir helfen soll, wenn du Hilfe brauchst. Er hatte eine Konferenzschaltung, die er nicht beenden konnte.«

Ihr Flüstern erinnerte Isabel daran, wie viel sie zu verbergen hatten und wie viel sie riskierten. Oder jedenfalls nach ihrem Gefühl riskierten. Sie sah in seine dunklen Augen. Warum hatte sie so etwas noch nie für jemanden von der Roswell High School empfunden? Dann fühlte sie sich plötzlich schuldig. Sie hatte so etwas noch nie für jemanden von der Roswell High empfunden, weil keiner der Jungs, mit denen sie da zu tun hatte, Jesse Ramirez gewesen war.

»Wie geht es der Frau denn?«, fragte Isabel.

»Es wird ihr bald wieder besser gehen. Die Polizei hat ihren Ehemann verständigt. Er ist jetzt hier.« Jesse hielt inne. »Weißt du noch, wie sie nach ihrem Baby geschrien hat?«

Isabel unterdrückte einen Schauder, als ihr das kindliche Ding wieder einfiel, das sie bedroht hatte. Sie verschränkte die Arme vor der Brust. »Ja.«

»Sie hatte ein Baby«, sagte Jesse. »Ein kleines Mädchen. Aber es ist bei der Geburt gestorben.«

»Das ist schrecklich«, sagte Isabel. Und sie dachte, dass es noch schrecklicher war, dass das Ding im Wagen von dem Verlust der Frau gewusst hatte und ihren Schmerz benutzt hatte, um sie zu quälen. Aber das erklärte nicht, warum Jesse dieses Ding nicht hatte sehen können.

»Wird die Frau wieder ganz gesund?«

»Die Schnittwunde an ihrem Kopf ist nicht schlimm. Der Sicherheitsgurt hatte sie auf ihrem Sitz festgehalten, und der Airbag hat sie vor dem Aufprall geschützt. Aber das erklärt nicht, warum sie ausgeflippt ist und die Kontrolle über den Wagen verloren hat.«

Isabel schwieg einen Moment, da sie selbst bestens darüber Bescheid wusste, warum die Frau die Kontrolle verloren hatte, obgleich ihr nicht klar war, woher dieses merkwürdige Ding gekommen war. Aber das konnte sie Jesse nicht erzählen. Diese Tatsache erinnerte sie daran, welch große Distanz sie beide in Wirklichkeit voneinander trennte, und sie wusste nicht, wie – oder ob – sie diese Kluft je überwinden konnten.

»Hey«, sagte Jesse leise.

Sie sah ihn an.

»Es wird alles wieder gut werden«, sagte er.

»Ich weiß«, nickte sie. Sie wollte ihm gerne glauben, aber ihr war klar, dass er nicht alles wusste, was nötig war, um solch eine Prognose abzugeben. Es gab immer noch zu viele Dinge, von denen er keine Ahnung hatte.

»... am Schauplatz dessen, was, wie einige glauben, durch das Erscheinen eines Poltergeistes angerichtet wurde.«

Michael lehnte hinten im *Crashdown* an der Durchreiche und sah dem Nachrichtensprecher dabei zu, wie er seine Sprüche herunterleierte. Sie waren bereits beim dritten Take, und Marty war gar nicht glücklich darüber, wie Bob, der Kameramann, seinen Job machte.

Marty war auch nicht glücklich darüber, dass Nancy Parker den Nachrichtenleuten verboten hatte, das Café zu betreten. Die Stelle, an der der Reporter wütend geworden war und darauf bestanden hatte, dass die Öffentlichkeit ein Recht darauf habe zu erfahren, ob das *Crashdown Café* von einem Geist heimgesucht worden sei, war zum Piepen gewesen.

Diese Szene hatte den Streit ein wenig entschärft, in den Michael und Maria endlos verstrickt zu sein schienen. Aber als Maria gesehen hatte, wie Michael über das Unbehagen des Reporters gegrinst hatte, war sie abermals total wütend auf ihn geworden. Offensichtlich befanden sie sich wieder mal mitten in einer der Auseinandersetzungen, die für sie beide der schiere Horror waren, bis sie endlich herausfanden, wo ihr Problem lag.

Da Michael nicht das Gefühl hatte, irgendetwas falsch gemacht zu haben, hatte er auch keine Ahnung, wie er die Sache ins Reine bringen konnte. Das einzig Gute war, dass das Handwerkerteam, das Nancy Parker bestellt hatte, inzwischen eingetroffen war und die Aufräumarbeiten übernommen hatte. Sie wollten nicht, dass irgendwer sonst sich im Café aufhielt, während sie die kaputten Fenster reparierten und die beschädigten Stromkabel erneuerten.

Michael sah zu der Menge, die sich immer noch auf der anderen Straßenseite versammelt hatte. Sie war inzwischen kleiner geworden, aber es gab immer wieder Neuankömmlinge, die gaffen oder eine Gelegenheit haben wollten, fürs Fernsehen interviewt zu werden und die jene ersetzten, die weiterziehen mussten oder sich inzwischen langweilten.

Einer der Handwerker trat durch das kaputte Fenster an der Front des Cafés auf den Bürgersteig hinaus. Kaum war er dort aufgetaucht, war er auch schon dem Spiel des Nachrichtenteams ausgeliefert.

Marty stürzte auf ihn zu und bedeutete Bob mit wilden Gesten, mit ihm Schritt zu halten. Marty fing den Handwerker ab, schob ihm das Mikrofon ins Gesicht, verkündete seinen Namen und ging auf Sendung.

»Können Sie uns sagen, ob an dem Gerücht etwas dran ist, dass die Besitzer des Cafés Sie angeheuert haben, um die Gräber auszuheben, die bei der Grundsteinlegung hier verschüttet wurden?«, fragte Marty.

Michael beobachtete mit wachsendem Interesse, wie der Handwerker sich alle Mühe gab, die Frage des Reporters zu verstehen.

»Meine Firma nicht«, erwiderte der Handwerker. »Und es gibt auch keine – «

»Haben Sie den Geist gesehen?«, fragte der Reporter.

Der Handwerker zögerte und blinzelte ein wenig säuerlich in die Kamera, die ihm ins Gesicht gehalten wurde. »Ich habe den Geist nicht gesehen. Ich –«

»Wie schlimm sind die Schäden?«, drängte der Reporter.

»Nicht allzu schlimm. Ich würde sagen, ich hab schon wesentlich Schlimmeres gesehen.«

Der Chef der Handwerkerfirma trat in die Mitte des Speiseraums. »Kenny.«

Der Handwerker drehte sich um.

»Ich brauche die Werkzeuge da«, sagte der Chef. »Lass uns mal in die Gänge kommen.«

Der Reporter Marty beschloss, die Gelegenheit beim Schopf zu packen und in das Café einzudringen. Er ging auf das entglaste Fenster zu. »Sind Sie der Vorarbeiter dieses Bautrupps hier? Ich bin –«

»Sie werden wegen unbefugten Betretens verhaftet, wenn Sie nur einen Fuß in dieses Gebäude setzen«, warnte Nancy Parker, die gerade aus der Küche kam.

Marty verharrte unsicher auf der Stelle und trat dann einen Schritt zurück. Er schaute mürrisch drein. »Sie können die Wahrheit nicht vor uns verstecken, Mrs. Parker. Wir sind die Nachrichten.«

»Ach, tatsächlich, Mr. Lackley?«, erwiderte Nancy Parker herausfordernd. »Ist es das, was Sie tun wollen? Verbreiten, dass im *Crashdown Café* ein Geist umgeht?« Sie trat weiter in den Speiseraum hinein. »Weil das, glaube ich, Verleumdung ist. Ich werde mit dem Anwalt meines Mannes reden müssen, damit er mir das bestätigt.«

»Das habe ich nicht gesagt«, meinte Marty. »Das haben Sie getan.« Er drosselte seine Lautstärke und fragte über seine Schulter: »Drehst du das mit, Bob?«

»Klar«, erwiderte der Kameramann. »Ich möchte doch sehen, wie das ausgestrahlt wird, wie du über Geister redest. Wir werden dieses Material in null Komma nichts an mehrere Sender verkaufen, und bevor du es mitkriegst, führst du die Schlagzeilen an: *Überlebender: Hier spukt ein Geist.*«

Jim Valenti trat in Marty Lackleys Blickfeld. Trotz seines ungepflegten Dreitagebarts strahlte Valenti eine beträchtliche Autorität aus. Auch ohne den Sheriffstern und seine Waffe nahm er eine entsprechend imposante Haltung an.

»Wenn ich Sie wäre«, sagte Valenti leise, »würde ich der Bitte der Lady Folge leisten und zurücktreten.«

»Sie haben hier nichts mehr zu sagen, Valenti«, gab der Reporter zurück. »Sie wurden Ihres Amtes als Sheriff enthoben.«

»Ja, Sir«, stimmte Valenti ihm zu. »Ich bekleide nicht mehr das Amt des Sheriffs, das entspricht den Tatsachen. Aber ich gebe Ihnen einen Rat, von dem ich hoffe, dass ein schlaues Kerlchen wie Sie klug genug ist, ihn auch anzunehmen.« Er schlug einen schärferen Ton an. »Denn wenn Sie das nicht tun und fortfahren, diese Leute hier zu belästigen, werde ich Sie wegen unbefugten Betretens als Zivilperson festnehmen und einbuchten.« Er hielt inne und lächelte ein bisschen, aber seine Augen lachten nicht mit. »Das verspreche ich Ihnen.«

An Martys Hals und Schläfen traten die Adern hervor.

Einen Moment lang dachte Michael, der Reporter würde den Fehler begehen, Valenti auf die Probe zu stellen. Nachdem er zwei Jahre lang mit dem Sheriff direkt zu tun und ihn auch vorher schon aus der Entfernung gekannt hatte, wusste Michael, dass Valenti nicht bluffte.

»Hey, Marty«, rief Bob, der Kameramann, mit belustigter

Stimme hinter ihm, »ich drehe das auch alles mit, okay? Soll ich weitermachen? Ich meine, wenn du dich in den Nachrichten vor laufender Kamera einbuchten lässt, dann kann der Produzent den Sendern immerhin einige Zuschauer garantieren, wenn sie heute Abend die Trailer zeigen.«

Der Reporter machte zuerst Anstalten, das kabellose Mikro in Valentis Richtung zu halten. Doch dann drehte Marty sich klugerweise um und ging ohne ein weiteres Wort davon.

»Danke, Jim«, rief Nancy Parker aus dem Inneren des Cafés.

Valenti wandte sich zu ihr um und legte einen Finger an die Krempe seines Hutes. »War mir ein Vergnügen, Ma'am. Darf ich eine Minute reinkommen?«

»Natürlich.«

»Und darf ich eine Minute Ihrer Zeit in Anspruch nehmen?«

Nancy Parker nickte. Valenti trat durch die Tür ein und unterhielt sich leise mit ihr.

»Hey«, rief Maria durch die Durchreiche hinter Michael.

Michael drehte sich zu ihr um.

»Du solltest dich lieber ranhalten«, mahnte Maria.

»Warum?«, fragte Michael. »Für mich steht bald das große Treffen mit Isabel und Max an. Es macht mir gar nichts aus, wenn sich das noch ein wenig verzögert.«

Maria funkelte ihn wütend an. »Weil wir dann vielleicht noch ein bisschen Zeit für uns haben, bevor die anderen kommen.«

»Bist du denn nicht mehr sauer auf mich?« Das grenzte allerdings, falls es wirklich so sein sollte, an ein Weltwunder.

»Doch, noch ein bisschen.«

Noch ein bisschen, übersetzte Michael sich diesen Satz, bedeutet, dass wir die ganze Sache noch mal und noch mal durchkauen werden, bis sie uns zu den Ohren herauskommt.

»Hey, Michael«, rief Valenti.

Michael drehte sich überrascht um, sah zu Valenti hin und wartete.

»Mrs. Parker sagt, sie kann dich hier entbehren«, sagte Valenti. »Wenn du Zeit hast, hätte ich gerne, dass du mit mir kommst.«

»Wozu?«, fragte Michael.

»Weil du dich gut an Gesichter erinnern kannst«, antwortete Valenti. »Und weil du hier warst, als es passiert ist. Vielleicht können wir den Anstifter ausfindig machen.«

Michael überlegte für sich: Soll ich mit Valenti auf die aussichtslose Suche nach einem Täter gehen, der gar nicht existiert? Oder hier bleiben und Maria weiter auf mir rumhacken lassen?

»Klar«, erwiderte Michael. Er nahm seine Schürze ab und warf sie auf die mit rostfreiem Stahl verkleidete Durchreiche.

»Michael«, rief Maria verärgert.

Michael drehte sich zu ihr um.

»Was ist mit heute Abend?«, fragte Maria.

Michael zuckte die Achseln. »Ich schätze, es wird trotzdem stattfinden.« Er hielt inne. »Oh, und wenn du und die anderen eher da seid als ich, dann geht doch einfach schon mal rein.« Er ging zu Valenti und spürte, wie Maria ihn von hinten mit Blicken durchbohrte. Jetzt abzuschwirren machte die Dinge zwischen ihnen auch nicht schwieriger, als sie ohnehin schon waren, und er musste dringend aus dem Café raus und dieser angespannten Atmosphäre entfliehen. Außerdem glaubte er nicht, dass Valenti grundlos einfach mal so vorbeigeschaut hatte.

Valenti sagte nichts Aufschlussreiches, als er ihm voran aus dem *Crashdown* trat und an den Nachrichtenreportern vorbeiging, die sich um ihn scharten wie Krähen um ein totes Tier am Straßenrand. Michael lief hinter ihm her und ließ sich dann auf dem Beifahrersitz des Trucks nieder.

Valenti startete den Motor und lenkte den Wagen auf die Straße.

Michael sah ihn an und bemerkte den dicken Aktenordner, der zwischen ihnen auf dem Sitz lag. »Anstifter?«

Valenti erwiderte seinen Blick direkt. »Ja. Du hast doch heute im *Crashdown* neben Wilkins noch jemanden gesehen, oder?«

Michael schwieg und sah zu, wie Valenti sich durch die Straßen der Innenstadt von Roswell schlängelte und den Weg nach Osten einschlug. Valenti sah auffällig häufig in den Rückspiegel.

»Erwarten Sie Gesellschaft?«, fragte Michael.

Valenti lächelte säuerlich. »Alles, was mit euch dreien zu tun hat, zieht die Möglichkeit nach sich, dass die Regierung sich dafür interessiert. Ich erwarte keine Gesellschaft, aber ich möchte auch keine Überraschung erleben.«

Michael akzeptierte dies kommentarlos.

»Ich habe Liz im Krankenhaus besucht«, erklärte Valenti. »Sie hat mir erzählt, dass das bereits der zweite Geist war, den du gesehen hast.«

»Wenn es Geister sind«, sagte Michael.

»Glaubst du nicht, dass es welche sind?«

»Ich glaube nicht an Gespenster.«

»Hast du dir das Ding, das Leroy Wilkins verfolgte, gut ansehen können?«, fragte Valenti.

»Ich habe ihn gesehen«, bestätigte Michael.

Valenti griff mit seiner freien Hand zu dem Aktenordner zwischen ihnen. Er öffnete den Ordner und zog ein zwanzig mal fünfundzwanzig Zentimeter großes Foto daraus hervor. Er schob es zu Michael hin und tippte mit dem Zeigefinger darauf. »Ist das der Typ?«

Michael starrte auf das Bild. Der Mann sah aus, als wäre er in den Vierzigern. Sein Gesicht war zerfurcht und angespannt. Das waren die Gesichtszüge eines Mannes, der häufig draußen und den Elementen ausgesetzt gewesen war. Das Auffälligste an diesem Gesicht war allerdings die Augenklappe.

»Ist das der Typ, den du gesehen hast?«, fragte Valenti.

»Ja«, erwiderte Michael. »Das ist er. Wer ist das?«

»Sein Name ist Terrell Swanson«, antwortete Valenti. »Er ist vor dreißig Jahren plötzlich verschwunden. Mein Vater hat Swansons Verschwinden damals untersucht. Seinem Gefühl nach war

Swanson tot. Und was ist mit dem anderen Geist, den du gesehen hast?«

»Das war Tiller Osborns Vater.«

Valenti nickte. »Ich habe etwas darüber gehört. Bulmer musste Tiller zurückbringen und ihn ins Krankenhaus einliefern. Der Arzt musste ihm Beruhigungsmittel geben, um ihn ruhig zu stellen. Hatte das mit Tillers Vater zu tun?«

»Ich weiß es nicht. Ich habe Tillers Vater nie wirklich gekannt. Er kam selten vorbei. Tiller schien allerdings zu glauben, dass er es war.«

»Er wird es wohl wissen«, meinte Valenti. »Was ist denn passiert?«

Michael berichtete von den Ereignissen jenes Abends und verglich die beiden Geistererscheinungen miteinander.

»Es hat sich also eine elektrostatische Spannung aufgebaut?«, fragte Valenti, als er fertig war.

»Ja.«

»Gibt es dafür irgendeinen Grund?«

»Nein.«

»Und außer dir und den Opfern hat heute und an diesem Abend niemand den Geist gesehen?«

»Nein.«

»Hast du eine Ahnung, wieso?«

Michael warf Valenti einen raschen Blick zu.

»Okay«, sagte Valenti seufzend. »Eine elektrostatische Spannung ist wenigstens etwas, das sogar ich spüren kann, auch wenn ich die Geister nicht sehe.« Er schlug den Ordner noch einmal kurz auf und legte Swansons Foto wieder hinein.

Sie fuhren eine Weile schweigend weiter. Nur das Summen der Räder erfüllte die Fahrerkabine des Trucks.

»Willst du denn nicht wissen, wohin ich dich bringe?«, fragte Valenti.

»Ich weiß, wohin wir fahren«, sagte Michael.

»Meinst du?«

»Zu Wilkins' Haus«, sagte Michael. »Das ist der Grund, weshalb Sie die Adresse noch mal nachgeschaut haben.«

Valenti grinste freudlos. Als am Straßenrand ein Meilenstein auftauchte, bog er rechts ab und folgte einem staubigen Straßenabschnitt, an dessen Rand dichte Sträucher wuchsen. An der Ecke verkaufte eine Hand voll Kinder mit ihren Großeltern Bauernhoferzeugnisse. Valenti hupte und winkte.

»Weißt du, warum ich dich mitnehme?«, fragte Valenti.

Michael sah in den Spiegel an der Beifahrerseite des Trucks. Eine Staubwolke wirbelte hinter ihnen her und erinnerte ihn auf unheimliche Art an die Geister, die er gesehen hatte. »Weil ich Tote sehe«, antwortete Michael.

12

Als er in Roswell ankam, hielt Max an einem Supermarkt ein paar Blocks vom *Crashdown Café* entfernt. Er stieg aus dem Auto und ging quer über die Straße zu dem Münzfernsprecher, der vor dem Laden angebracht war. Die Sonne brannte auf die Stadt herab, heizte den Asphalt auf den Straßen und Parkplätzen auf und verwandelte die Atmosphäre in einen Heißluftherd.

Er zog seine Telefonkarte durch den Kartenleser und tippte die Nummer von Isabels Handy ein. Er spähte besorgt zu dem Geländewagen mit der Aufschrift des Nachrichtensenders und der Gruppe von Leuten, die sich vor dem *Crashdown Café* versammelt hatte.

Isabel hob beim vierten Klingeln ab.

»Wieso brauchst du so lange, um ans Telefon zu gehen?«, fragte Max.

»Max?«, erwiderte Isabel.

»Ja. Ich hab vom *Crashdown Café* gehört. Von dem Geist.«

»Woher weißt du das?«, fragte Isabel.

»Ich habe selbst ein paar Geister gesehen.« Max wollte nicht die ganze Geschichte am Telefon erzählen. »Geht es Liz gut? Ich hab gehört, sie war im Krankenhaus.« Er hatte während eines hastigen Gesprächs vor einer Ampel mit einem Bekannten von der Schule davon erfahren.

»Liz geht es gut«, antwortete Isabel. »Wir müssen reden.«

»Ich weiß«, stimmte Max ihr zu. »Ich weiß nicht genau, was im *Crashdown* passiert ist, aber diese Geister sind echt. Vielleicht sind es auch keine Geister, aber *irgendwas* sind sie.«

»Ich weiß. Ich habe selbst einen gesehen.«

»Wo?«, fragte Max. »Warst du im *Crashdown*?«

»Nein. Woanders.« Isabel hielt inne. »Wir müssen uns heute Abend irgendwo treffen, Max.«

»Das werden wir auch. Wo bist du?«

»Im Krankenhaus.«

»Ist alles in Ordnung mit dir?«

»Ja, mir geht's gut.«

Aber sie klang nicht so, als ginge es ihr gut. Max konnte die Besorgnis und Unsicherheit in der Stimme seiner Schwester hören. Eigenschaften, die er normalerweise nicht mit Isabel Evans in Verbindung brachte.

»Ist Michael da?«, fragte Max.

»Nein. Er war im *Crashdown*, aber Maria hat vor ein paar Minuten angerufen und gesagt, dass er mit Valenti weggefahren ist.«

»Wo sind Michael und Valenti denn hin?«

»Das wusste Maria nicht.«

Max wurde immer frustrierter. Er wusste, dass er irgendetwas unternehmen musste, aber er wusste nicht, was er tun sollte. Er sagte Isabel, er sei auf dem Weg, hängte ein und stieg wieder ins Auto.

»Dieser Typ hat also nach Uran gegraben?«, fragte Michael, als Valenti den Truck vor Leroy Wilkins' Haus anhielt.

Valenti schaute an dem dreistöckigen Haus empor. »Ja. Von denen, die so ein Leben geführt haben, war er eine der erfolgreicheren Wüstenratten. Sein Vater war auch schon im Bergbau tätig. Er hat Leroy alles über den Job beigebracht, was er wusste. Der alte Wilkins hat eine Menge Uran abgebaut, das von der Regierung der Vereinigten Staaten während der Atombombentests in den vierziger und fünfziger Jahren gebraucht wurde. Drüben in Grants, New Mexiko, gibt es ein Museum für Untertagebau von Uran, das einige von Leroys Vater zur Verfügung gestellte Exponate aufbewahrt.«

Michael betrachtete das Haus eingehend. Ringsum waren

Bäume gewachsen und umzingelten das Gebäude. Dort wo die Farbe abblätterte, sah es aus, als wären manche Stellen von einer Krankheit befallen. Im wuchernden Unkraut des Gartens lagen Dachschindeln, die oben auf dem Dach Lücken hinterlassen hatten. Wenn das Dach noch nicht undicht war, würde es sicher nicht mehr lange dauern. Das Geländer, das rund um die Veranda führte, hatte sich an einigen Stellen bereits gelöst und war an anderen verrottet. Regelmäßige Instandsetzungsarbeiten waren in diesem Haus offensichtlich nicht an der Tagesordnung.

»Das hier sieht aber gar nicht nach Erfolg aus«, kommentierte Michael.

Valenti öffnete die Tür des Trucks und stieg aus. »Das hier kommt nach dem Erfolg. Leroy Wilkins war einer der Letzten, die versucht haben, neue Gebiete zu erschließen, die Schürfrechte gekauft und in der Hoffnung, dort genug zu finden, um ihre Investitionen wieder rauszukriegen, auf Teufel komm raus den felsigen Boden bearbeitet haben.«

Michael beobachtete ein paar Habichte, die am Himmel träge Kreise zogen.

»Wilkins hatte genug Erfolg, um dieses Grundstück kaufen zu können und dieses Haus bauen zu lassen«, fuhr Valenti fort. »Er hat früher eine Menge Partys geschmissen. Außerdem war er ein risikofreudiger Spieler, der eine Menge Zeit in Vegas verbracht hat. Er hat jeden Cent, den er verdient hat, auch wieder ausgegeben. Er hatte kaum genug, um dieses Haus nicht ans Finanzamt zu verlieren.«

Michael folgte Valenti zur Eingangstür.

»Wie du dir denken kannst, hat Wilkins trotz der Art und Weise, wie er sein Geld ausgab, kaum andauernde Freundschaften geschlossen«, erklärte Valenti, während er die Veranda betrat.

Valentis Stiefel knallten gegen die unebene Oberfläche der verzogenen Holzveranda.

»Sie haben gesagt, er hätte seinen Partner umgebracht«,

meinte Michael. »Vielleicht hatte er ja deshalb so wenig Freunde.«

Valenti rüttelte an der Haustür, aber sie war verschlossen. »Ich habe nie gesagt, dass Wilkins seinen Partner umgebracht hat. Ich habe gesagt, dass Terrell Swanson verschwunden ist.«

»Aber es ist ihm nie gelungen, noch mal aufzutauchen, oder?«, fragte Michael säuerlich.

»Nein.«

»Warum sollte Wilkins seinen Partner umbringen?«

Valenti spähte durch die Fenster. »Weil sie auf eine Mine gestoßen waren, die reicher war als alle, die sie vorher gefunden hatten. Sie hatten beide Testamente aufgesetzt, in denen sie dem jeweils überlebenden Partner ihre Hälfte überschrieben. So wurde es bei den meisten Geschäften gehalten, die in jenen Tagen zwischen Partnern abgeschlossen wurden statt zwischen Gesellschaften. Streng nach den Regeln des Alten Westens.«

Michael überkam Langeweile. Er lehnte sich gegen einen Abschnitt des Verandageländers, der so aussah, als würde er seinem Gewicht standhalten.

Valenti sah ihn an. »Entspann dich nicht zu sehr. Du sollst hier den Wachtposten abgeben.«

»Wenn ich einen Geist sehe, schreie ich«, versprach Michael.

»Ja«, gab Valenti sarkastisch zurück, »soll mir recht sein.« Er ging wieder herunter und auf die Garage zu, die sich neben dem Haus befand.

Die Garage war in den Hügel gebaut worden, der das erhöhte Fundament des restlichen Hauses bildete. So wie sie konstruiert war, lag sie unterhalb des Hauses auf einer Art Zwischengeschoss.

Michael folgte Valenti widerstrebend. »Was machen wir denn hier?«

»Wir folgen einem Hinweis.«

»Wir haben einen Hinweis?«, fragte Michael. »Den Teil muss ich verpasst haben.«

»Swansons Geist«, sagte Valenti.

»Das ist ein Hinweis?«

Valenti blieb vor dem Garagentor stehen und sah Michael an. »Wie kommt es, dass du Swansons Geist gesehen hast?«

Michael blinzelte ihn verständnislos an.

Valenti seufzte. »Okay, hör mir zu. Wilkins kam ins *Crashdown* und behauptete, dass ihn ein Geist verfolgte, den niemand sonst sehen konnte. Du konntest den Geist sehen. Und du konntest den Geist von Tiller Osborns Vater sehen. Warum?«

Michael sagte nichts. Sie wussten beide, dass es dafür nur einen einzigen Grund geben konnte.

»Ich frage mich also, wieso Osbornes Geist zu eurem Lagerplatz kam. Und ist es nicht ein toller Zufall, dass Wilkins heute ausgerechnet ins *Crashdown* kam?«

»Liz sagte, ihre Mutter hätte heute Morgen mit ihrer toten Großmutter gesprochen.«

Valenti zog die Augenbrauen hoch. »Das hat Liz aber nicht erwähnt, als ich im Krankenhaus mit ihr gesprochen habe.«

Michael zuckte die Achseln. »Sie redet halt nicht gerne darüber.«

»Ja, gut, aber du befindest dich immer noch im Auge des Orkans«, stellte Valenti fest.

»Isabel hat auch einen Geist gesehen.«

»Wo?«

»Ich weiß es nicht.«

»Und was ist mit Max?«

Michael schüttelte den Kopf. »Den habe ich seit gestern nicht gesehen.«

Valenti stieß die Luft aus. »Dann sind es schon drei Geister, von denen wir wissen.«

Michael sagte nichts dazu. Das war eine einfache Rechnung.

»Aber von diesen drei Geistern ist Wilkins' Geist der einzige Fall, den wir untersuchen können«, sagte Valenti.

Michael betrachtete das Haus. »Und die Untersuchung findet hier statt?«

»Sie beginnt hier.« Valenti rüttelte an dem Vorhängeschloss vor dem Garagentor, ging dann zum Truck und kam mit einer Brechstange zurück.

»Und warum hier?«, fragte Michael.

Valenti setzte die Brechstange an. »Weil Leroy Wilkins kaum jemals sein Haus verlässt. Er lässt sich seine Lebensmittel anliefern. Er lässt sich seine Getränke anliefern. Ich bin neugierig herauszufinden, was ihn aus dem Haus und ins *Crashdown* getrieben hat.« Er zog an der Brechstange und versuchte, das Schloss damit zu sprengen.

»Ich glaube, das nennt man gewaltsames Eindringen«, bemerkte Michael. »Das stimmt nicht gerade mit dem Buchstaben des Gesetzes überein.«

»Ich bin heutzutage auch nicht mehr gerade das, was man einen Gesetzeshüter nennt«, erwiderte Valenti.

Michael entging der bittere Unterton in der Stimme des Mannes nicht.

»Hilf mir mal«, sagte Valenti, der sich hinhockte, um das Ende der Brechstange unter das Garagentor zu schieben. Er stellte sich in Position und hebelte die Stange nach oben. Die schwere Holztür gab unter anhaltendem Kreischen ein wenig nach.

Michael kniete sich hin und ließ seine Finger unter das Garagentor gleiten. Einen Moment lang stand ihm das Bild von irgendetwas Seltsamem und Erschreckendem vor Augen, das sie in der Dunkelheit auf der anderen Seite des Tores erwartete. Dann lehnte er die Schulter gegen das Garagentor und drückte.

Das rostige Garagentor öffnete sich quietschend und kreischend. Michael wurde in eine Wolke aus modriger Luft gehüllt, die ihm die Nasenlöcher verstopfte und einen Moment lang die Atemluft in seiner Lunge stocken ließ. Es war kaum möglich, nicht daran zu denken, dass das Öffnen des Garagentors dem Einbruch in eine Gruft gleichkam.

Die Garage beherbergte einen alten Willis Jeep, der ursprünglich mal olivgrün gewesen war, dann aber irgendwann orange angestrichen worden war. Der Wagen hatte die Farbe nicht angenommen und dort, wo sie abgeblättert war, klafften riesige grüne Flecken. An der Wand gegenüber der Kellertür und an der Rückwand der Garage waren Regale aufgereiht, die mit Instrumenten zur Suche nach Bodenschätzen und mit Erzproben voll gestopft waren.

Valenti machte einen Schritt ins Innere der Garage, aber plötzlich hörte man das laute Knattern eines Motorradmotors, das rasch näher kam.

Da er sicher war, dass das Garagentor fest eingerastet war, lockerte Michael seinen Griff und schaute in den Hof hinaus.

Ein gelbes Motorrad fuhr knatternd auf den Hof und hielt in etwa zehn Metern Entfernung. Der Fahrer war dünn und sah aus, als wäre er zu klein, um mit dem Motorrad umgehen zu können. Der Helm verdeckte die Gesichtszüge, die Hände steckten in Handschuhen und der Fahrer selbst in einer schwarzen Motorradkluft.

»Siehst du das auch?«, fragte Valenti.

»Ja«, sagte Michael. »Das ist kein Geist.«

»Wie sicher bist du dir da?«

»Ziemlich sicher«, erwiderte Michael. »Wenn einer der Geister erscheint, baut sich zuerst die elektrostatische Spannung auf, von der ich Ihnen erzählt habe.«

»Kein Geist«, wiederholte Valenti. »Das ist gut so.«

»Es bedeutet aber auch, dass wir dabei erwischt worden sind, wie wir dieses Grundstück unbefugt betreten haben«, sagte Michael. Er sah zu der offenen Garagentür und der Brechstange in Valentis Hand. »Und wie wir das Tor aufgebrochen und uns hier Zutritt verschafft haben.«

Max blieb am Eingang zum Warteraum der Notaufnahme stehen und starrte Liz an. Sie war räumlich gesehen so nah, aber als er sie dabei beobachtete, wie sie aus dem Fenster blickte, bemerkte er, dass sie Millionen von Kilometern weit weg zu sein schien.

Dann wandte sie sich um, als hätte sie gespürt, dass er da war, und sah ihn an.

Max blickte ihr in die Augen und war genauso elektrisiert wie immer, wenn sie ihn ansah. Tess hatte diese Gefühle nie zum Verschwinden, sondern nur zeitweilig zum Verstummen gebracht und ihn nachhaltig verwirrt. Sie hatte ihn geblendet, indem sie sein großes Bedürfnis, mehr über sein wahres Zuhause zu erfahren, für sich ausgenutzt hatte. Max ging quer durch den Raum auf Liz zu, wobei ihm kaum zu Bewusstsein kam, dass noch andere Leute dort waren.

Er blieb vor Liz stehen und sagte: »Ich bin gekommen, sobald ich davon erfahren habe. Geht es dir gut?«

»Ja, mir geht's gut«, antwortete sie.

Max nickte und suchte verzweifelt nach etwas, das er noch sagen konnte. »Geht es deinem Vater auch gut? Ich hörte, dass er auch hier gewesen ist.«

Liz wies mit dem Kopf zum anderen Ende des Raumes. Dort stand Mr. Parker und hielt sein Handy gegen das Ohr gedrückt.

»Im Café ist niemandem etwas passiert«, sagte Liz. Dann erzählte sie ihm von Wilkins und dem Geist, den Michael gesehen hatte.

»Ich habe gehört, Michael ist mit Valenti unterwegs«, sagte Max in dem Versuch, dem unbehaglichen Schweigen zuvorzukommen, von dem er sicher war, dass es sich einstellen würde. »Weißt du, warum?«

Liz schüttelte den Kopf. »Ich glaube, er wollte nachprüfen, wessen Geist Michael und Wilkins gesehen haben. Sein Name war Terrell Swanson, und er ist vor dreißig Jahren verschwunden. Valentis Vater hat ihn damals zu finden versucht, weil er glaubte, Wilkins hätte ihn umgebracht.«

»Also ist der Geist echt?« Max dachte an den Phantomkrieger, dem er bei River Dog begegnet war. River Dog hatte seinen Ahnen nie zuvor gesehen, aber Henry Callingcrow war einigen aus dem Stamm der Mesaliko bekannt gewesen.

»Max«, sagte Liz leise, »Geister sind nie echt. Sie *können* gar nicht echt sein.«

»Ich weiß«, sagte Max, aber ihm fiel der Geist ein, den er an Weihnachten vor zwei Jahren gesehen hatte. Er hatte den Mann sterben lassen, nachdem er sein Leben gegeben hatte, um das seiner Tochter zu retten. Danach war ihm tagelang der Geist des Mannes erschienen, bis Max und Michael ins Krankenhaus eingebrochen und dort alle Kinder geheilt hatten.

»Das war etwas anderes«, sagte Liz leise. Sie legte eine Hand an seine Wange.

Max sah sie an. Er staunte, wie gut sie manchmal über seine Gedanken Bescheid wusste. Wenn sie über solche unzusammenhängenden Dinge kommunizieren konnten, warum konnte sie dann nicht sehen, wie sehr er sie liebte?

Sie weiß, wie sehr ich sie liebe, erkannte Max. Sie kann dieser Liebe bloß nicht trauen. Nicht nach Tess.

»Du weißt nicht mal, ob er ein Geist war«, sagte Liz.

Max wusste, dass das stimmte. Er hatte nie wirklich herausgefunden, ob der Geist von damals eine übernatürliche Erscheinung oder ein Produkt seiner eigenen Schuldgefühle gewesen war, schließlich hatte er sich schuldig gefühlt, dem Mann beim Sterben zugesehen zu haben. »Diese Dinge hier sind real«, sagte Max.

Liz' Augen weiteten sich. »Du hast auch einen gesehen.«

Max erzählte ihr von den Geistern im Reservat der Mesaliko.

»Was hast du denn da draußen gewollt?«, fragte Liz.

Max wusste, dass sie längst ihre eigenen Vermutungen darüber hegte. Sie wich von ihm zurück, nahm ihre Hand von seinem Gesicht und rutschte auf ihrem Stuhl zurück. Obwohl sie nun bloß ein paar Zentimeter voneinander entfernt waren, fühlte sich der Abstand wie eine riesige Kluft an.

»Ich habe nach einer Möglichkeit gesucht, meinen Sohn zu finden«, antwortete Max. Sie wusste es, und sie hätte es auch gewusst, wenn er versucht hätte, sie anzulügen. Selbst wenn er nur versucht hätte, ihre Gefühle zu schonen, hätte sie es durchschaut, und das hätte ihr bestimmt nicht gefallen.

In Liz' Augen flammte Schmerz auf. »Und hast du?«

»Nein.«

»Das tut mir Leid.«

Max nickte. »Das heißt nicht, dass ich aufhören werde, es zu versuchen.«

Liz blieb stumm.

»Ich wollte nur, dass du das weißt«, sagte Max. Damit wir weiter ehrlich zueinander sein können, dachte er bei sich.

Ihre Stimme klang weicher, als sie sagte: »Das weiß ich doch schon, Max. Und etwas anderes würde ich von dir auch gar nicht erwarten. Aber das macht die Dinge zwischen uns nicht leichter.«

»Ich weiß«, flüsterte Max, und dieses Wissen fühlte sich an, als könnte es ihn umbringen.

Isabel stand vor dem Krankenhaus und beobachtete, wie Jesse davonfuhr. Er winkte, und als er auf die Straße abbog, fühlte es sich an, als wäre mit ihm ein Teil von ihr gegangen. Sie hatte dieses Gefühl jedes Mal, wenn sie ihn gehen lassen musste, und die Verzweiflung darüber, allein gelassen zu werden, wurde für sie immer unerträglicher. Sie hatte Angst, dass sie die Leere, wenn Jesse gegangen war, eines Tages nicht mehr aushalten könnte und dass sie nicht in der Lage sein würde loszulassen.

Und was sollte sie dann tun?

Isabel hatte keine Ahnung, und das frustrierte und ängstigte sie zugleich. Sie hatte ihr Leben und ihre Beziehungen bislang immer bestens organisiert. Ihr Leben in der Schule und ihr Leben zu Hause waren immer zu ordentlichen kleinen Paketen verschnürt gewesen. Sie hatte sogar eine spezielle Weihnachtskiste, die sie nur während der Weihnachtsferien hervorholte. Das Geheimnis ihres Lebens hatte darin bestanden, diese Kisten in ihrem Inneren getrennt voneinander aufzubewahren. Auf diese Weise hatte sie innere Konflikte vermieden.

Max wirkte die meiste Zeit so, als wäre er schon mit inneren Konflikten zur Welt gekommen. Dass er mit Liz Parker zusammen gekommen war, hatte diese Konflikte nur noch verstärkt und ihm ein Zentrum verschafft, um das er rotieren konnte. Die Liebe machte ihm das Leben schwer.

Michaels Schicksal war es dagegen, Unannehmlichkeiten und Konfrontationen ausgesetzt zu sein. Wenn man ihn so sieht, dachte Isabel, würden die meisten Leuten vermutlich glauben, dass die Liebe für Michael kein Problem darstellt, da er dieses Gefühl so formt, wie er es haben will. Allerdings stellte sich seine Beziehung zu Maria ganz anders dar.

Max war einer der liebe- und verständnisvollsten Jungs, denen Isabel je begegnet war, auch wenn sie das wahrscheinlich nie sagen würde. Und Michael war der gedankenloseste und am meisten mit sich selbst beschäftigte Mensch, den sie kannte, und das hatte sie ihm gelegentlich deutlich gesagt.

In gewisser Weise stellten Max und Michael, was Beziehungen anging, totale Gegensätze dar. Trotzdem konnte keiner von beiden Beziehungen zu Menschen führen, die sie wahrhaft liebten, ohne dass es jede Menge Liebeskummer gab.

Isabel ging zurück ins Krankenhaus und suchte wieder den Warteraum der Notaufnahme auf. Als sie Max und Liz zusammen sah, blieb sie an der Tür stehen. Sie wollte nicht stören.

Max und Liz saßen nur wenige Zentimeter voneinander entfernt, ohne einander zu berühren. Sie sind so still und reglos, als wären sie von einer Stahlschranke getrennt, dachte Isabel. Zum ersten Mal verstand sie den Schmerz, dem ihr Bruder ausgesetzt war: Sich so nah zu sein … und doch … so weit voneinander entfernt …

Kyle saß auf der Kante des Krankenhausbettes in der Notaufnahme. In seinem Arm pulsierte der Schmerz, als der Arzt die lange Schnittwunde auf seinem Unterarm untersuchte.

»Da haben wir aber wirklich Glück gehabt«, sagte Dr. Bohr, während er vorsichtig die Wunde betastete.

»Wie meinen Sie das?«, fragte Kyle. Er hatte nicht das Gefühl, besonders viel Glück zu haben. Und er gönnte der Wunde keinen Blick, weil das Blut ihn zu sehr an den Geist oder die Halluzination erinnerte, die er auf der Baustelle gesehen hatte.

»Das ist eine große Wunde«, erklärte Dr. Bohr, »und sie ist tief, aber du hast keine Sehnen durchtrennt. Mit ein paar Stichen –«

»Stichen?«, fragte Kyle und sah den Arzt an.

Der Arzt war jung, noch keine dreißig, und er trug unter dem blassblauen Kittel ein T-Shirt von einer *Remy-Zero*-Konzerttour. Er betrachtete Kyle durch seine rahmenlosen Brillengläser und lächelte flüchtig. »Stiche«, wiederholte er. »Wir können auch *kleine Naht* dazu sagen, wenn dir das lieber ist.«

»Wie wäre es, wenn wir *Heftpflaster* sagen würden?«

»Ich kann das nicht einfach mit einem Pflaster verarzten«, entgegnete der Doktor. »Ich werde einer Schwester sagen, sie soll alles vorbereiten. Wir können den Arm betäuben. Dann werde ich ungefähr ... ich würde sagen, acht Stiche reichen.«

»Klar«, grummelte Kyle und zog seinen Arm zurück. Er schmiegte ihn vorsichtig an die Brust, stützte ihn mit dem Handgelenk des anderen Arms und versuchte, sich an das letzte Mal zu erinnern, als er genäht worden war.

»Möchtest du, dass ich deinem Vater sage, dass es dir gut geht?«, fragte Dr. Bohr.

»Meinem Vater?«, fragte Kyle. »Ist er hier?«

Dr. Bohr sah ihn verwirrt an. »Ich dachte, der Herr, der dich hergebracht hat –«

»Er ist nicht mein Vater«, sagte Kyle und war selbst überrascht über den Groll, den er empfand. »Er ist mein Chef.«

»Oh«, sagte Dr. Bohr. »Mein Fehler. Ich bin bald wieder da.«

»Klar«, erwiderte Kyle.

Als Dr. Bohr hinter dem Vorhang verschwunden war, durch den man in den Eingangsbereich der Notaufnahme gelangte, steckte Quinlann seinen Kopf herein. »Soll ich dir ein bisschen Gesellschaft leisten, mein Junge?«

»Nach der ganzen Zeit, die ich schon hier bin«, sagte Kyle, »überrascht es mich, dass Sie noch da sind.«

Quinlann trat an das Bett und zuckte mit den Achseln. »Ich habe dich hergebracht. Ich wollte sicher sein, dass du gut nach Hause kommst.«

Kyle sah seinen Chef an, und plötzlich wurde ihm flau im Magen. »Sie haben meinen Vater nicht erreicht, nicht wahr?«

Quinlann schüttelte den Kopf. »Ich habe eine Nachricht auf dem Anrufbeantworter bei euch zu Hause hinterlassen.«

Kyle legte sich behutsam auf dem Bett zurück, um sich auf die bevorstehende Prozedur vorzubereiten. Sein Arm tat immer noch weh. Er versuchte, sich nicht anmerken zu lassen, wie unglücklich er darüber war, dass sein Vater nicht da war.

Hätte ich mir ja denken können, dachte Kyle sauer. Dabei sitzt er sonst jeden Tag der Woche zu Hause mit einer Dose Bier vor dem Fernseher. Der Groll, den er darüber empfand, dass der alte Valenti so wenig Interesse daran zeigte, sich einen neuen Job zu suchen, bereitete ihm Magenschmerzen. Er spürte, wie das Blut gegen seine Schläfen pochte.

»Alles in Ordnung mit dir?«, wollte Quinlann wissen.

»Ja«, sagte Kyle. »Ist bloß der Arm.«

»Sieht schlimm aus.«

»Der Arzt sagt, es ist nicht so schlimm, wie es aussieht.«

Quinlann nickte. »Das ist gut. Ich möchte ja nicht, dass dein Vater sauer auf mich ist.«

»Es ist ja nicht Ihre Schuld.«

»Hat der Doktor gesagt, wie lange dein gebrochener Flügel heilen muss?«, fragte Quinlann.

»Wenn ich hier draußen bin, kann ich sofort wieder zur Arbeit kommen.«

Quinlann lachte und kratzte sich am Kopf. »Du hast Schneid, mein Junge, so viel steht fest. Aber wenn die erst einmal fertig sind mit deinem Arm, wirst du überrascht sein, wie weh das tut. Ich werde mir jemanden suchen, der dich in den nächsten Tagen ersetzt.«

»Ich möchte mir aber nicht tagelang freinehmen.« Das kann ich mir nicht leisten, dachte Kyle. Zu Hause stapeln sich die Rechnungen, und Dad sieht sie sich nicht mal mehr an.

Kyle wusste, dass er das seinem Vater nicht übel nehmen sollte. Sein Vater war wegen Max, Michael, Isabel und Tess in der letzten Zeit durch die Hölle gegangen. Der Sheriff hatte seinen Job verloren, weil er sich für die Aliens von Roswell eingesetzt hatte, und vielleicht hatte es seinen Vater demoralisiert, als er herausfand, wie mies sich Tess aufgeführt hatte. Alex' Eltern wussten immer noch nicht, was mit ihm geschehen war, und Kyle war klar, dass auch sein Vater erst mal mit diesem Wissen fertig werden musste.

»Du wirst dir ein paar Tage freinehmen«, sagte Quinlann. »Mindestens. Dann werden wir sehen, wie es weitergeht.«

Kyle wusste, dass er eigentlich dankbar sein musste, so einen verständnisvollen Chef zu haben, aber das Einzige, woran er denken konnte, war, möglichst schnell zu Geld zu kommen. »Wenn ich kann, möchte ich die Stunden nachholen.«

»Welche Stunden?«, fragte Quinlann. »Du hattest einen Arbeitsunfall, mein Junge. Die Versicherung und ich werden uns schon um dich kümmern.«

Nach dieser Information ging es Kyle schon ein wenig besser. Er legte sich in sein Kissen zurück und versuchte, sich zu entspannen. Außerdem gab er sich Mühe, nicht darüber nachzudenken, wo sein Vater stecken könnte.

Als der Schmerz in seinem Arm gerade nachzulassen schien, hörte er jemanden in der Eingangszone hinter dem Vorhang links von ihm schreien.

13

Michael starrte den behelmten Motorradfahrer an. In Anbetracht seiner Größe im Verhältnis zu der Maschine musste es sich um ein Kind handeln.

Valenti trat einen Schritt vor und ließ die Brechstange neben sein Bein sinken, sodass das Werkzeug nicht allzu deutlich ins Auge fiel. »Hey«, rief er und winkte. »Das hier ist nicht das, wonach es aussieht.«

Der Motorradhelm bewegte sich, offenbar schaute der Fahrer ein paar Mal zwischen Michael und Valenti hin und her. Dann griff er unter sich und schaltete den Motor aus. Schließlich streckte er die Arme hoch, nahm den Helm ab, schüttelte einen langen Pferdeschwanz und entpuppte sich als Fahrerin.

Sie sah Michael unverwandt an. Das Sonnenlicht verlieh ihrem haselnussbraunen Haar einen rötlichen Schimmer und ließ die über Nase und Wangen verstreuten Sommersprossen deutlich hervortreten. Ihre Zahnspange funkelte silbrig.

»Wenn ich Sie nicht kennen würde, Sheriff Valenti«, sagte das Mädchen, »wäre ich schnell wieder verduftet und hätte die Polizei gerufen.«

Valenti lächelte sie an. »Ich bin froh, dass du's nicht getan hast, Kelli.«

»Ich weiß allerdings auch, dass Sie nicht mehr der Sheriff von Roswell sind«, sagte Kelli. »Und ich schätze, die Brechstange da haben Sie benutzt, um in Mr. Wilkins Garage einzubrechen. Also verlange ich eine Erklärung, was Sie und der Süße da drüben hier eigentlich machen.«

Valenti drehte sich zu Michael um.

Der *Süße*?, dachte Michael, dem das mehr als peinlich war.

Das Mädchen war vielleicht zwölf Jahre alt und benahm sich, als wäre sie einige Jahre älter.

»In der Stadt hat es einen Unfall gegeben«, erklärte Valenti und richtete seinen Blick wieder auf das Mädchen.

»Mr. Wilkins hatte einen Herzinfarkt«, sagte Kelli. »Ich hab's in den Mittagsnachrichten gesehen. Wegen der Nachrichten wurde das Baseballspiel unterbrochen. Danach wurde das Spiel so häufig unterbrochen, dass ich mir dachte, ich mache einen Ausflug und sehe mir später an, wie es ausgegangen ist. War sowieso beschissen.« Sie hielt inne. »Aber das erklärt noch nicht, was Sie hier machen.«

Ist ja richtig scharfsinnig, das Mädel, dachte Michael spöttisch. Und unausstehlich.

»Ich bin hergekommen, um in Wilkins' Haus nach dem Rechten zu sehen«, sagte Valenti. »Ich weiß, dass er immer Papageien gehalten hat. Sieht so aus, als müsste Wilkins noch eine Weile im Krankenhaus bleiben. Und ich weiß, dass er keine Familie hat, die er anrufen könnte, um nach den Vögeln zu sehen.«

Kelli trat den Ständer des Motorrades nach unten und bockte es auf, während sie abstieg. »Ich helfe mit«, bot sie an und kam auf die Männer zu.

»Helfen?«, wiederholte Valenti, und Michael konnte am Ton seiner Stimme erkennen, dass dies das Letzte war, was er wollte.

»Ja, klar«, gab Kelli zurück. »Mr. Wilkins beschäftigt mich manchmal als Putzhilfe und lässt mich nach den Vögeln sehen.«

»Das wusste ich nicht«, gestand Valenti.

»Mit der Arbeit für Mr. Wilkins habe ich mir auch das Motorrad verdient«, sagte Kelli. »Ich bin überrascht, dass Sie sich an die Vögel erinnern. Ich war gerade unterwegs, um mich um sie zu kümmern.«

»Hast du einen Hausschlüssel?«, fragte Michael.

Kelli verdrehte die Augen. »Es gibt andere Möglichkeiten als Schlüssel, um irgendwo reinzukommen.« Sie sah zu der Brechstange neben Valentis Bein. »Oder als Brechstangen.«

»Ich bin es nicht gewohnt, irgendwo einzubrechen«, sagte Valenti. »Früher war ich dazu da, um so was zu verhindern.«

»Na ja«, sagte das Mädchen, »Sie haben sich ziemlich blöd angestellt. Aber immerhin haben Sie es geschafft.«

»Danke«, sagte Valenti. »Ich denke schon.«

Kelli betrat die Garage und blieb dort stehen, wo die Dunkelheit anfing. »Haben Sie oder der Süße daran gedacht, eine Taschenlampe mitzubringen?«

»Ich habe eine im Wagen.«

»Ist schon okay«, sagte Kelli. »Wir können meine nehmen.« Sie griff in ihre Jacke und fischte eine kleine Halogentaschenlampe heraus.

Michael war beeindruckt, ließ es sich jedoch nicht anmerken.

»Kommst du jeden Tag zu Wilkins?«, fragte Valenti, als sie an dessen orange und grün geflecktem Jeep vorbeigingen.

»Eher so dreimal die Woche«, antwortete Kelli. »Mr. Wilkins hat nicht so viel Geld, wie viele Leute hier in der Gegend glauben.«

»Ja«, nickte Valenti. »Ich weiß.«

Das Mädchen richtete die Taschenlampe auf die Kisten mit Erzproben und die Werkzeuge hinten in der Garage. »Mr. Wilkins hat immer noch von Zeit zu Zeit nach Bodenschätzen gesucht. Ich nehme an, das wissen Sie auch.«

»Ja«, sagte Valenti. »Manchmal habe ich ihn draußen in der Wüste mit diesem dreirädrigen Ding erwischt, mit dem er immer unterwegs war, manchmal aber auch mit dem Jeep. Ich hab ihn dann angehalten, um zu sehen, ob er genug Wasser hat und nicht zu viel Hitze abbekommt.«

»Mr. Wilkins konnte in der Wüste immer ganz gut auf sich selbst aufpassen«, erwiderte Kelli. »Er hat nur den Leuten nicht getraut. Er ist nicht gerne in die Stadt gefahren.«

»Heute ist er aber in die Stadt gekommen«, sagte Michael. Er betrachtete die Kistenstapel mit Felsbrocken und Erdproben und verstand nicht, wieso sich jemand dafür interessieren konnte. Für ihn sahen sie alle gleich aus.

»Wilkins kam gelegentlich nach Roswell«, sagte Valenti.

»Ja.« Kelli wandte sich der dem Haus zugekehrten Seite der Garage zu. Der Lichtstrahl der Taschenlampe huschte über die Wand und enthüllte zwei nebeneinander liegende Türen.

»Und war heute einer der dafür vorgesehenen Tage?«

»Nein«, erwiderte Kelli.

»Bist du sicher?«, fragte Valenti.

»Ja. Mr. Wilkins wollte immer, dass ich auf das Haus aufpasse, wenn er weg ist. Ich war einer der wenigen Menschen, denen er vertraut hat. Während der Schulzeit hat er immer gewartet, bis ich zu Hause war, bevor er nach Roswell fuhr.«

»Dann ist Wilkins entweder nach Roswell gefahren, um jemanden zu treffen«, überlegte Michael, »oder irgendwas hat ihn von hier verjagt«.

Kelli drehte sich zu ihm um, wobei ihm das Licht in die Augen schien, sodass er abwehrend eine Hand hob. »Entschuldigung«, sagte sie. »Arbeitest du nicht im *Crashdown*?«

»Ja«, antwortete Michael. »Das tue ich, wenn ich Valenti nicht dabei helfe, in die Häuser von reichen alten Leuten einzubrechen.«

Kelli grinste und lachte. »Wusste ich doch, dass ihr nicht wegen der Vögel hier seid.«

Valenti setzte eine unbehagliche Miene auf. »Nein, diese Geschichte war nur unsere Tarnung.«

»Und was ist der wahre Grund?«, wollte Kelli wissen.

»Wilkins hat den Leuten im *Crashdown* erzählt, er würde von einem Geist verfolgt«, antwortete Valenti.

»Ist es das, was er dir erzählt hat, Braunauge?«, fragte Kelli.

»Er hat es nicht mir erzählt«, erwiderte Michael. »Er hat es einer Freundin von mir erzählt. Und ich stand daneben, als er es tat.«

Kelli zog die Stirn kraus. »Hat er gesagt, wessen Geist es war?«

»Nein«, sagte Valenti.

»Swanson«, sagte Michael und ignorierte den wütenden Blick, den Valenti ihm zuwarf.

»Darüber wurde in den Nachrichten gar nichts berichtet«, sagte Kelli.

»Das ist eine geheime Information«, sagte Valenti.

Kelli zog die Augenbrauen hoch, als hätte sie verstanden. »Sie meinen, falls herauskommt, dass jemand Mr. Wilkins aus dem Haus zu vergraulen versucht hat, um seine Sachen zu stehlen?«

So weit hatte Michael eigentlich gar nicht gedacht, aber die Argumentation erschien ihm schlüssig. Außerdem gab sie ihnen die Rechtfertigung, die sie brauchten, um weiter Fragen stellen zu können. »Ja«, sagte Michael.

»Das erklärt aber immer noch nicht, wieso ein Ex-Sheriff und ein Koch aus einem Schnellrestaurant hier Untersuchungen anstellen«, stellte Kelli fest.

»Der neue Sheriff ist nicht daran interessiert, Gruselgeschichten nachzugehen«, sagte Valenti.

»Aber Sie sind es?« Kelli bedachte ihn mit einem skeptischen Blick.

»Er hat keinen Bock mehr auf Fernsehen«, warf Michael ein.

»Und was ist mit dir?«, fragte Kelli.

»Glaubst du, ich will mein ganzes Leben in einem Schnellrestaurant verbringen?«

»Und was machst du, statt Koch in einem Schnellrestaurant zu sein?«

Michael lächelte sie an. »Ich werde ein professioneller Geisterjäger.«

Kelli lächelte. »Cool.«

Valenti zog eine Grimasse, und Michael gelangte zu dem Schluss, dass er von ihrer neuen Tarnung nicht sonderlich begeistert war.

»Hat sich Wilkins in der letzten Zeit irgendwie anders benommen als sonst?«, fragte Valenti.

»Mr. Wilkins hat sich immer anders benommen als andere«, antwortete Kelli. Sie gestikulierte mit der Taschenlampe in Richtung der Erzproben. »Ich meine, wer hortet schon kistenweise Felsbrocken wie die da?«

Michael war ganz ihrer Meinung.

Valenti wies mit dem Kinn auf die beiden Türen und fragte: »Wohin führen die?«

Kelli richtete das Licht wieder auf die Türen und erklärte: »Die linke führt hoch ins Haus, die rechte in die Werkstatt.«

»Und was befindet sich in der Werkstatt?«, erkundigte sich Valenti.

»Keine Ahnung. Da hat mich Mr. Wilkins nie reingelassen.«

»Und du hast nie heimlich einen Blick hineingeworfen?«, fragte Michael. »Ich meine, schließlich hast du gesagt, du brauchst keine Schlüssel, um irgendwo reinzukommen.«

Kelli verdrehte voller Abscheu die Augen. Diese Geste hätte von Maria stammen können. Michael nahm an, dass diese Begabung irgendwie geschlechtsspezifisch sein musste.

»Nein«, sagte Kelli. »Ich respektiere seine Privatsphäre.«

Valenti ging zu der Tür. »Aber irgendwer hat dass nicht getan. Das Schloss ist aufgebrochen.« Er kniete nieder und hob ein Vorhängeschloss vom Boden auf. »Gib mir mal die Lampe.«

Kelli trat zu ihm heran und überreichte ihm die Taschenlampe.

Valenti hob das Schloss an und richtete den Lichtstrahl darauf. »Sieht nicht so aus, als hätte jemand Gewalt angewendet.«

»Vielleicht hat Wilkins vergessen, das Schloss hinter sich zuzumachen«, schlug Michael vor.

»Mr. Wilkins hat solche Dinge niemals vergessen«, widersprach Kelli. »Was auch immer in der Werkstatt gewesen ist, es war wichtig.«

»*War*?«, fragte Michael.

»Wenn die Tür offen ist, kannst du darauf wetten, dass das, was da drin war, jetzt nicht mehr da ist.«

»Wir werden sehen«, sagte Valenti. Er behielt die Taschenlampe und umklammerte die Brechstange fester. Dann wandte er sich zu Michael um. »Pass auf sie auf.«

Michael nickte, umfasste den Ellbogen der Kleinen und zog sie zurück. Sie wehrte sich, aber er schob sie immer weiter auf das Garagentor zu und ließ nicht nach, bis sie hinter dem Willis Jeep stand.

»Was glaubst du eigentlich, was du da tust?«, protestierte Kelli. Sie ballte die Fäuste und rammte sie gegen Michaels Brust.

»Beruhige dich«, sagte Michael und umfasste ihre Handgelenke, damit sie ihm nicht wehtun konnte.

»Ihr könnt mir nicht einfach meine Taschenlampe wegnehmen«, schrie Kelli.

Na, großartig, dachte Michael. Da hätte ich ja auch gleich im Crashdown bleiben können. Er warf einen Blick über die Schulter und sah, wie Valenti in der Werkstatt verschwand. Die Taschenlampe durchschnitt die Dunkelheit.

»Hey«, rief Michael, »wollen Sie vorausgehen und mir ein Signal geben, wenn die Luft rein ist, bevor mir jemand den Schädel einschlägt?«

Das Licht verharrte einen Moment lang auf einer Stelle, dann drehte sich Valenti zur offenen Tür um. »Das musst du mit eigenen Augen sehen, um es zu glauben.«

Bevor Michael etwas erwidern konnte, spürte er, dass sich die Luft elektrostatisch auflud. Aus dem Nichts kam ein peitschender Wind auf und intensivierte die atmosphärische Störung. Vom Boden der Garage stiegen wirbelnd Staub und Schotter auf und wehten ihm in die Augen.

Kelli schrie auf. Sie wollte sich nicht länger von ihm losmachen, sondern streckte die Arme nach Michael aus, hielt sich an seinem T-Shirt fest und warf sich gegen ihn.

Durch den blendenden Staubschleier hindurch sah Michael, wie sich in dem Kellerraum hinter Valenti eine monströse Gestalt erhob.

»Liz.«

Liz wurde plötzlich aus dem konfusen Durcheinander von

Träumen und Schmerzen gerissen, aus dem ihre Gedanken in diesen Tagen hauptsächlich zu bestehen schienen. Sie schaute auf und sah, dass ihr Vater vor ihr stand. »Ja, Dad.«

Jeff Parker sah erschöpft aus. Die Touristensaison war immer besonders anstrengend und verlangte der ganzen Familie eine Menge ab. »Warum fährst du nicht zurück ins *Crashdown*. Der Sheriff sagt, dass er keine weiteren Befragungen mehr durchführen muss.«

»Braucht Mom irgendwas?« Liz erhob sich von ihrem Stuhl.

Ihr Vater seufzte und fuhr sich mit der Hand durchs Haar. »Möglicherweise, aber ich hab nicht mal daran gedacht, sie zu fragen.«

»Ist schon okay«, sagte Liz. »Ich werde sie fragen und ihr sagen, dass du mich dazu aufgefordert hast.«

Ihr Vater lächelte. »Ich weiß das zu schätzen, Liz.«

»Kein Problem«, antwortete Liz. Sie freute sich, endlich aus dem Krankenhaus herauszukommen. »Kommst du auch klar?«

»Ja, mir geht's prima«, versicherte ihr Vater. »Sag deiner Mutter, dass ich bald nach Hause komme.«

Liz nickte, ließ den Blick durch den Warteraum schweifen und sah, dass Isabel und Max vor der Tür, die zu den Getränkeautomaten führte, in eine heftige Diskussion vertieft waren. Isabel war vor ein paar Minuten gekommen und mit Max weggegangen, weil sie ihn unter vier Augen sprechen wollte. Vielleicht deshalb, weil Max und Isabel nicht wollten, dass Jeff Parker etwas von ihrem Gespräch mitbekam. Aber Liz war sich eigentlich sicher, dass sie den Ort teilweise deshalb gewechselt hatten, weil sie Liz aus ihren Angelegenheiten heraushalten wollten.

Okay, dachte Liz, vielleicht bin ich gerade ein bisschen paranoid. Und ist es nicht so, dass ich Max eben die kalte Schulter gezeigt habe? Ich bin nicht gerade übermäßig auf seine Versuche eingegangen, mit mir ins Gespräch zu kommen. Sie hatte es versucht. Sie hatte es wirklich versucht. Aber die ganze Zeit stand ihr Tess vor Augen, und sie hörte ihre Stimme. Und dann waren da noch die Bilder, die Tess und Max zusammen zeigten. Sie hatte sie zusammen in der Schule gesehen, aber sie hatte sie nie in einer intimen Situation erlebt. Das hinderte ihren Verstand allerdings nicht daran, ihr solche Bilder vorzugaukeln.

Jeff Parkers Handy klingelte. Er winkte ihr noch einmal zu und langte nach dem Handy in seiner Jackentasche.

Liz verharrte einen Moment lang unentschlossen. Soll ich noch mal winken? Oder einfach gehen? Sie wusste nicht, was ihrem Verhältnis zueinander angemessen war, wie auch immer dieses Verhältnis aussehen mochte.

Da drehte sich Max um und sah sie an, als hätte er gespürt, dass sie drauf und dran war zu gehen. Sie blickte in seine dunklen Augen und fühlte sich einmal mehr zu ihm hingezogen. Sie widerstand dem Impuls, zu ihm zu gehen, winkte und deutete auf den Haupteingang, der zum Parkplatz führte.

Max beendete sein Gespräch mit Isabel und kam zu Liz zurück. »Was ist los?«, fragte er.

»Ich bin fertig hier«, erwiderte Liz. »Dad sagt, ich soll zurück ins *Crashdown* fahren und nachsehen, was es da noch zu tun gibt.«

Max zögerte einen Moment. Es war offensichtlich, dass ihm unbehaglich zu Mute war. »Ich hab mein Auto draußen stehen. Ich könnte dich mitnehmen.«

»Es sind ja nur ein paar Blocks«, erwiderte Liz, die das Gespräch der Geschwister nicht unterbrechen wollte, das offensichtlich nicht für ihre Ohren bestimmt war. Neben der Wut, die sie empfand, fühlte sie sich auch ein wenig schuldig.

»Mir macht es aber nichts aus«, sagte Max. »Ich würde mich über deine Gesellschaft freuen.«

Liz war völlig verunsichert. Oh Gott, warum muss das so schwierig sein? Entweder ich möchte mit ihm zusammen sein, oder ich möchte es nicht. Aber das war gar nicht so einfach, auch wenn es ihr so lieber gewesen wäre. Noch schlimmer war das Wissen darum, dass es für sie nie wieder einfach oder unkompliziert sein würde zu entscheiden, ob sie in Max' Nähe sein wollte oder nicht.

Liz wollte Nein sagen. Sie brauchte nicht noch mehr Komplikationen in ihrem Leben. Aber dann fiel ihr ein, dass ihre Mutter vielleicht wieder mit dem Geist ihrer toten Großmutter sprach und dass die Aliens die Einzigen waren, die diese »Geister« sehen konnten.

Also sagte sie »Okay«, aber diese Antwort klang weder so entschieden noch so überzeugend, wie sie sich das beide gewünscht hätten.

Max öffnete die Eingangstür, und ein Schwall glühender Hitze, wie sie für Roswell an einem Juninachmittag typisch war, ergoss sich in den Warteraum der Notaufnahme. Bevor sie nach draußen treten konnten, gellte ein Schrei durch die Wartezone.

»Das kam von da hinten«, sagte Liz.

Ein zweiter Schrei wurde laut und erregte die Aufmerksamkeit aller in dem Gebäude. Die Krankenschwestern am Empfangstresen verließen ihre Posten und eilten nach hinten.

»Haltet ihn von mir fern!«, kreischte die heisere Stimme eines Mannes. »Oh Gott, haltet ihn von mir fern! Er ist tot! Er ist *tot*!«

Max kehrte ins Krankenhaus zurück, und Liz heftete sich an seine Fersen.

»Warum hilft mir denn keiner?«, ertönte eine andere männliche Stimme.

Liz erkannte sie sofort. Sie blieb dicht hinter Max. »Das ist Kyle«, sagte sie.

»Ich weiß, erwiderte Max. Er eilte durch die Schwingtüren, die in die Pflegestation führten.

Liz war vorher schon einmal in der Notaufnahme gewesen und erkannte den Raum sofort wieder. Zu beiden Seiten des großen, lang gestreckten Raumes standen Betten aufgereiht, die durch von der Decke herabhängende blassblaue Vorhänge voneinander getrennt zu sein schienen.

Kyle hielt einen alten Mann fest, der in dem Bett neben ihm

lag. Der Ärmel seines T-Shirts war auf einer Seite aufgeschnitten, darunter sah man den nackten, blutverschmierten Arm. Der Mann sah aus, als wäre er mindestens siebzig. Er war blass und verschrumpelt. Von seinen beiden Armen führten Plastikschläuche zu Beuteln auf jeder Seite des Bettes.

»Nehmt ihn weg von mir!«, brüllte der alte Mann. »Er ist tot! Er ist mir gefolgt!« Er schrie vor Angst.

Von Kyles verwundetem Arm tropfte Blut auf das Laken des Alten, während er sich bemühte, den Mann auf dem Bett festzuhalten. »Jemand muss mir helfen!«

Krankenschwestern und zwei Ärzte in OP-Kitteln rannten zum Bett des alten Mannes. Dann entlud sich ein elektrischer Schlag in den Fußboden, und in der Notaufnahme gingen die Lichter aus.

14

Michael starrte das Gespenst an, das hinter Jim Valenti in der Luft schwebte. Der »Geist« ragte fast drei Meter in die Höhe und sah sogar noch größer aus, da er sich bücken musste, um unter die Kellerdecke zu passen. Lose Kleidung hing an dem fremden Wesen, Fetzen, die die ausgemergelte Gestalt nur spärlich bedeckten und im Wind flatterten. Ihre schwarzen Augen waren von dunklen Ringen umgeben, und sie war kahlköpfig.

Michael betrachtete die Kreatur und war ganz sicher, dass dieses Ding aus einem Horrorfilm entwichen war und nicht aus irgendeinem Grab. Die statisch aufgeladene Luft peitschte durch die Garage, und über einige der Kisten mit den Erzproben sprangen Funken.

»Michael!«, rief Valenti durch den heulenden Wind. »Schaff das Mädchen hier raus!« Er versuchte, einen Schritt vorwärts zu machen, aber der Wind zog ihn zurück in den Kellerraum. Plötzlich schlug die Tür zu und verschluckte den Lichtstrahl der Taschenlampe, die Valenti bei sich trug.

Michael wurde erst jetzt bewusst, dass Kelli schrie, um sich trat und sich zugleich an ihn klammerte, und er führte sie aus der Garage hinaus. Hinter ihnen löste sich das Garagentor aus seiner eingerasteten Position und fiel mit einem laut Knall zu.

Michael erspähte Valentis Truck, der vor dem Haus geparkt war, und sprintete zu dem Wagen, wobei er Kelli, die nicht so schnell mitkam, hinter sich herzerrte. Als sie dort angekommen waren, schob er das Mädchen hinein. »Da drinnen bist du sicher«, sagte Michael.

»Wo gehst du hin?«, fragte Kelli aufgeregt.

»Valenti helfen.«

»Du kannst mich doch hier nicht allein lassen!«

Michael schloss die Wagentür, rief »Halt den Kopf unten!« und rannte zurück zu Wilkins Garage. Er kniff die Augen zusammen, um sie vor dem vom Boden aufgewirbelten Schotter und Staub zu schützen. Der Wind schlug ihm seine eisigen Krallen ins Gesicht.

Michael mobilisierte die Energie, die zu seinem Alien-Erbe gehörte, und streckte eine Hand aus. Die Energie traf das Garagentor und sorgte dafür, dass es sich wieder nach oben bewegte. Allerdings öffnete es sich bloß ungefähr einen Meter weit.

Michael warf sich unter die Öffnung und robbte darunter durch. Dann richtete er sich auf und mobilisierte noch mehr Energie, die er zu einer Lichtkugel in seiner linken Handfläche zusammenballte. Das Licht erhellte die Garage.

Ein Blitz schlug in den Willis Jeep ein und ließ den Wagen einen Moment lang heftig hin und her wackeln. An der Stelle, wo der Blitz eingeschlagen war, zeigte sich ein schwarzer Brandfleck.

Die elektrostatische Spannung zirkulierte immer noch durch Michaels Körper, schien aber bereits irgendwie abgenommen zu haben. Entweder wurde das, was diese Spannung produzierte, schwächer, oder er machte deren Auswirkungen durch seine Kräfte zunichte. Er vergrößerte die Lichtkugel in seiner Hand und stellte überrascht fest, dass die elektrische Spannung vor ihm zurückwich.

»Valenti!«, rief Michael.

»Hier!«, gab Valenti zurück. »Die Tür klemmt. Ich kann sie nicht aufmachen.«

»Treten Sie von der Tür zurück«, befahl Michael und konzentrierte all seine Energie auf die Tür. Als die Kraft, die von ihm ausging, dagegen Tür prallte, flog sie sofort auf.

Valenti lag auf dem Boden, hielt einen Arm über dem Kopf und in dem anderen die Taschenlampe, die er Kelli abgenommen hatte. Er sah zu Michael auf.

Obwohl Michael sich durchaus bewusst war, wozu diese Wesen in der Lage waren, durchquerte er den Raum, ohne zu zögern, und sah, wie sich ihm die lang gestreckte und ausgemergelte Gestalt eines ärmlich gekleideten Mannes zuwandte.

»Siehst du es?«, fragte Valenti.

»Ja«, antwortete Michael und sah das Wesen an, das in der Luft schwebte. Der Stoff, in den der Geist gehüllt war, flatterte im Wind. Das tote Gesicht zeigte keinerlei Emotionen. Wo einmal Mund und Augen gesessen hatten, klafften gleichmäßige schwarze Löcher. »Sehen Sie es denn nicht?«

»Nein«, antwortete Valenti.

Während Michael sich noch darüber wunderte und sich fragte, was das Ding als Nächstes tun würde, veränderte es seine Gestalt und verwandelte sich in eine junge Frau mit einem malträtierten Gesicht.

Valenti fluchte und wich von dem Wesen zurück.

»Sehen Sie es jetzt?«, fragte Michael.

»Ja«, antwortete Valenti mit heiserer Stimme. »Das ist die erste Ermordete, die ich gesehen haben, nachdem ich Deputy geworden war.«

Michael fühlte sich jetzt mutiger und selbstsicherer. Er schüttelte den Kopf. Immer noch wirbelten Sand und Schotter durch den Raum, flogen ihm in die Augen und kratzten über sein Gesicht und seine Arme. Er musste rufen, um den Wind zu übertönen. »Das ist kein Geist. Das ist etwas anderes. Etwas, das seine Gestalt ändern kann. Es ist nicht mehr das, was es vor einer Sekunde noch war. Ich hab noch nie von einem Geist gehört, der so etwas kann.«

»Jim Valenti«, sagte die gespenstische Stimme der Frau. Sie stand still und aufrecht da, obwohl in dem dunklen Kellerraum die Winde kreisten. »Sie hätten mich retten können. Sie hätten meinen Tod verhindern können. Ich bin gestorben, weil Sie mich nicht aus diesem Haus geholt, sondern bei meinem Ehemann gelassen haben.«

Valenti starrte den Geist an. Panik stand ihm ins Gesicht geschrieben, aber er bewahrte die Fassung.

»Es ist nicht echt«, sagte Michael, als er fühlte, dass der Geist Valentis Angst irgendwie mitbekam und verstärkte. »Das ist kein Geist. Es ist etwas anderes.«

»In meinen Augen sieht es aber ziemlich echt aus«, sagte Valenti. Er ließ die Augen nicht von dem Geist, der jetzt auf ihn zukam. »Ich habe versucht, sie zu retten. Ich habe sie einmal dazu gebracht, ihren Ehemann zu verlassen, aber sie ist zu ihm zurückgegangen. Und da hat er sie umgebracht.«

Der Geist hielt weiter auf Valenti zu. Er flackerte wie ein Bild aus einem alten Schwarzweißfilm, hob eine Hand und streckte die Finger aus, dann entließ eine Fingerspitze einen gewaltigen elektrischen Funken.

Der Stromschlag traf Valenti in die Brust und schleuderte ihn rückwärts gegen die Wand. Von seinen Lippen löste sich ein Schmerzensschrei.

Michael fiel ein silbriger Schimmer ins Auge, der sich über den Kellerboden bewegte. Er hatte nicht mitbekommen, wie dieser Schimmer entstanden war, und dachte, es könnte vielleicht eine Erzprobe sein, die sich hier im Keller befand, aber dann bemerkte er die Brechstange, die Valenti fallen gelassen hatte.

»Du hast mich umgebracht«, sagte der Geist zu Valenti und ging wieder auf ihn zu. Während die Frau unaufhörlich weiterging, tanzten auf ihren Fingerspitzen elektrische Funken.

Als Michael die Brechstange erblickte, entstand in seinem Kopf eine verzweifelte Idee. Er hob das gebogene Stück Metall vom Boden auf und wandte sich dem Geist zu. Er umklammerte die Brechstange wie einen Baseballschläger und schmetterte sie dem Geist in den Rücken. Doch sie fuhr einfach durch den Körper des Geistes hindurch.

Okay, dachte Michael, die Neandertalermethode funktioniert schon mal nicht. Er ließ sich auf die Knie fallen und rammte das gerade Ende der Brechstange in den steinernen Kellerboden.

»Sie sind für meinen Tod verantwortlich, Jim Valenti«, wiederholte der Geist und streckte die Hand nach ihm aus. »Und Sie gewähren diesen *Außenseitern* Unterschlupf. Sie gehören nicht hierher. Sie haben bereits den Tod in diese Gemeinde gebracht. Und weitere Tote werden folgen. Sie sind nicht wie Ihre Leute. Den *Außenseitern* werden Ihre Leute immer gleichgültig sein.«

Valenti wich nicht von der Stelle und versuchte, den Geist abzudrängen. Aber seine Hände glitten durch das Ding hindurch, und im nächsten Moment streckte ihn ein heftiger Stromschlag zu Boden.

Michael kniete auf dem Boden, hielt mit beiden Fäusten die Brechstange umklammert und ließ seine Energie in das Metall fließen. Die Brechstange glühte rot. Er stellte sich vor, wie die Energie den Geist angreifen würde, und befahl der Kraft, das Ding, was auch immer es sein mochte, in den Boden zu saugen.

Der Geist löste sich plötzlich von Valenti, seine Füße glitten über den Steinboden.

»Neiiin!«, heulte er, während er über den Boden auf die Brechstange zuschwebte. Dann wirbelte das Wesen herum.

Doch Michael ließ weiter seine Energie in die Brechstange fließen.

Der Geist hob anklagend einen Arm in seine Richtung. »Du wirst sterben, *Außenseiter*! Du wirst sterben! Du kannst hier nicht bleiben!«

Michael machte sich nicht die Mühe, etwas darauf zu erwidern. Der Geist hatte Angst vor ihm. Das konnte ihm nur recht sein.

Der Geist kam immer näher. Zwischen seinen Fingern spielten Funken, seine Augen verwandelten sich in dunkle, tiefe Höhlen. »Du wirst sterben, *Außenseiter*! Du gehörst nicht hierher! Du kannst nicht hier bleiben!«

Michael pumpte noch mehr Energie in die Brechstange und versuchte, das Wesen in die Stange hineinzuziehen und es gleichsam zu erden. Was auch immer dieses Wesen sein mochte, es bestand aus elektrischen Spannungsfeldern.

Unmittelbar vor Michael entlud sich explosionsartig eine gewaltige elektrostatische Spannung und blendete ihn für Sekunden. Sein Gesicht wurde von einem Hitzeschwall getroffen. Dann sah er, wie der Geist sich ausstreckte und seine Proportionen verlor, wie ein Stück Toffee, das man in die Länge zieht. Im nächsten Augenblick wurde der Geist von den elektromagnetischen Kräften, die Michael in das Wesen gelenkt hatte, auseinander gerissen und in die Brechstange hineingezogen.

Der Geist verschwand, und der Wind legte sich. Dann breitete sich im Keller eine unheimliche Stille aus.

Valenti erhob sich vorsichtig. »Ist es weg?«

Michael umklammerte die Brechstange mit beiden Händen. In dem metallenen Schaft pulsierte noch immer die seltsame Kraft. »Ich bin nicht sicher. Aber ich habe es fürs Erste gebannt.«

»Was ist es denn?«

Michael schüttelte den Kopf und versuchte, sich weiter darauf zu konzentrieren, die Kraft im Inneren der Brechstange festzuhalten. Dabei stellte er sich vor, wie die Energie in den Steinboden fahren und dort verpuffen würde.

Rechts von ihm glitzerte abermals etwas Silbernes und lenkte seine Aufmerksamkeit auf einen Haufen Lumpen und Knochen an der Wand. Das silberne Ding, was immer es sein mochte, bewegte sich und wiegte sich langsam vor und zurück. Es war so groß wie eine Münze und im Strahl der Taschenlampe, die Valenti hielt, gerade noch zu erkennen.

Da wurde der Keller wieder von einer Lichtexplosion erhellt. Michael öffnete die Augen einen Spalt weit und sah, wie ein Blitz von der Brechstange ausging und in den sich auf und ab bewegenden silbernen Gegenstand in dem Haufen aus Lumpen und Knochen fuhr. Im nächsten Augenblick hatte sich die Brechstange in seinen Händen wieder in tote Materie verwandelt.

In dem Kleiderhaufen glommen Funken wie Glut in einem Lagerfeuer.

Valenti trat ein wenig wacklig neben Michael und richtete den Lichtstrahl auf den Kleiderhaufen. »Du hast es gesehen, nicht wahr?«, fragte Valenti.

»Ja«, krächzte Michael.

Der Haufen Lumpen entpuppte sich als Überbleibsel verrotteter Kleider. Zwischen den Lumpen lag ein Skelett. Die Augenklappe war herabgefallen, als das Fleisch mit den Jahren verweste, hing aber immer noch am Hals des Mannes. Der lederne Beutel, der ihm an einem Riemen um den Hals hing, war an der Seite aufgerissen. Die linke Seite des Schädels war zertrümmert. Knochenteile ragten aus dem beschädigten Teil und der leeren Höhle, wo einmal das Gehirn gesessen hatte.

»Terrell Swanson?«, fragte Michael, der sich zusammenreißen musste, um nicht vor dem Skelett zurückzuweichen. Einem Geist standzuhalten, von dem er nicht glaubte, dass es ein Geist war, war eine Sache, aber das hier war definitiv ein Toter.

»Wahrscheinlich werden die Gerichtsmediziner eine Weile brauchen, um das bestätigen zu können«, meinte Valenti mit müder Stimme, »aber ich möchte wetten, dass es am Ende drauf hinausläuft.«

»Wilkins hat ihn umgebracht«, sagte Michael.

»Auch darauf würde ich wetten. Wenn der alte Mann aus dem Krankenhaus kommt, wird er wegen Mordes vor Gericht gestellt.« Valenti ließ das Licht zu dem gähnenden Loch in der hinteren Wand des Kellers gleiten.

Das Loch war in eine eingezogene Betonwand geschlagen worden. Auf dem Fußboden in der Nähe lagen eine Spitzhacke und ein Vorschlaghammer.

»Wilkins hat Swanson getötet und hier vergraben«, sagte Michael. »Dann hat er ihn wieder ausgegraben. Warum?«

»Wir wissen nicht, ob Wilkins die Leiche ausgegraben hat«, gab Valenti zu bedenken. »Das ist reine Spekulation.«

»Wollen wir wetten?«

»Nein.« Valenti untersuchte das Loch in der Wand mit der Taschenlampe. Spinnweben waren durch den Raum gespannt, aber sie waren alt und staubig. »Hier drin haben eine Weile Spinnen gelebt.« Er fuhr mit dem Lichtstrahl über die Spinnenkadaver, die den Boden des Hohlraums bedeckten.

»Hat sie irgendwas getötet?«, wollte Michael wissen. »Der Geist vielleicht, der hier zusammen mit der Leiche eingesperrt war?«

Valenti kniete sich hin. »Nein. Sie sind nicht plötzlich gestorben, durch einen elektrischen Schlag oder so. Sie sind verhungert.«

Michael starrte auf hunderte von Spinnenkadavern in der behelfsmäßigen Gruft. »Warum könnte Wilkins mit der Leiche so viele Spinnen eingemauert haben?«

»Wahrscheinlich waren es anfangs gar nicht so viele Spinnen«, sagte Valenti. »Die wenigen, die mit eingeschlossen wurden, haben sich vermehrt.« Er richtete das Licht auf den vertrockneten Leichnam zu ihren Füßen. »Sie hatten genug Nahrung. Am Anfang.«

»Okay«, sagte Michael. Er stand kurz davor, sich vor Ekel zu übergeben. »Das reicht mir jetzt an Ausführungen über die Nahrungskette der Insekten. Wenn jemand wie sie in der High School Biologie unterrichten würde, würden bestimmt mehr Leute wach bleiben und die Mittagspause würde an Attraktivität verlieren.«

Zwischen den Kleidern des toten Mannes glitzerte ein Silberstück. Das Material nährte sich anscheinend immer noch von der Glut des Blitzeinschlags.

Valenti kniete nieder und nahm ein Taschenmesser aus seiner Hosentasche. Vorsichtig spießte er ein zartes Netzwerk aus Drähten auf, das aussah wie zerfledderte Aluminiumfolie. Darauf waren schwarze Flecken zu sehen, stumme Zeugen der Tatsache, dass der Blitz dort hineingefahren war.

Michael betrachtete das Metallstück. »Was ist das?«

»Das ist eine Spur, würde ich sagen«, meinte Valenti. Dann richtete er die Taschenlampe auf Stapel von Tellern mit Essensresten, Bierflaschen, in denen Zigarettenstummel schwammen, und ein dickes Buch. »Genau wie das da.«

Michael betrachtete all das Geschirr, das stehen gelassene Essen und die Bierflaschen mit den Zigarettenstummeln. »Irgendwer hat hier unten eine Menge Zeit verbracht.«

Valenti untersuchte das Essen. »Von dem Essen hier sieht nichts älter aus als vier oder fünf Tage.«

»Und was schließen Sie daraus?«, fragte Michael. »Dass Wilkins sich hier unten hingesetzt hat, um seinem alten Kumpel Gesellschaft zu leisten?«

Valenti griff zwischen den Tellern hindurch und holte das Buch hervor. Er hielt Michael den dicken Band entgegen.

»Die Bibel?«, fragte Michael.

Valenti schlug das Buch an den markierten Stellen auf. »Jawohl. Und nach den Stellen zu urteilen, die Wilkins gelesen hat, hat er sich darüber informiert, wie man einen Exorzismus durchführt.«

Michael starrte den Knochenhaufen auf dem Kellerboden an und erinnerte sich an den Geist, den er im *Crashdown* gesehen hatte. »Tja, ich würde sagen, er hat sich nicht genügend informiert.«

»Ist schon in Ordnung«, rief jemand an Kyles Ohr. »Wir haben ihn. Lass ihn los.«

Kyle spürte den pulsierenden Schmerz in seinem verletzten Arm und erinnerte sich daran, wie sich der Raum auf der Baustelle elektrostatisch aufgeladen hatte, bevor der tote Mann erschienen war. Dankbar ließ er den alten Mann los.

»Er will mich holen!«, rief der alte Mann und wehrte das Team aus Krankenschwestern und Ärzten ab, die ihn mit vereinten Kräften im Bett festzuhalten versuchten. »Er ist tot! Hören Sie mich? Er steht da, und sein halber Kopf ist weg. Oh Gott, es war ein Unfall! Es war ein Unfall!«

Kyle ging zurück und stieß auf Quinlann, der sich um seinen verletzten Arm kümmerte und eine der antiseptischen Kompressen anlegte, die ihm die Krankenschwestern gegeben hatten, um die Blutung zu stillen.

»Was hat er denn?«, fragte Quinlann.

Kyle beobachtete den alten Mann, der gegen die Ärzte und Schwestern ankämpfte. Der Alte verfügte über erstaunliche Kräfte.

»Er glaubt, dass er einen Geist sieht«, sagte Kyle.

»Wo?«, fragte Quinlann.

»Hier drinnen«, flüsterte Kyle. Er blickte sich in dem verdunkelten Raum um und suchte nach dem toten Mann, den er an diesem Tag gesehen hatte. »Irgendwo hier bei uns.«

Der Blitz hatte den Strom in der Notaufnahme lahm gelegt, aber jetzt sprang die batteriebetriebene Notbeleuchtung ein, und die Dunkelheit wurde teilweise zurückgedrängt. Von dem Geist war keine Spur zu sehen.

Der Arzt eilte an Kyle vorbei zum Medikamentenraum.

Der alte Mann schrie noch immer angsterfüllt und kämpfte gegen das Krankenhauspersonal, um aus dem Bett herauszukommen. Einen Augenblick später kam der Arzt mit einer Spritze zurück und injizierte ein Beruhigungsmittel in die Kanüle auf dem Handrücken des Patienten. Das heisere Geschrei hielt noch einen Moment an, dann schlief der alte Mann ein.

Quinlann führte Kyle zu seinem Bett zurück. »Du hast sehr schnell reagiert, als der alte Mann zu schreien angefangen hat«, sagte der Bauunternehmer.

»Ja«, sagte Kyle und setzte sich aufs Bett. Er ließ seinen Blick durch die Notaufnahme schweifen und bemerkte zum ersten Mal, dass Liz und Max da waren. Hätte ich mir ja denken können. Wenn hier irgendwas Seltsames passiert, sind die beiden garantiert nicht weit. Dann fragte er sich, wo Isabel und Michael stecken mochten.

Kyle hielt seinen pochenden Arm gegen die Brust gedrückt und stützte ihn am Handgelenk mit der anderen Hand. Er sah nach dem alten Mann, der jetzt schlief. Eine Krankenschwester wich nicht von seiner Seite und überprüfte die Maschinen, an die der Patient angeschlossen war.

Dann kamen Liz und Max auf Kyle zu.

»Was machst du denn hier?«, fragte Liz und starrte auf Kyles Arm.

»Ich hatte einen Unfall«, berichtete Kyle. »Sie sagen, es sieht schlimmer aus, als es ist.«

»Geht es dir gut?«

»Wird bald wieder besser gehen. Und was macht ihr hier?«

»Wir wollten nach einem anderen Patienten sehen«, sagte Liz. »Hast du gehört, was im *Crashdown* passiert ist?«

Kyle nickte. »Ist der Typ, der im *Crashdown* einen Herzinfarkt hatte, denn hier?«

»Ja, hier irgendwo«, erwiderte Liz. »Hast du mit deinem Vater gesprochen?«

»Seit gestern Abend nicht mehr«, antwortete Kyle. »Ich bin heute Morgen aus dem Haus gegangen, bevor er aufgestanden war.« Das passierte in der letzten Zeit immer häufiger und entwickelte sich zu einem immer klareren Muster.

»Er ist mit Michael irgendwo hingefahren«, sagte Max. »Wir fragen uns, wohin.«

Kyle schüttelte den Kopf. »Kann ich euch auch nicht sagen.«

Quinlann sah auf seine Uhr und sagte dann: »Ich muss ein paar Telefongespräche führen, Junge. Wirst du bei deinen Freunden in guten Händen sein, bis ich wiederkomme?«

»Klar«, nickte Kyle. »Warum fahren Sie nicht zurück und machen sich an die Arbeit? Mir wird schon nichts passieren.«

Quinlann schüttelte den Kopf. »Da bin ich altmodisch. Ich gehe immer mit denen wieder nach Hause, die ich zum Tanz ausgeführt habe. Ich habe dich hierher gebracht, also bringe ich dich auch wieder hier raus und nach Hause.«

Kyle wartete, bis Quinlann außer Hörweite war. Dann sagte er mit gesenkter Stimme: »Was ist los?«

Liz schüttelte den Kopf.

»Wir wissen es nicht«, gab Max zurück. »Was auch immer es ist, im Mesaliko-Reservat treibt es sein Unwesen noch schlimmer als hier.«

Kyle konnte das nicht glauben. »Die Geister sind echt. Ich habe einen gesehen.«

»Den gerade eben auch?«, fragte Max.

»Nein«, sagte Kyle. »Aber ich habe sie gesehen. Sie sind wirklich da draußen.«

»Ich weiß«, sagte Max. »Ich habe sie auch gesehen.«

»Mehr als einen?«

»Ja.«

Kyle dachte darüber nach. »Hast du den eben gesehen?«

Max nickte.

»Wie denn?«, fragte Kyle. »Ich habe ihn nicht gesehen.«

»Ich weiß es nicht. Aber sie wollen, dass wir aus Roswell verschwinden.«

»Wie kommst du denn darauf?«, fragte Kyle.

»Sie haben es mir gesagt. Und Isabel haben sie es auch gesagt.«

Dieser Satz, von Max ganz nüchtern ausgesprochen, ließ Kyle frösteln. Wenn es in Roswell irgendetwas gab, das hinter dem Alien-Trio her war, war es gut möglich, dass er und sein Vater auch diesmal in die Sache hineingezogen würden.

»Was wollt ihr denn jetzt unternehmen?«, fragte Kyle.

Max zuckte die Achseln. »Wir wissen nicht, was wir tun sollen. Wir treffen uns später bei Michael, um uns etwas zu überlegen.«

»Und was ist mit meinem Vater?«

Max zuckte erneut mit den Achseln. »Wir wissen nur, dass Maria sagte, er wäre mit Michael unterwegs. Michael weiß Bescheid über das Treffen bei ihm zu Hause. Vielleicht wird dein Vater auch kommen.«

»Keiner von den beiden ist dafür bekannt, sich zwischendurch mal zu melden.« Als er einen brennenden Schmerz spürte, lehnte Kyle sich im Bett zurück und hob den verletzten Arm an.

Max sah sich um und richtete seine Aufmerksamkeit dann wieder auf Kyle. »Wenn wir nicht hier wären, könnte ich deinen Arm wieder in Ordnung bringen.«

»Ich werde genäht«, gestand Kyle. »Das macht mich ganz und gar nicht glücklich. Wenn du mich heilen könntest, ohne dass ich deswegen mit einer Menge Fragen konfrontiert würde, wäre ich sehr dafür, das kannst du mir glauben.«

»Ich möchte nicht drängeln«, warf Liz ein, »aber ich muss zurück ins *Crashdown.*«

Max betrachtete Kyle unbehaglich. »Ich habe ihr angeboten, sie hinzubringen. Aber ich könnte wiederkommen, wenn ich sie abgeliefert habe.«

Kyle schüttelte den Kopf und winkte ab. »Ist gar kein Problem. Mein Chef bleibt hier bei mir und bringt mich nach Hause.«

Nach kurzem Zögern sagte Max: »Wenn dein Vater wüsste, dass du hier bist, wäre er bestimmt bei dir.«

»Ich weiß«, nickte Kyle, aber die Antwort kam automatisch und drückte nichts von der Verwirrung aus, die er in Wahrheit empfand. Weil sein Dad so große Hoffnungen in ihn setzte, war ihr Verhältnis zueinander schon immer sehr problematisch gewesen. Jetzt, da sein Berufsleben sich in ein Chaos verwandelt hatte, schien sein Vater nicht mehr die Kraft zu haben, dagegen anzukämpfen und die gleichen hohen Maßstäbe zu erfüllen, die er an andere anlegte.

Nachdem Liz und Max sich verabschiedet hatten, atmete Kyle tief aus und versuchte, den Schmerz aus seinem Arm zu verbannen. Er schloss die Augen, blies erneut die Luft aus und atmete durch die Nase wieder ein, wie sein Football Trainer es ihm beigebracht hatte, um seinen Schmerz unter Kontrolle zu bringen und sich wieder zu fassen. In der Vergangenheit hatte diese Übung funktioniert, aber im Augenblick waren die Resultate keiner Erwähnung wert.

Plötzlich schien die feste Unterlage des Krankenhausbettes ganz weit weg zu sein, als hätte es plötzlich einen anderen Körper aufgenommen. Kyle verlor die Orientierung und verspürte fast einen Anfall von Übelkeit.

»Du kennst die Außenseiter«, sagte eine klare, kalte Stimme anklagend. »Sie sind deine Freunde, Kyle Valenti. Weißt du nicht, dass du das, was anders ist, fürchten solltest?«

Das wäre dann ja die gesamte High School, dachte Kyle.

»Vertraue den Außenseitern nicht«, fuhr die Stimme fort. »Sie sind nicht wie du. Sie haben nicht dieselben Pläne wie unser Volk. Du kannst niemandem außerhalb deiner eigenen Spezies vertrauen.«

Kyle wollte aufwachen, aber es gelang ihm nicht. Der Schmerz in seinem verletzten Arm brannte. Er stöhnte und entdeckte, dass er sich mit einem Mal wieder bewegen konnte. Er schlug blinzelnd die Augen auf und entdeckte das silberne Ding an der Wand hinter dem Bett. Er hatte einen kurzen Moment lang den Eindruck, Tentakel zu sehen, die so dünn waren wie Drähte, und einen rechteckigen Körper von der Größe einer Münze. Das insektenartige Ding breitete lautlos durchsichtige Flügel aus, die einer transparenten Aluminiumfolie ähnelten. Dann erhob es sich in die Luft und bewegte sich rasch davon, wobei es hin und wieder unter den Lichtern der Notaufnahme funkelte.

Erneut flammten in seinem Arm Schmerzen auf und lenkten seine Aufmerksamkeit gerade noch rechtzeitig nach unten, um zu sehen, wie Dr. Bohr eine Spritze in seinen Unterarm schob. Er spürte, wie sich das Betäubungsmittel ausbreitete und ihn unempfindlich machte. Gleichzeitig schien sein Kopf wieder klar zu werden, als hätte sich eine Wolke verzogen.

»Das wird jetzt ein bisschen pieksen«, sagte Dr. Bohr. »Tut mir Leid. Ich dachte, du würdest schlafen.«

»Nein, ich schlafe nicht.« Kyle ließ seinen Blick die Wand hoch wandern. Das silberne Ding mit den dünnen Gliedmaßen schien verschwunden zu sein. Halluzinationen, sagte er sich. Einfach nur Halluzinationen.

Trotzdem hatte er Angst, dass es doch etwas anderes gewesen war.

15

River Dog hielt während seines Aufstiegs auf den hohen Berg müde und außer Atem inne. Sein Kopf war übervoll mit dem Wissen über all die Dinge, die sich unten im Dorf der Mesaliko zutrugen. Von dort, wo er stand, konnte er die Lichter der Häuser erkennen. Die Dunkelheit hatte sich gerade erst über die Wüste gesenkt und Schatten darin verteilt, die erst dann wieder heller werden würden, wenn der Mond in seiner vollen Pracht am Himmel stand.

Während River Dog seinem Ziel immer näher kam, hatte sich der Wind gedreht. Er blies den letzten Rest der Tageshitze fort und brachte die erste kühle Nachtluft mit sich, von der die Wüste in den Nächten erfüllt war. River Dog raffte die zeremonielle Tracht, die er trug, enger um seinen Körper.

Die Lichter des Dorfs leuchteten nur schwach, und verglichen mit denen, die man normalerweise sah, waren es heute nur wenige. Viele Mesaliko waren fortgegangen, um bei Verwandten und Freunden in anderen Orten und Reservaten zu wohnen. Nachdem Max Evans weggefahren war, schien die Kraft der Geister nachgelassen zu haben. Sie konnten nicht länger körperlichen Kontakt zu den Mesaliko aufnehmen, erschienen und verschwanden aber weiter mit entnervender Regelmäßigkeit. Sie schrien herum und tobten, hielten Schmähreden gegen die Besucher und befahlen den Mesaliko, sie aus ihrer Mitte und aus Roswell zu vertreiben.

River Dog wandte sich entschlossen um und setzte seine Wanderung den Berg hinauf fort. Seine Augen folgten dem schmalen, zwischen den zerklüfteten Felsen und struppigen Kakteen kaum sichtbaren Pfad. Die Anhöhe und die Höhle, die sie verbargen, waren weniger als zehn Kilometer entfernt.

River Dog beugte sich beim Aufstieg weiter vor und legte mehr Gewicht auf seinen Wanderstab. Seine Beine brannten vor Erschöpfung, aber er zögerte keine Sekunde, weiter emporzusteigen.

Er hatte Max Evans die Wahrheit gesagt, als er behauptet hatte, den genauen Ort, an dem der Sonnengott seine Vorfahren und Raven bestraft hatte, nicht zu kennen. Statt einfach im Dorf zu bleiben, wo die Geister seiner Vorfahren umgingen, hatte er sich entschlossen, einen der Orte seiner Macht aufzusuchen. Die Höhle war einer dieser Orte.

Noch während River Dog den nächsten Schritt machte, materialisierte sich ein Geist und ging wie selbstverständlich neben ihm her, als wäre er die ganze Zeit schon da gewesen. Der Geist hatte die Gestalt eines schrumpeligen alten Mannes.

»River Dog«, sagte der Geist mit gebrechlicher, schwacher Stimme.

»Ich kenne dich nicht«, gab River Dog zurück. Er hielt nicht an, setzte einen Fuß vor den anderen und setzte seinen Aufstieg unbeirrt fort.

»Ich heiße Der mit den Eulen jagt«, sagte der Alte. »Ich war einst Medizinmann in unserem Volk.«

River Dog betrachtete das gegerbte Gesicht des Geistes und bemerkte die raffiniert in seinen Lederriemen eingearbeiteten Perlen sowie die winzigen, aus Knochen geschnitzten Eulen, die seine Zöpfe zusammenhielten. Die Augen sahen in der Dunkelheit aus wie schwarze Löcher, aber River Dog spürte die Hitze im Blick dieses Geistes.

»Ich habe von dir gehört«, gab River Dog zu. »Du warst sehr mächtig in deinem Stamm und hast vielen geholfen, die sich mit den Krankheiten der Europäer angesteckt hatten.«

»Ich habe außerdem gegen jene gekämpft, die uns unser Land weggenommen haben«, sagte der Geist.

River Dog grub seinen Stock in den Boden und stapfte weiter den steilen Berg hinauf. »Was willst du von mir, Der mit den Eulen jagt?«

»Was suchst du hier?«, fragte der Geist.

»Ich möchte besser verstehen, was mit meinem Volk geschieht.«

»Wir haben zu erklären versucht, was mit deinem Volk geschieht.«

Dieses eine Wort, *dein* statt *unser*, stieß River Dog sofort unangenehm auf. Wie konnten die Geister so empfinden? Er wandte seine Aufmerksamkeit dem Ding an seiner Seite zu. Jetzt, da der Mond herauskam, sah der Geist auf einmal blass, grau und durchsichtig aus.

»Du bist nicht aus meinem Volk«, bemerkte River Dog. »Du stellst dich ins Abseits.«

»Ihr habt euch verändert«, knurrte der Geist leise. »Du weißt, dass ihr euch verändert habt, River Dog. Du hast gegen diese Veränderungen angekämpft. Diese Leute heute sind nicht mehr das, was einst mein Volk war. Nicht das, was unser Volk einmal war.«

River Dog wandte sich von dem Geist ab und konzentrierte seine Aufmerksamkeit auf die Höhle oben auf der Anhöhe. »Ich werde dir nicht weiter zuhören. Ich weiß nicht, was für eine Kreatur du bist, aber du bist nicht Der mit den Eulen jagt.«

»Dummkopf!«, zischte das Ding. Und beim nächsten Atemzug war der Geist verschwunden.

River Dog setzte seinen Weg fort. Als er bei der Höhle ankam, ging er sofort hinein. Der vertraute modrige Geruch der Höhle sorgte dafür, dass er sich wie zu Hause fühlte.

Die Höhle war klein. Es gab dort gerade so viel Platz, dass River Dog sich im Schneidersitz unter der niedrigen Decke niederlassen konnte. Er breitete seine Kleider aus, setzte sich hin und begann zu singen. Er wollte sich in einen Zustand versetzen, in dem er die Dinge, die in der Welt um ihn herum vorgingen, besser in sich aufnehmen konnte.

Die Geister waren keine zu ihnen zurückgekehrten Vorfahren. Auf diesen Gedanken hatte ihn das Ausmaß der Gewalt gebracht, deren Zeuge er geworden war. Und die Tatsache, dass die Geister nur dann gewalttätig wurden, wenn Max Evans in der Nähe war, hatte River Dog verraten, dass sie nicht das waren, was sie zu sein vorgaben.

River Dog sang weiter und spürte, wie er allmählich in den Übergangszustand eintrat, in dem er sich von sich selbst entfernte. Manchmal flog er mit dem Falken über der Wüste und konnte den Wind unter seinen Flügeln spüren, wenn er seinen Geist auf Wanderschaft schickte. Manchmal tapste er auch auf ledernen Pfoten mit Koyote durch die Wüstennächte. Nicht alle jungen Männer, die er unterrichtete, waren dazu noch in der Lage. Das war eine besondere Art zu leben, eine Art und Weise, mit der Natur eins zu werden, die immer mehr verschwand.

Plötzlich hatte River Dog das Gefühl, nicht mehr allein in der Höhle zu sein. Er schlug die Augen auf und stellte überrascht fest, dass sich vor dem Ausgang der Höhle ein Nebelschleier wand.

Vier menschenähnliche Gestalten betraten die Höhle. Sie waren jedoch zu groß und unförmig, um wirkliche Menschen zu sein. Sie trugen silberne und rote hautenge Uniformen und rote Stiefel. Ihre blassblaue Haut betonte die schillernden grünen Augen in ihren dreieckigen Gesichtern, die von Knochenwülsten über den Augen und am Kinn zerfurcht waren. Ihre Nasen waren fast ganz flach. Auf den Köpfen wanden sich bewegliche Antennen hin und her, die wie Regenwürmer aus einzelnen Gliedern bestanden, aber so hart wie Horngewächse waren.

River Dog versuchte aufzustehen, doch sein Körper reagierte nicht. Er war in seinem eigenen Fleisch gefangen und nicht einmal fähig zu schreien, als die vier Gestalten auf ihn zukamen.

»Du bist gewarnt worden«, sagte eine der Gestalten. »Du hättest darauf hören sollen.«

River Dog musste hilflos zusehen, wie der Anführer einen Arm nach ihm ausstreckte und seine Augen mit einer viergliedrigen Hand bedeckte. River Dog spürte, wie sich der harte Chitinpanzer der Hand auf seine Augen legte, dann schien sein Gehirn zu implodieren. Dunkler Schmerz legte sich über alle seine Sinne und trug ihn in weite Ferne.

Max saß in Michaels Wohnung auf dem Fußboden und starrte auf den Fernsehbildschirm. Er sah sich ungläubig die Nachrichtenprogramme und Sondersendungen an und wechselte unter Verwendung seiner besonderen Fähigkeiten die Kanäle. In einem Bericht nach dem anderen sagten Zeugen aus, Geister aus der Nähe gesehen zu haben, die angeblich den ganzen Tag und auch noch am Abend irgendwo erschienen waren.

»Es ist überall«, sagte Liz schnell. Sie stand in der beengten Küche neben dem Tisch und hielt ein Stück Pizza in der Hand, das sie jedoch völlig vergessen hatte. Sie hatten ihr Geld zusammengelegt und sogar ein wenig von dem genommen, was Michael von seinem in der Wüste verdienten Geld zurückgelegt hatte, und sich ein bescheidenes Abendessen geleistet.

»Es ist nicht überall«, erwiderte Isabel ruhig. Sie saß auf Michaels Couch und sah fern. »Nur ein paar Dutzend Leute haben behauptet, sie hätten Geister gesehen.«

Nur ein paar Dutzend. Max wiederholte ihre Worte im Kopf. Nur ein paar Dutzend. Aber die Zahl nimmt zu. Vor weniger als drei Stunden hatten sie sich alle in Michaels Wohnung getroffen, Valenti und Kyle eingeschlossen, der mit fest bandagiertem Arm frisch aus dem Krankenhaus entlassen worden war.

»Wie viele Geister es auch immer sind«, warf Michael ein, »diese Dinger sind hinter *uns* her. Lasst uns das nicht aus den Augen verlieren.«

»Die Frage ist, warum sind sie hinter euch her?«, meinte Valenti.

Niemand hatte darauf eine Antwort.

Schließlich sagte Maria: »Hört mal zu, ich bin zwar ungern diejenige, die das Offensichtliche zur Sprache bringt, aber wir müssen in Betracht ziehen, dass diese Geister vielleicht Dinge sind, die euch Tess auf den Hals geschickt hat.«

»Warum sollte sie das tun?«, fragte Michael.

»Weil sie, als sie verschwand, noch nicht alles erreicht hatte, was sie wollte«, antwortete Maria.

»Sie musste fliehen«, sagte Michael. »Sie hat erreicht, dass Max ein Kind mit ihr gezeugt hat, ein Kind, das vielleicht sogar zum neuen König gewählt wird.«

»Könige werden nicht gewählt«, warf Maria ein.

Michael runzelte die Stirn. »Wie auch immer. Worauf es ankommt, ist, dass die Königin Mutter auch eine Menge Macht bekommen wird.«

Max empfand abermals seinen großen Verlust. Er konnte noch immer das Gewicht seines Sohnes in seinen Armen spüren, und er schätzte, dass dieses Gefühl wahrscheinlich dem Phantomschmerz ähnelte, den Menschen empfanden, denen eins ihrer Glieder abgenommen worden war.

»Tess hat nicht alles bekommen, was sie wollte«, sagte Maria. »Sie wollte, dass ihr alle mit ihr zurückgeht. Das ist der Grund, weshalb sie Alex getötet hat, erinnert ihr euch? Weil er herausgefunden hatte, dass sie hier war, um euch reinzulegen und euch euren Feinden aus eurem vergangenen Leben zu übergeben.«

»Das hier ist nicht Tess«, sagte Valenti mit leiser, ruhiger Stimme. »Sie würde sich zu erkennen geben, wenn sie dahinter stecken würde.«

Max hörte den Schmerz in Valentis Stimme. Tess hatte bei Valenti und Kyle gewohnt und war eine Zeit lang so etwas wie eine Schwester und Tochter für sie gewesen.

»Das hier geht weit über alles hinaus, was euch bislang begegnet ist«, fuhr Valenti fort.

»Woher wissen die dann, dass es uns gibt?«, fragte Michael herausfordernd.

»Vielleicht weil sie euch genauso wahrnehmen können wie ihr sie.«

»Wir nehmen sie nicht wahr«, sagte Michael.

»Ihr seht sie«, führte Valenti aus. »Immer wenn ein Geist

erschienen ist, habt ihr ihn gesehen, obwohl niemand sonst ihn sehen konnte.«

»Sie haben auch Geister gesehen«, sagte Maria. »Liz und ich sind die Einzigen, die keine gesehen haben.«

»Ich habe den Geist erst gesehen, als er wollte, dass ich ihn sehe«, rief ihr Valenti ins Gedächtnis. »Als Kelli bei uns war, haben sie und Michael den Geist zuerst gesehen. Und später, nachdem Michael sie weggeführt hatte, hat der Geist seine Gestalt geändert und sich in jemanden verwandelt, den ich kannte.«

»Und wie soll das gehen?«, wollte Michael wissen. »Dass die Geister nur bestimmten Leuten erscheinen?«

»In Roswell«, sagte Max, »scheint das der Fall zu sein. Niemand außer Wilkins und Michael haben den Geist von Terrell Swanson gesehen, obwohl das *Crashdown* voller Leute war.«

»Und ich habe neben ihm gestanden«, sagte Liz. »Ganz zu schweigen davon, dass meine Mutter heute Morgen mit meiner toten Großmutter geredet hat, ohne dass ich sie sehen konnte. Ich bin sicher, das war auch so ein Fall.«

»Was auch immer diese Geister zu dem befähigt, was sie tun, versetzt sie in die Lage, eine Auswahl zu treffen«, sagte Valenti. »Sie erscheinen, als was sie wollen und wem sie wollen.«

»Vielleicht ist das, was die Geister hervorbringt, ja auch beschränkt«, sagte Isabel.

»Beschränkt?« Michael schnaubte und nahm sich noch ein Stück Pizza. Ihr Problem konnte seinen Appetit nicht beeinträchtigen. »Diese Dinger schleudern Blitze, als wäre das gar nichts.«

»Ihr könnt auch Dinge tun, die Menschen nicht können«, erinnerte Maria ihn.

»Woher wissen sie, in wessen Gestalt sie erscheinen müssen?«, überlegte Valenti. »Isabel, du hast gesagt, die Frau, die dich beinahe überfahren hätte, hätte ihre Tochter gesehen.«

»Ihre Tochter, die bei der Geburt gestorben ist«, erwiderte Isabel nickend.

»Woher bekommen die Geister ihre Informationen?«, fragte Valenti. »Woher wusste dieses Ding, in wessen Gestalt es erscheinen musste?«

»Bei einem ungeborenen Kind ist das ja nicht mal so schwer«, sagte Michael. »Vor allem, da ihr der Geist als kleines Mädchen erschienen ist und nicht als Baby. Die Mutter hatte es nur als Baby gesehen.«

»Was ist mit Swanson?«, hakte Valenti nach.

»Wilkins hat ihn vor fast vierzig Jahren getötet und in seinem Keller verscharrt«, sagte Michael. »Vielleicht hat die Augenklappe ausgereicht, um Wilkins in Panik zu versetzen.«

Valenti wandte sich ihm zu. »Du hast dir Swansons Fotos angesehen und gesagt, dass er es war. War er es?«

Michael machte ein besorgtes Gesicht. »Ja, es war Swanson.«

»Woher wissen die Geister also, wie sie aussehen müssen?«, wiederholte Valenti.

»Der Geist könnte aus alten Zeitungen von Swanson gewusst haben«, vermutete Max.

»Vielleicht«, gab Valenti zu. »Aber um etwas über Wilkins und Swanson zu erfahren, hätten sie wissen müssen, wo sie suchen müssen und was sie suchen.«

»Jeder hier in Roswell kennt die Geschichte über Wilkins und Swanson«, meinte Liz. »Nachdem ich herausbekommen hatte, wer er war, fiel mir die Geschichte auch sofort wieder ein.«

»Okay«, sagte Valenti und verschränkte die Arme vor der Brust. »Ich werde jetzt mal des Teufels Advokaten spielen. Warum hätten die Geister so lange warten sollen, bis sie loslegten?«

»Er hat Recht«, nickte Isabel. »Wir leben hier schon unser ganzes Leben lang. Wenn die Geister uns von hier weghaben wollen, hätten sie schon vor zwanzig Jahren damit anfangen können.«

»Sie sind nicht nur hinter uns her«, sagte Max. »Sie wollen auch, dass die Mesaliko von hier verschwinden.«

»Warum?«, fragte Liz.

»River Dog hat das Erscheinen der Geister mit einer alten Legende in Verbindung gebracht«, erklärte Max.

»Das ist doch Quatsch«, widersprach Michael. »Wir wissen doch alle, dass wegen einer alten Indianerlegende nicht plötzlich irgendwelche Geister erscheinen.«

Max starrte Michael an und bemerkte, dass die anderen es auch taten.

»Ich finde nicht, dass wir diese Legende ganz außer Acht lassen können«, sagte Maria.

Michael wandte sich ab und schüttelte ungläubig den Kopf. »Ihr klammert euch an Strohhalme, Leute.«

»Dann gib uns etwas anderes«, meinte Maria herausfordernd.

Michael verschränkte die Arme vor der Brust. »Das ist doch Blödsinn.«

»Warte mal«, sagte Isabel. »Ich glaube, wir kommen der Sache langsam näher.« Sie nickte Valenti zu. »Reden Sie weiter.«

Valenti hielt seinen Hut in der Hand und fuhr mit einem Zeigefinger über die Krempe, während er nachdachte. »Fassen wir zusammen, was wir wissen. Die Geister erscheinen bestimmten Leuten und irgendwoher wissen sie, in wessen Gestalt sie erscheinen müssen.«

»Sie können Gedanken lesen«, sagte Kyle.

Alle sahen ihn an.

Kyle machte plötzlich ein Gesicht, als wäre ihm unbehaglich zu Mute, und zuckte die Achseln. »Welche Erklärung könnte es sonst geben? Ich meine, der Geist, der mir erschienen ist, war der erste Tote, den ich je gesehen habe. Ich weiß nicht, wie dieser Typ hieß, ich weiß nicht mal, ob ich je wusste, wie er hieß. Aber ich habe mich an ihn erinnert, weil Dad und ich eines Abends auf dem Heimweg von einem Baseballspiel waren, als Dad einen Anruf wegen eines schweren Verkehrsunfalls bekam. Dad musste sich um den Unfall kümmern, bis der Rettungswagen eintraf. Der Typ hatte auf dem Highway 285 die Kontrolle über sein Motorrad verloren und war dabei in Stücke gerissen worden.«

Max sah, wie Liz, als sie sich den Anblick vorstellte, die Augen zusammenkniff. Valenti verzog schmerzhaft das Gesicht, so als würde ihm plötzlich klar, was er Kyle teilweise zugemutet hatte, als er noch klein gewesen war. Aber Max wusste, dass sich neue Schuldgefühle darunter mischten, weil er heute nicht bei Kyle im Krankenhaus gewesen war.

»Geister, die Gedanken lesen können«, schnaubte Michael.

»Ja«, sagte Max ruhig. »Das könnte erklären, woher die Geister wussten, in wessen Gestalt sie erscheinen müssen und warum sie nur für die Leute sichtbar waren, die sie verfolgten.«

»Wir konnten sie aber sehen«, stellte Michael fest.

»Wir sind auch nicht gerade das, was man normal nennt«, warf Isabel ein.

»Und einige von euch«, betonte Maria und sah Michael an, »sind weniger normal als andere.«

Michael machte ein mürrisches Gesicht.

Aber bevor er etwas entgegnen konnte, meinte Max: »Es muss also irgendeine Form von Telepathie sein.«

»Lasst uns erst mal damit anfangen«, sagte Valenti.

»Mit telepathischen Geistern«, knurrte Michael abfällig.

»Das ist unser Ausgangspunkt«, erklärte Valenti. »Nicht unser Ergebnis.«

»Max hat berichtet, dass die Mesaliko auch Erfahrungen mit anderen Erscheinungsformen gemacht haben«, sagte Michael.

»Vielleicht hängt das mit ihrer Spiritualität zusammen«, schlug Kyle vor. »Sie glauben an übernatürliche Erscheinungen, und einiges von dem, was River Dog euch gezeigt hat, war davon nicht sehr weit entfernt.«

»Wir suchen hier nicht nach New-Age-Antworten, Buddha Boy«, spottete Michael.

»Es könnte etwas damit zu tun haben«, sagte Max. »Aber vielleicht ist es auch viel einfacher.«

»Wie zum Beispiel Nähe.«

Max nickte. »Wie zum Beispiel Nähe.«

»Diese Legende könnte auf etwas basieren, das in der Vergangenheit tatsächlich passiert ist«, sagte Isabel.

»Das ist bei Legenden meistens der Fall«, nickte Valenti.

»Aber was soll da passiert sein?«, fragte Maria. »Sind die Geister zurückgekehrt, um die Mesaliko heimzusuchen? Wenn wir diese Route einschlagen, sind wir wieder da, wo wir angefangen haben.«

»River Dog hat gesagt, Raven hätte dem Sonnengott Flammen gestohlen«, sagte Max, dessen Gedanken plötzlich in Fluss gerieten. »Raven hat die Flammen zu den Mesaliko gebracht, konnte sie allerdings nicht im Schnabel halten. Er spuckte die Flammen aus, und sie fielen auf die Erde und schufen die Wüste.«

»Lasst uns bei der Sache mit der Nähe bleiben«, sagte Valenti. »Laut Max hat River Dog ihm erzählt, dass die Geister das Volk der Mesaliko bislang nur besucht, aber bis heute keinen von ihnen angegriffen hätten.«

»Bis ich dort hinkam«, sagte Max.

Valenti deutete mit einem Nicken auf den Fernseher. »Die anderen Leute, die Geister gesehen haben, wissen anscheinend nichts von Blitzeinschlägen oder seltsamen Winden. Sie haben einfach nur Geister gesehen.«

»Die Geister haben auf uns stärker reagiert«, meinte Isabel.

»Ja«, sagte Valenti. »Wisst ihr, wann dieses Blitzphänomen zum letzten Mal aufgetaucht ist?«

»Im Krankenhaus«, antwortete Liz. »Als Max da war.«

»Bingo«, rief Valenti.

»Mag ja sein«, murrte Michael, »aber was sagt uns das?«

»Keine Ahnung«, gab Valenti zurück. »Aber es ist ein weiterer Faktor, den wir in unsere Überlegungen einbeziehen müssen.«

»Telepathische Geister, die auf uns reagieren wie ein Minenfeld?«, zweifelte Michael.

»Das trifft es ziemlich genau«, pflichtete Valenti ihm bei.

»Warum sollten sie das tun?«

»Weil sie in euch eine größere Bedrohung sehen als in allem, das ihnen vorher begegnet ist«, sagte Valenti.

»Ich habe gehört, wie River Dogs Ahne – oder was auch immer es war – gesagt hat, dass die Besucher dazu gebracht werden müssten, von hier zu verschwinden«, ergänzte Max.

»Das Gleiche wurde mir im Krankenhaus auch gesagt«, sagte Kyle. »Nur, dass es kein Geist war.« Er berichtete schnell von dem seltsamen Insekt, das er an der Wand gesehen hatte. »Zuerst habe ich gedacht, dass ich einfach nur spinne, wegen meiner Verletzung und all den komischen Dingen, die passiert sind.«

Valenti verzog das Gesicht. »Wäre vielleicht hilfreich gewesen, wenn du dich etwas eher daran erinnert hättest, mein Sohn.«

»Warum?«, fragte Michael. »Es reicht offenbar nicht, dass wir es mit telepathischen Geistern zu tun haben. Jetzt kommt auch noch die Wiederauferstehung von Jiminy Grashüpfer als Cyborg dazu.«

»Warum habt ihr eigentlich bislang keine Geister gesehen?«, erkundigte sich Valenti. »Wenn die Geister euch aus Roswell verjagen wollen, warum sind sie dann nicht zuerst euch erschienen?«

»Wir haben Geister gesehen«, widersprach Isabel.

»Aber keine Geister von Leuten, die ihr kennt«, korrigierte Valenti sie. »Ihr habt die Geister von anderen Leuten gesehen.«

»Vielleicht ist das schlimmer«, meinte Maria.

»War es das?«, erwiderte Valenti. »Wie wäre es denn gewesen, wenn euch die Geister von Menschen erschienen wären, die ihr kennt? Oder von jemandem, den ihr geliebt und verloren habt?«

Im Zimmer breitete sich Stille aus. Max beobachtete Isabel, da er wusste, dass alle an Alex dachten.

Valenti rieb sich müde das Gesicht. »Entschuldigung, ich sollte erst denken und dann reden.«

»Nein«, sagte Max. »Ist schon in Ordnung. Es gibt keine Erklärung dafür, dass uns nicht unsere eigenen Geister erschienen sind.«

»Weil diese telepathischen Geister unsere Gedanken nicht lesen können«, überlegte Michael. »Wir sind zu stark, oder wir haben die falsche Wellenlänge. Irgendwas in der Art. Vielleicht schützt uns gerade das, was den Geistern Angst vor uns einjagt.«

»Wenn man davon absieht, dass unsere Gegenwart die Geister irgendwie brutaler macht.«

»Weil sie Angst vor uns haben.«

Valenti trat in die Mitte des Zimmers. »Lasst uns den Stand unserer Untersuchung noch mal einen Moment überprüfen. Im Hinblick darauf, mit was wir es zu tun haben könnten, sind wir bereits gut vorangekommen. Aber wir müssen noch mehr leisten.«

»Was denn?«, fragte Max.

»Die Verbindung fehlt noch«, antwortete Valenti.

»Welche Verbindung?«, fragte Isabel.

»Max sagte, dass River Dog ihm erzählt hat, die Geistererscheinungen hätten vor ein paar Tagen begonnen«, erklärte Valenti. »Warum tauchen die Geister denn dann erst jetzt in Roswell auf?«

»Weil sie umherziehen«, lautete Max' logische Schlussfolgerung.

Valenti lächelte trocken. »Ich bevorzuge den Begriff *Ansteckung*. Roswell beginnt, Zeichen einer Ansteckung zu zeigen, die von dem ausging, der die Geister, was immer sie am Ende sein mögen, angerufen hat.«

Max nickte. So unheimlich es auch sein mochte, so beruhigend war es auf der anderen Seite, nach einem körperlich fassbaren Täter zu suchen.

»Und es gibt jemanden, der sehr früh angesteckt wurde«, fuhr Valenti fort.

»Wer denn?«, fragte Max.

»Leroy Wilkins«, antwortete Valenti.

»Der Typ im *Crashdown*?«, fragte Kyle.

Valenti nickte.

»Der war doch bloß der Erste, über den jeder in Roswell Bescheid wusste«, meinte Kyle.

»Nein«, wandte Liz ein. »Meine Mutter hat heute Morgen mit meiner verstorbenen Großmutter gesprochen.«

»Aber ihr könnt nicht genau sagen, ob Wilkins besonders früh angesteckt wurde«, warf Maria ein. »Wilkins ist heute ins *Crashdown* gekommen. Aber alle Geister scheinen heute zum ersten Mal aufgetaucht zu sein.«

»Bevor er nach Roswell kam, nahm Wilkins eine Spitzhacke und einen Vorschlaghammer und riss damit die Kellerwand ein, hinter der er seinen Partner versteckt hat, nachdem er ihn ermordet hatte«, sagte Valenti. »In seinem Alter wird das eine Zeit gedauert haben. Wilkins hatte diese Mauer für die Ewigkeit gebaut. Als Michael und ich den Raum durchsuchten, fanden wir Bierflaschen und Teller mit Essensresten.«

»Und eine Bibel«, fügte Michael hinzu, der offenbar immer mehr Interesse an der Geschichte entwickelte, die Valenti erzählte. Er griff nach dem nächsten Stück Pizza.

»Was wollte Wilkins denn mit einer Bibel?«, wunderte sich Max.

»Zähl doch einfach eins und eins zusammen, Maxwell«, riet Michael. »Eine Bibel am Grab des Mannes, den Wilkins ermordet hat?«

»Wilkins hat ihn zu exorzieren versucht«, sagte Maria.

»Ja«, nickte Michael. »Das Essen da unten stand schon seit Tagen dort. Wilkins wurde schon von Geistern heimgesucht, lange bevor das übrige Roswell die Auswirkungen gespürt hat.«

»Und wodurch war Wilkins so was Besonderes?«, wollte Maria wissen.

»Genau das ist die Frage«, meinte Valenti.

Liz machte ein besorgtes Gesicht. »Und warum ist der Geist in Wilkins' Keller, nachdem ihr weg wart, nicht jemand anderem erschienen?«

»Weil ich ihn mit der Brechstange geerdet habe«, erinnerte Michael sie. »Der Blitzschlag hat ihn zerstört.«

»Es handelt sich hier um einen Geist«, sagte Maria. »Wie konntest du den noch einmal töten?«

»Ich habe die Regeln nicht gemacht«, entgegnete Michael. »Ich befolge sie einfach nur.«

»Das hier ist alles andere als ein Spiel.«

Michael zuckte die Achseln. »Wie auch immer.«

»Nachdem der Blitz den Geist zerstört hatte, habe ich das hier gefunden«, sagte Valenti und griff in seine Hosentasche. Von dem kleinen Metallstück, das er in der Hand hielt, ging ein blitzendes Licht aus.

»Was ist das?«, fragte Max.

»Ich weiß es nicht«, antwortete Valenti. »Etwas, das nicht dort hingehörte. Aber darum geht es bei allen derartigen Ermittlungen. Man findet Dinge, die da, wo sie sind, nicht hingehören.«

Kyle beugte sich vor. »Kann ich mal sehen?«

Valenti reichte seinem Sohn das Metallstück.

Kyle drehte das Metall in seiner Handfläche hin und her und betrachtete es erstaunt. »Das sieht dem Insekt sehr ähnlich, das ich im Krankenhaus gesehen habe.«

»Cyborg Jiminy Grashüpfer«, wiederholte Michael.

Kyle fasste das nicht als Beleidigung auf. »Ja.«

»Das ist das Ding, das der Blitz zerstört hat«, sagte Michael.

»Vielleicht war es ein Knopf«, schlug Isabel vor.

»Swanson hatte nur einen einzigen Knopf aus Metall«, sagte Valenti. »An seiner Jeans. Das weiß ich, weil ich es überprüft habe.«

»Das kann auf keinen Fall ein Zufall sein«, fand Maria. »Oder?«

»Wenn wir das erklären können, lade ich euch nach Vegas ein«, sagte Valenti.

»Da war ich schon«, gab Michael zurück. »Das eine Mal hat mir gereicht.«

»Wilkins ist die Verbindung zu den Mesaliko«, sagte Liz. »Die

Mesaliko haben ihn ein paar Mal von ihren Ländereien vertrieben.«

»Richtig«, nickte Valenti. »Ich musste Wilkins selbst ein paar Mal von Privateigentum abführen.« Er schüttelte den Kopf. »Aber ich denke die ganze Zeit darüber nach, was in den letzten Tagen in Wilkins vorgegangen sein muss. Dem ganzen Essen und Bier in seinem Keller zufolge hat er lange dort herumgesessen, bevor er den Mut aufbrachte, diese Kellerwand einzureißen. Warum?«

»Weil er von einem Geist heimgesucht wurde«, sagte Liz.

»Ja, aber der Geist folgte Wilkins nicht nach Roswell«, gab Valenti zu bedenken. »Dieses Ding – was auch immer es war – hat dort heute auf Michael und mich gewartet.«

Liz rieb sich die Oberarme, als würde sie frieren. »Das ist total gruselig.«

Valenti nickte zustimmend. »Also ist der Geist Wilkins nicht nach Roswell gefolgt.«

»Aber irgendwas ist ihm gefolgt«, sagte Michael. »Ich habe Swanson doch gesehen.«

»Als Wilkins in die Stadt kam, hat ihn ein anderer Geist übernommen«, vermutete Valenti. »Das ist die einzig mögliche Erklärung.«

»Glaubst du, diese Dinger kommunizieren miteinander?«, fragte Kyle.

»So muss es sein«, antwortete Max. »Sie übermitteln alle die gleiche Botschaft an uns, und sie gehen alle auf dieselbe Art und Weise vor.« Er hielt inne. »Wir müssen herausfinden, wieso Wilkins vor allen anderen in Roswell zu seinem Geist kam.«

»Genau«, nickte Valenti.

Das Metallstück, das Sie gefunden haben, könnte eine Art Sende- und Empfangsgerät sein«, schlug Isabel vor.

»Daran habe ich auch schon gedacht«, sagte Valenti. »Aber es hat sich über den Boden bewegt und ist in eigener Regie aus Swansons Kleidern gekrochen. Dabei ist er schon mehr als dreißig Jahre tot.«

»Sie glauben also, dass es hinter der Steinmauer eingeschlossen war«, sagte Max.

Valenti nickte. »Genau das glaube ich.« Er griff in seine Tasche und zog einen Lederbeutel hervor. Er schob einen Finger in den Beutel und demonstrierte, dass er an der Seite aufgerissen war. »Ich fand das hier um Swansons Hals.«

»Was war denn da drin?«, wollte Maria wissen.

»Ich weiß es nicht«, gab Valenti zu. »Ein kleines Andenken vielleicht. Was es auch war, es ist entkommen.«

»Wie meinen Sie das? Entkommen?«, fragte Max.

Valenti wackelte mit dem Finger und wies ihn auf die zerfetzten Kanten an dem Loch hin. »Was auch immer hier drin war«, sagte er, »hat sich seinen Weg nach draußen selbst gebahnt.«

16

»Das ist keine gute Idee.«

Isabel betrachtete Max' Gesicht, während er mit ihr sprach. Aus seinem Blick und aus der Art, wie er die Lippen zusammenkniff, sprach Besorgnis. Er war schon immer viel zu ernst, entschied sie. Isabel nahm Max' Hand und sagte: »Du weißt, dass ich das machen muss. Es gibt keine andere Möglichkeit.«

»Es ist zu gefährlich.« Max sah über die Schulter. Offensichtlich hoffte er, dass ihm jemand anders beipflichten würde. »Wir wissen, dass Wilkins ein Mörder ist. Man weiß doch nicht, was er tun wird, wenn er sie in seinen Träumen sieht.«

Valenti sah Max an und blickte dann zu Isabel. »Wenn du das tun kannst –«, sagte Valenti. »Es wäre sicherlich hilfreich.«

Isabel nickte. »Ich kann.«

»Isabel«, warnte Max. »Du bist noch nie in den Traum von so jemandem eingedrungen. Wilkins ist noch immer auf der Intensivstation, sein Zustand ist kritisch.«

»Es wird schon alles gut gehen.«

Max verfiel in Schweigen, und während er schwieg, wuchs Isabels Ärger darüber, dass er den von ihr vorgeschlagenen Weg ablehnte.

»Wir müssen doch herausfinden, was Wilkins weiß«, sagte Isabel.

»Es gibt eine andere Möglichkeit, das herauszufinden«, beharrte Max. »Wir werden eine andere Möglichkeit finden.«

»Nein«, sagte Isabel mit einer Endgültigkeit, von der sie sicher war, dass Max' sie nicht überhören konnte. »Ich muss es tun, Max. Weil ich es tun kann und weil es für meine Begriffe der einzige Weg ist, um so viel herauszufinden, dass wir nachher wissen, was wir tun sollen.« Es gab natürlich auch immer noch die Möglichkeit, dass sie am Ende genauso hilflos dastehen würden wie alle anderen.

»Komm zurück«, bat Max. »Sorg einfach nur dafür, dass du zurückkommst.«

»Das werde ich«, versprach Isabel. Sie ließ sich auf Michaels Sofa sinken, legte den Kopf in den Nacken und schloss die Augen. Innerhalb von Sekunden war sie eingeschlafen und suchte in ihren Träumen nach Leroy Wilkins, Goldgräber und Mörder.

Als Isabel ihre Augen wieder aufschlug, fand sie sich in einem kleinen dunklen Raum mit steinernen Wänden wieder. Ein feuchter, erdiger Geruch drang ihr in die Nase und brachte sie beinahe zum Niesen. Der schwache Schein einer batteriebetriebenen Laterne kam kaum gegen die tiefe Dunkelheit an, die hier herrschte.

»Was machst du hier?«

Isabel drehte sich in die Richtung, aus der die wütende Stimme kam, und erblickte Leroy Wilkins, der an der Wand neben der Kellertür stand. Er war angespannt und verängstigt, und seine Augen waren so tief in ihre Höhlen gesunken, dass sie wie schwarze Löcher aussahen.

»Ist schon okay«, sagte Isabel leise.

Wilkins sah sich in dem kleinen Raum um. »Ich bin gar nicht hier. Ich habe hier gar nichts zu suchen.«

»Wissen Sie, wo Sie sind?«, fragte Isabel.

Wilkins' Blick bekam etwas Irres. »Das hier ist der Keller meines Hauses.«

Isabel wartete und bemerkte, dass die Augen des alten Goldgräbers auf der gegenüberliegenden Wand verharrten. Die Wand war intakt, nicht der Steinhaufen, den Valenti und Michael beschrieben hatten. Terrell Swansons Leichnam lag noch auf der anderen Seite.

»Ich bin nicht im Keller meines Hauses«, sagte Wilkins. »Ich bin im Krankenhaus. Sie haben mich ins Krankenhaus gebracht. Sie haben mir gesagt, ich hätte einen Herzinfarkt gehabt. Daran erinnere ich mich noch.«

»Sie sind im Krankenhaus«, bestätigte Isabel. »Das hier ist bloß ein Traum.«

Wilkins kniff misstrauisch die Augen zusammen. »Ich kenne dich nicht, Mädchen. Man träumt nicht von Leuten, die man nicht kennt, aber ich kenne dich nicht.«

»Sie bekommen Medikamente im Krankenhaus«, sagte Isabel. »Medikamente können Halluzinationen und Träume hervorrufen.«

Wilkins schüttelte den Kopf. »Aber du bist weder eine Halluzination noch ein Traum, Mädchen.«

Isabel fiel es schwer, den Kontakt aufrechtzuerhalten. Wilkins wollte, dass sie aus seinem Kopf verschwand, und versuchte, sie zu verdrängen.

»Ich muss wissen, was hier unten passiert ist«, sagte Isabel.

Wilkins wurde noch aufgeregter. »Hier unten ist überhaupt nichts passiert.«

»Terrell Swansons Geist hat Sie bis in die Stadt verfolgt«, sagte Isabel.

»Du weißt doch gar nicht, wovon du redest.« Wilkins wandte sich von ihr ab und ging zur Tür.

»Sie haben Swanson umgebracht«, beschuldigte Isabel ihn. »Sie haben ihn getötet und hinter dieser Wand verscharrt.«

Wilkins fuhr zu ihr herum. Wut und Wahnsinn verzerrten sein Gesicht, sodass es wie eine Maske aussah. »Du solltest lieber aufpassen, was du redest, Mädchen.« Er holte ein Päckchen Zigaretten und ein Feuerzeug aus seiner Tasche, steckte sich eine Zigarette zwischen die Lippen und zündete sie an. Die Flamme des Feuerzeugs tauchte seine harten, zerfurchten Gesichtszüge in ein goldbraunes Licht und tanzte in seinem irren Blick.

»Warum haben Sie Swanson wieder ausgegraben?«, fragte Isabel.

»Ich weiß nicht, wovon du sprichst«, erwiderte Wilkins finster. Er steckte das Feuerzeug wieder ein, zog an der Zigarette, sodass der Tabak orange glühte und pustete dann eine Rauchwolke in den Keller, die in der unbewegten Luft hing.

»Irgendwas ist passiert«, sagte Isabel. »Was hat die Dinge verändert? Swanson war doch seit mehr als dreißig Jahren eingemauert.«

Wilkins drehte sich zur Kellertür. »Ich würde mal sagen, der Nächste, mit dem du sprichst, ist mein Anwalt.«

Isabel stand hilflos da, sah zu, wie Wilkins' Hand sich um den Türknauf legte, und wusste nicht, was sie tun sollte. Da hallte ein tiefer, donnernder Schlag im Keller wider.

Wilkins fluchte und riss an dem Türknauf, doch die Tür ließ sich nicht öffnen. Die Donnerschläge wiederholten sich in regelmäßigen Abständen, während Wilkins weiter mit der Tür kämpfte und laut fluchte.

Isabel ließ ihren Blick durch den Raum wandern und versuchte, die Quelle des Geräuschs zu finden, aber es gelang ihr nicht.

Wilkins gab auf und wandte sich von der Tür ab. Dabei fiel ihm die Zigarette aus dem Mund. Seine Augen waren weit aufgerissen vor Angst. Er blickte sich im Kellerraum um und drückte sich mit dem Rücken gegen die Tür. »Ich kann nicht raus. Ich kann dieses Mal nicht raus. Genau wie beim letzten Mal.«

»Was ist das für ein Geräusch?«, fragte Isabel.

Wilkins wollte sie wütend anstarren, doch es gelang ihm nicht wirklich, da so viel Angst in seinem Blick lag. »Weißt du denn nicht, was es ist?«

Die rhythmischen Schläge ertönten weiter wie bisher, und jetzt konnte Isabel zwischen einem Davor und Danach unterscheiden. Sie hörte das Zusammenziehen, den Schlag und die Entspannung.

»Es ist Herzschlag«, flüsterte sie. Diese Entdeckung ließ sie vor

Angst erstarren, obwohl sie wusste, dass sie nur traumwandelte und die Ereignisse nicht wirklich stattfanden.

»Ja, das ist Herzschlag«, bestätigte Wilkins«. »Swansons Herzschlag.«

Das Herz pulsierte noch lauter. Isabel hätte schwören können, dass die Wände mit dem Rhythmus erbebten.

»Siehst du, er lebt.« Wilkins klang verblüfft. Er starrte auf die Kellerwand gegenüber. »Er ist seit fast dreißig Jahren dort eingemauert, aber irgendwie lebt er.«

Isabel fiel wieder ein, dass Valenti erzählt hatte, das Skelett hätte in zerrissenen, zerfetzten Kleidern auf dem Kellerboden gelegen.

»Aber er kann gar nicht lebendig sein.« Wilkins sah Isabel verzweifelt an. »Ich habe ihm den Kopf eingeschlagen. Ich habe einen kurzstieligen Hammer genommen und es selbst erledigt. Der Fund war riesig, musst du wissen. Uran haben wir gefunden. Mehr als jemals zuvor. Ich wusste, das ist genug Uran, um reich zu werden, aber ich wusste auch, dass es nur reicht, um einen Mann reich zu machen. Und dieser Mann wollte ich sein.« Er richtete seinen Blick wieder auf die Wand. »Darum habe ich ihn umgebracht, aber er ist nicht gestorben. Er wartet seit dreißig Jahren darauf, es mir heimzuzahlen.«

Isabel wollte etwas sagen, hatte jedoch Angst, Wilkins' Traumphase zu unterbrechen. Die Antworten waren da. Sie musste nur auf sie warten.

»Swansons Herzschlag wurde lauter«, sagte Wilkins und lief wie benebelt durch den Keller. »Ich hatte ihn schon tagelang gehört. Einfach nur gehört. Ich habe den Fernseher und das Radio ganz laut gestellt, aber ich konnte ihn trotzdem hören. Ich habe mich betrunken, aber ich konnte seine Herzschläge nicht vergessen. Sie blieben einfach da, und niemand außer mir konnte sie hören.«

»Ich höre sie«, sagte Isabel ruhig.

»Swanson ist nicht hinter dir her, Mädchen«, gab Wilkins zurück. »Ich bin es, auf den er es abgesehen hat. Er will mich zu sich ins Grab ziehen. Aber das werde ich ihn nicht tun lassen.« Sein Gesichtsausdruck verhärtete sich, aber die Angst blieb. »Ich werde ihn hinter dieser Wand hervorholen und ihm zeigen, dass ich keine Angst vor ihm habe. Und dann mache ich Kleinholz aus ihm.«

Isabel starrte auf die Wand. Obgleich sie wusste, dass Wilkins nur aus der Erinnerung erzählte, war sie ängstlich und besorgt. Es konnte ihr hier nichts zustoßen, aber dieses Wissen überzeugte sie anscheinend nicht so sehr, wie sie gehofft hatte.

Wilkins hob eine Spitzhacke vom Kellerboden auf und schlug mit voller Wucht auf die Wand ein. Betonbröckchen splitterten von der Wand und flogen in alle Richtungen.

Als eins der Gesteinsbröckchen Isabel an der linken Wange traf, durchfuhr sie ein Schmerz. Als sie ihr Gesicht berührte, war ihr Finger voller Blut. So etwas war vorher noch nie passiert. Plötzlich erschien ihr der Rückweg in Michaels Wohnung wie eine unüberbrückbare Distanz. Sie wandte sich um und ging zur Tür. Ihre Hand legte sich um den Türknauf und drehte ihn. Der Knauf gab nach, doch das Schloss öffnete sich nicht.

Sie saß in der Falle.

Max saß neben Michaels Couch und beobachtete Isabel in ihrem Schlaf. Sein Magen krampfte sich zusammen wie ein Ball.

»Hey.«

Max blickte auf und sah, dass Liz neben ihm stand. Sie war zu ihm gekommen, und er hatte es nicht mal bemerkt.

»Es wird schon alles in Ordnung gehen«, sagte Liz. »Isabel weiß, was sie tut.«

Max sah Liz an. »Glaubst du wirklich?«

In Liz' Gesicht zeigte sich ein Zögern. »Ich weiß nicht mehr, was ich glauben soll. Das alles, Max ...« Sie atmete tief ein und wieder aus. »... das alles hier ist so unüberschaubar für uns. Ich weiß gar nicht mehr, wann ich das letzte Mal das Gefühl hatte, dass wir etwas Sinnvolles tun konnten.«

Max blickte sich im Zimmer um und sah, dass Michael und Maria sich ruhig in der Küche unterhielten, während sie Salamischeiben von der übrig gebliebenen Pizza naschten. Valenti stand in der Nähe der Tür, so als wäre er drauf und dran, hinauszugehen und irgendetwas zu unternehmen, aber seine Aufmerksamkeit war auf den Fernseher gerichtet. Das reguläre Fernsehprogramm wurde immer noch von Nachrichten über Leute in Roswell unterbrochen, die Geister gesehen hatten. Kyle saß daneben auf dem Fußboden, hatte den verletzten Arm angehoben und döste.

»Ich weiß«, sagte Max. »Es war immer irgendwie kompliziert.« Er schüttelte den Kopf. »Ich hatte kein Recht dazu, dich da mit hineinzuziehen.«

»Du hast mich nicht hineingezogen«, widersprach Liz. »Du hast mich im *Crashdown* gerettet.«

»Ich hätte es dabei belassen sollen«, sagte Max. »Als du zurückgekommen bist und mir Fragen gestellt hast, hätte ich einfach weggehen sollen.«

»Das konntest du nicht«, meinte Liz.

Max sah ihr in die Augen und hatte das Gefühl, an einer Klippe zu stehen. »Nein. Ich hab's versucht.«

»Das Leben ist kompliziert«, sagte Liz. »Vielleicht ist deines ein bisschen komplizierter als das anderer, aber ich bin sicher, es könnte schlimmer sein.«

»Ich weiß nicht. Roswell scheint wegen uns voller Geister zu sein.«

»Nein. Die Geister sind einfach aufgetaucht. Ihr könnt vielleicht helfen – *wir* könnten vielleicht helfen.« Liz nickte in Richtung des Fernsehers. »Diese Leute haben keine Ahnung, was sie tun sollen, Max. River Dog weiß es auch nicht. Er hat es dir selbst gesagt. Aber du und Michael und Isabel, ihr drei könnt vielleicht irgendwas dagegen tun. Vielleicht seid ihr dazu bestimmt.«

»Das hoffe ich«, sagte Max. Er hoffte noch eine ganze Menge mehr, wagte jedoch nicht, seine Hoffnungen in Worte zu fassen.

»Egal wie kompliziert dein Leben wird«, fuhr Liz fort und legte ihre Hand in seine, »ich werde für dich da sein.«

Max sah sie an. Freude durchfuhr ihn und wischte all die Hoffnungslosigkeit und Müdigkeit hinweg, die seine ständigen Begleiter gewesen waren. »Wirst du?«

»Ja«, versprach Liz. »Dazu sind Freunde da.«

Freunde. Das Wort sackte wie ein Amboss in Max' Magengrube. Er spürte, wie ihm die Galle in die Kehle stieg, doch er schluckte sie runter. *Freunde.* Konnte er einfach nur mit ihr befreundet sein, wenn er doch so viel mehr wollte? Dann fühlte er sich plötzlich schuldig. So wie er Liz behandelt hatte, gab es keinen Grund mehr für ihn, irgendetwas von ihr zu verlangen. In Wirklichkeit sollte er dankbar dafür sein, dass sie immer noch bereit war, ihm eine Freundin zu sein.

Max versuchte, etwas zu sagen, brachte jedoch kein Wort heraus. Der Versuch schmerzte ihn, er wusste, dass er angespannt klingen würde. Stattdessen drückte er ihre Hand.

»Max«, sagte Liz leise und sanft.

Max wandte ihr seine Aufmerksamkeit zu, doch bevor sie fortfahren konnte, zuckte Isabel vor Schmerz heftig zusammen. Ihrem Mund entfuhr ein leises Stöhnen.

Max ließ Liz' Hand los und beugte sich vor, um Isabels Gesicht zu sehen. Es war vor Angst oder Schmerz verzerrt, Max war sich da nicht sicher.

»Isabel«, rief Max leise, da er sie nicht zu abrupt wecken wollte. »Isabel.«

Isabel stöhnte wieder auf, dann zuckte sie zusammen und versuchte, sich umzudrehen. Max fing seine Schwester auf, bevor sie vom Sofa auf den Boden fallen konnte.

»Was ist los?«, fragte Valenti, der sofort an Max' Seite war.

»Ich weiß es nicht«, antwortete Max.

Isabel zuckte wieder zusammen, stöhnte und wand sich.

»Isabel«, sagte Max. »Komm schon. Komm zurück. *Isabel*!«

Isabel stand mit dem Rücken zu der verschlossenen Kellertür. Sie wollte zurück in Michaels Wohnung, aber sie wusste, dass sie vielleicht nicht noch einmal die Gelegenheit erhalten würde, in Leroy Wilkins Träume zu spazieren. Die Antwort auf manches von dem, was ihnen zurzeit zu schaffen machte, war in diesem Keller verborgen. Da war sie ganz sicher.

Wilkins holte wieder mit der Spitzhacke aus und trieb die Spitze in die Wand. Beton splitterte und brach ab. Die Funken sprühten und flogen auf wie brennende Glut. Der alte Mann schnappte nach Luft, ein Geräusch, das sich in dem geschlossenen Raum wie Bellen anhörte.

Aber der Herzschlag war nach wie vor zu hören und brachte sie mit seinem Dröhnen fast um den Verstand.

Isabel zwang sich zu bleiben, obwohl alles in ihr danach schrie, sich in Sicherheit zu bringen.

Mit einem metallischen Knirschen brach die Spitzhacke durch die Betonwand. Wilkins gab einen irre klingenden Freudenschrei von sich. »Jetzt hab ich dich, Swanson. Jetzt hab ich dich. Du wirst nicht aus diesem Grab kriechen und mir jede Nacht erscheinen. Ich werde diesen Job zu Ende bringen, den ich vor all den Jahren begonnen habe. Ich werde dich unter die Erde bringen und da wirst du bleiben.«

Über die Betonwand zogen sich Risse und markierten grob die rechteckige Fläche, hinter der der Leichnam versteckt war. Gesteinsbrocken prasselten auf den Boden vor Wilkins Füßen. Jetzt, da die Wand durchbrochen war, ließ Wilkins die Spitzhacke fallen und nahm den Vorschlaghammer. Er schmetterte ihn gegen die Öffnung in der Wand und machte sie größer und größer.

Die batteriebetriebene Laterne warf einen goldenen Schein auf das Skelett, das da in Lumpen gehüllt in seinem behelfsmäßigen Grab lag. Das Dröhnen des monströsen Herzschlags erreichte seinen Höhepunkt, wurde ohrenbetäubend laut und vibrierte in Isabels Innerem.

»Er war es gar nicht!«, rief Wilkins. Er ließ den Vorschlaghammer fallen und griff mit ausgestreckten Armen durch das Loch und zog den Leichnam heraus. Er war jedoch zu schwer für Wilkins, und der Tote glitt ihm aus den Händen. Die Leiche fiel klappernd zu Boden. Eine Staubwolke wirbelte auf und trübte das Licht der Laterne.

Isabel sah, wie Wilkins vor dem toten Mann zurückwich.

»Dieser Herzschlag kam gar nicht von ihm«, rief Wilkins über das donnernde Dröhnen hinweg. »Ganz und gar nicht. Ich dachte, er wäre es, aber du siehst ja selbst, er hat gar kein Herz.«

Isabel spähte durch das zerfetzte Hemd, auf dem noch Spuren getrockneten Blutes zu sehen waren, in Swansons leeren Brustkorb. Es stimmte, der Mann hatte kein Herz. Aber woher kam dann der Herzschlag? Entsprang das Geräusch einfach nur Wilkins' schlechtem Gewissen, das ihn am Ende einholte?

»Es war nicht Swanson«, stöhnte Wilkins. »Es war diese Wanze. Diese Wanze, die er immer um den Hals trug.«

»Welche Wanze?«, fragte Isabel. Sie musste sich sehr zusammenreißen, um sich nicht zu ekeln. Die Knochen waren voller alter Spinnweben, und überall in den seidenen Fäden hingen mumifizierte Spinnenkadaver.

»Wir beide haben diese Wanze gefunden«, antwortete Wilkins. »Eine kleine Wanze aus Metall. Wir haben sie beim Graben gefunden. Sonst nichts. Kein Gold, kein Uran, kein Kupfer. Nichts als Dreck. Und diese Wanze, die er in dem Lederbeutel um seinen Hals aufbewahrt hat. Er dachte, die Mesaliko hätten die Wanze gemacht. Sie war tot. So tot wie Swanson.« Er senkte den Blick und sah den Toten an. »Aber jetzt ist die Wanze nicht mehr tot, oder? Und Swanson auch nicht.«

Isabel erspähte den Lederbeutel um den Hals des Mannes und erkannte, dass es der war, den Valenti ihnen in Michaels Wohnung gezeigt hatte. Valenti hatte davon gesprochen, dass sich irgendetwas durch das Leder gebohrt hätte.

Während sie ihn betrachtete, stach auf einer Seite ein schimmernder Silberfaden durch den Lederbeutel. Isabel trat unwillkürlich einen Schritt zurück. Der Silberfaden arbeitete schnell, andere Fäden gesellten sich zu ihm, krümmten und streckten sich rasch wie die in einzelne Segmente unterteilten Beine einer Wespe. Innerhalb von Sekunden war diese Seite des Beutels aufgerissen.

Etwas Silbernes kam zum Vorschein. Das unglaubliche Insektenwesen balancierte auf hauchdünnen Gliedmaßen und zeigte die Merkmale einer Spinne und einer Wespe. Es hatte fadenähnliche Beine, zwischen denen ein durchscheinender Flügel straff gespannt war. Das Wesen hüpfte und sprang, als wollte es sich in die Luft erheben, aber es gelang ihm nicht.

»Ich habe es umzubringen versucht.« Wilkins kroch aus der Dunkelheit hervor, hielt sich jedoch an der Wand fest. Er nahm von neuem den schweren Vorschlaghammer in die Hand und hob ihn über den Kopf. »Ich habe es umzubringen versucht, und da ist Swanson wieder zum Leben erwacht.«

Bevor er mit dem Vorschlaghammer zuschlagen konnte, erhob sich eine geisterhafte Gestalt von dem Knochenhaufen und den verrottenden Kleidern. Der Mann war größer als Wilkins und dünn wie eine Bohnenstange. Er trug eine Augenklappe und hatte einen strengen Gesichtsausdruck.

»Du hast mich umgebracht, Leroy Wilkins«, klagte der Geist ihn an und hob drohend den Zeigefinger. »Du hast mich umgebracht, und ich bin gekommen, um dich zu töten.« Der Geist raste unnatürlich schnell auf Wilkins zu, hob die Fäuste und holte aus.

Wilkins kauerte an der hinteren Wand.

Isabel benutzte ihre Kraft, um Wilkins' Erinnerung an den Geist für die Dauer ihrer Traumverbindung zu löschen. Der Geist erstarrte mitten in der Bewegung. So unbeweglich ist er wahrscheinlich auch nicht weniger beängstigend, dachte Isabel.

Wilkins drückte sich in wortloser Bestätigung ihrer Vermutung an die Wand. Er jammerte kläglich und versteckte sich hinter seinen erhobenen Armen und Händen.

»Mr. Wilkins«, rief Isabel verhalten. Sie näherte sich dem Mann vorsichtig, da sie wusste, dass er sie in seiner Angst vielleicht angreifen würde.

»Das ist nicht Swanson«, flüsterte der Alte heiser. »Aber es ist da. Es will mich umbringen.«

»Das hier geschieht nicht wirklich, Mr. Wilkins«, bekräftigte Isabel. »Es ist bloß eine Erinnerung. Ein Traum. Es passiert nicht wirklich. Sie brauchen keine Angst zu haben.«

Wilkins sah sie wütend an. »Du hättest auch Angst, wenn dich so ein Ding verfolgen würde. Das sind Teufel, sie kommen aus der Hölle, um Swanson zurückzubringen, damit er mich kriegen kann. Das hast du doch gesehen.«

»Es geschieht nicht wirklich.«

»Ist es aber.« Wilkins blickte den erstarrten Geist an. »Damals war es wirklich da, und es wird wiederkommen. Du kannst sie nicht aufhalten.«

Isabel wandte sich dem Geist zu. Hatte er sich gerade bewegt? Sie war sich nicht sicher. Aber sie glaubte, dass Kyle mit seiner Vermutung, dass diese Wesen die Gedanken anderer Menschen lesen konnten, Recht gehabt hatte. Oder zumindest waren sie in der Lage, sich Zugang zum Unterbewusstsein eines Menschen zu verschaffen und ein Bild zu finden, dass ihn oder sie in Angst und Schrecken versetzte.

Sie wandte ihre Aufmerksamkeit wieder Wilkins zu. »Wo genau haben Sie die Wanze gefunden?«

»Es stellte sich heraus, dass es bloß eine Waschgoldmine war«, sagte Wilkins. »Da war nichts, womit man Geld verdienen konnte.«

»Wo war das, Mr. Wilkins?«, beharrte Isabel.

Der Geist befreite sich ohne Vorwarnung aus seiner Starre. Obwohl Isabel wusste, dass der Geist sich ihrer Kontrolle nicht von selbst entwunden hatte, sondern dass Wilkins wieder die

Kontrolle über ihr Traumwandeln übernommen hatte, stieg bei diesem Anblick Angst in ihr auf. Sie wusste, dass der Geist ihr nichts tun konnte, aber sie hatte trotzdem Angst.

Wilkins schrie, als der Geist ihn packte. Wieder erfüllte Herzschlag den Keller, aber diesmal waren die Schläge irgendwie anders.

Isabel packte den Geist an der Schulter und wollte ihn von dem alten Mann wegziehen. Stattdessen griffen ihre Hände durch das Ding hindurch. Sie versuchte es erneut, indem sie diesmal nach Wilkins griff, aber wieder wurde sie mit demselben Ergebnis konfrontiert. Sowohl der Geist als auch der Mann waren für sie unberührbar.

»Mr. Wilkins.« Isabel trat auf Armeslänge von dem alten Mann zurück. »Mr. Wilkins, ich muss wissen, wo Sie und Swanson die Wanze gefunden haben.«

Der Schein der batteriebetriebenen Laterne wurde auf einen Schlag so schwach, dass man die Kellerwände nicht mehr erkennen konnte. Im nächsten Moment stand Isabel in einem tiefschwarzen Raum und hatte keine Möglichkeit mehr, sich zu orientieren. Die Welt hatte zu existieren aufgehört.

Der Geist löste sich langsam in Luft auf, so wie Rauch von einem Feld aufsteigt, nachdem der Wind sich gedreht hat.

Wilkins drückte sich weiter an die Wand, weinte und schrie um Hilfe. Dann hörte der Herzschlag auf zu dröhnen.

Plötzlich drangen Stimmen aus der Dunkelheit, die gleichermaßen erschrocken wie routiniert klangen: »Nulllinie! Ich habe hier einen Herzstillstand!«

»Sein Herz hat aufgehört zu schlagen. Herzmassage einleiten.«

»Herzmassage eingeleitet.«

Wilkins krümmte sich wie ein Fötus im Mutterleib. Auf seinem Gesicht glänzten Tränen, als seine feuchten Augen Isabel ausfindig machten. »Ich habe Angst«, flüsterte er. »Ich will nicht sterben.«

Isabel wusste nicht, was sie sagen sollte.

»Sein Herz zeigt keine Reaktion.«

»Der Mann ist alt«, sagte jemand anders. »Selbst wenn wir ihn retten, könnten wir eine Menge Schaden anrichten.«

»Wir brechen ihm die Rippen.«

»Gib mir den Defibrilator.«

Isabel lauschte den Stimmen, dachte an eine Fernsehserie, die im Hintergrund lief, und wollte verschwinden.

»Geh nicht«, bettelte Wilkins. »Ich will nicht allein sein.«

Isabel schüttelte den Kopf. »Ich kann Ihnen nicht helfen«, flüsterte sie. »Im Krankenhaus gibt es Leute, die Ihnen helfen können. Sie kümmern sich gerade um Sie.«

»Es ist zu spät«, sagte Wilkins. »Sie können mir nicht helfen.«

»Fertig!«, rief jemand. Es klang, als wäre er tausende von Kilometern entfernt.

»Ich weiß nicht, was ich tun soll«, sagte Isabel.

»Bleib bei mir«, bat Wilkins verzweifelt.

Die Dunkelheit um Isabel herum erbebte.

»Nichts«, sagte jemand.

»Wir versuchen es noch mal. Fertig!«

Erneut lief ein Beben durch die Dunkelheit, und diesmal nahm es Leroy Wilkins mit sich. Innerhalb einer Sekunde war er aus Isabels Augen verschwunden. Sie stand allein in der Dunkelheit und spürte, wie sie an ihr zerrte. Sie versuchte, mit dem Traumwandeln aufzuhören und wieder in ihren Körper in Michaels Wohnung zurückzukehren, um wieder sein zerschlissenes Sofa im Rücken zu spüren.

Es gelang ihr nicht. Sie steckte fest.

Plötzlich öffnete sich neben ihr ein schwarzes Loch, das dunkler war als alles, das sie je gesehen hatte. Sie wurde davon angezogen wie eine Motte von einer Flamme.

»Isabel Evans.«

Die Stimme klang vertraut, aber Isabel konnte sie nicht einordnen. Sie versuchte, sich umzudrehen, aber das schwarze Loch vor ihr zerrte unaufhörlich an ihr.

Eine Hand griff nach ihrer Hand, zog sie zurück und drehte sie um. Als sie sich umwandte, sah sie River Dog vor sich stehen.

»Komm«, sagte River Dog. »Wir haben nicht viel Zeit.«

Isabel entdeckte, dass sie aus dem Sog des Loches befreit war. »Was ist mit Leroy Wilkins?«

»Seine Zeit an diesem Ort ist abgelaufen«, antwortete River Dog. »Du kannst nichts für ihn tun. Er muss seinen Frieden in der nächsten Welt finden. Wir können ihn nur betrauern und für ihn beten.«

Isabel ging neben River Dog her und war überrascht, dass die schwarzen Schatten plötzlich einer in Mondlicht getauchten Wüstenlandschaft Platz machten. Noch ein Schritt und sie begann zu rennen und spürte den knirschenden Sand unter ihren Füßen.

»Wo gehen wir hin?«, fragte Isabel.

»Ich habe die Geister gefunden«, erklärte River Dog. »Und sie haben mich gefunden.«

»Und wie hast du mich aufgespürt?«, fragte Isabel. Es war unmöglich, in den Traum einzudringen, in dem sie Wilkins besucht hatte. Jedenfalls hatte sie nach allem, was sie über ihre Kraft wusste, nicht damit gerechnet. Andererseits verstand sie nicht alles, was sie machte. Sie akzeptierte einfach, dass sie es konnte.

»Ich bin auf der Suche nach Erleuchtung, Isabel Evans«, erwiderte River Dog. »Ich meditiere gerade.« Trotz seines Alters hüpfte er leichtfüßig mit großen Schritten durch die Wüste. Ein Wüstenkaninchen sprengte aus dem Schatten eines Kaktus, hoppelte aufgeregt durch die vom Mond beschienene Landschaft und verschwand wieder in der Nacht.

Isabel beobachtete die kleine Kreatur einen Moment lang. Sie fühlte sich desorientiert und unkontrolliert. Aber seitdem sie sich River Dog angeschlossen hatte, konnte sie irgendwie auch wieder die Verbindung zu ihrem Körper in Michaels Wohnung spüren. Sie wusste, sie würde im Bruchteil einer Sekunde in ihn zurückkehren können.

»Die Tiere können uns spüren«, sagte River Dog. »Das ist bekannt. Bei der Suche nach Erleuchtung ist der Reisende der Natur am nächsten.«

»Die Geister sind gar keine Geister«, meinte Isabel.

»Nein«, stimmte River Dog ihr zu. »Sie sind Reisende, so ähnlich wie du und dein Bruder und dein Freund.«

»Von einem anderen Stern?«

»Ja.« River Dog lief jetzt schneller. »Wir müssen uns beeilen. Wenn sie herausfinden, dass ich mit dir rede, werden sie es vielleicht unterbinden.«

»Warum suchen sie dein Volk heim?«, fragte Isabel. »Warum suchen sie Roswell heim?«

»Jetzt, da sie aus ihrem langen Schlaf erwacht sind, haben sie das Gefühl, sich schützen zu müssen. Komm, wir müssen uns beeilen.« River Dog beschleunigte das Tempo und zog sie an seiner Hand hinter sich her.

Nur wenige Schritte später erkannte Isabel, dass sie auf die Kante einer Klippe hoch über dem Wüstenboden zuliefen. Und River Dog machte keinerlei Anstalten anzuhalten.

»Eine Klippe«, warnte Isabel.

»Das macht nichts«, gab River Dog zurück und zog sie über die Kante.

Isabel widerstand dem Impuls, ihre Absätze in den Boden zu rammen und anzuhalten, und rannte stattdessen mit River Dog weiter. Wenn es ganz schlimm kam, konnte sie das Traumwandeln immer noch beenden und wieder sicher in Michaels Wohnung landen. Noch zwei Schritte und sie schwebte plötzlich fünfzehn Meter hoch in der Luft.

Sie fiel.

Aber während sie zur Erde trudelte, veränderte sie sich. Sie starrte ihre Arme an, aus denen auf einmal Federn ragten, und im nächsten Moment verwandelten sie sich in Flügel.

»Komm!«, rief River Dog neben ihr.

Isabel sah ihn an und entdeckte, dass er sich in eine Eule verwandelt hatte. In seinen riesigen runden Augen erblickte sie ihr eigenes Spiegelbild. Sie war ebenfalls zu einer Eule geworden, und in ihre Angst mischte sich Verstehen und eine kindische Freude, die sie vor Max oder Michael niemals eingestanden hätte.

Sie streckte instinktiv die Flügel aus und fing sich. Ein paar Flügelschläge, und schon stieg sie hinter River Dog in den Himmel auf.

»Komm!«, rief River Dog noch einmal, schlug ein paar Mal heftig mit den Flügeln und beschleunigte seinen Flug.

Isabel folgte ihm so geschmeidig, als hätte sie ihr Leben lang nichts anderes getan, als ihre Gestalt zu verändern.

17

»Und dann hast du dich in einen Vogel verwandelt?«

Isabel starrte Michael an. »In eine Eule«, verbesserte sie ihn. Sie saß auf der Couch in seiner Wohnung und fühlte sich nach den Anstrengungen des Traumwandelns ein bisschen schwindlig.

»Macht ja keinen Unterschied«, meinte Michael achselzuckend.

»Wenn du es so ausdrückst«, sagte Maria, »ist diese ganze Traumgeschichte nur noch halb so cool.«

Michael sah Maria an. »Sich in einen Vogel zu verwandeln ist cool?«

»Nicht in irgendeinen Vogel«, sagte Isabel noch einmal. »In eine Eule. Und ja, es war *allerdings* cool.«

»Schön für dich«, meinte Michael. »Und inwiefern hilft uns das weiter?«

Isabel stand mit Max von der Couch auf. »River Dog hat mir seine Höhle gezeigt. Und er hat mir gezeigt, wohin die ... Reisenden ... ihn gebracht haben.«

»Sie haben ihn gefangen genommen?«, fragte Valenti.

»Sozusagen«, antwortete Isabel. Sie fühlte sich schon wieder sicherer auf den Beinen. »Sein Körper ist da, wo sie ihn liegen gelassen haben, aber sie haben seinen Geist. Genau genommen glauben sie nur, sie hätten River Dogs Geist. Sie wissen nicht, dass er mit mir gesprochen hat. Das erkläre ich euch unterwegs.«

Max saß auf dem Beifahrersitz in Valentis Geländewagen. Er starrte in die Lichter der entgegenkommenden Autos und hatte das Gefühl, dass seine Augen brannten, als steckten sie in der Mikrowelle. Er machte sich große Sorgen.

Valenti fuhr gemächlich knappe zehn Stundenkilometer über dem Tempolimit und hatte keine Mühe, das Fahrzeug zu steuern. Bislang waren sie an zwei Polizeieinheiten vorbeigekommen, einem Truck des Sheriff-Departments und fünf vollbesetzten Mannschaftswagen von der Nationalgarde. Das Radio und der Scanner, die unter dem Armaturenbrett angebracht waren, berichteten unentwegt von Poltergeistern in und um Roswell. Polizeibeamte und das Militär waren deswegen im Einsatz.

»Ihr Wirkungsradius vergrößert sich«, kommentierte Valenti.

Max nickte. Inzwischen kamen die Berichte auch von der anderen Seite der Stadt. Wenn sie in dieser Geschwindigkeit weiter vordrangen, würden sie bis zum Morgen außer Roswell auch andere Städte heimsuchen.

»Ist Isabel schon wieder zurück bei uns?«

Max drehte sich zur Rückbank um. Dort saßen Maria, Isabel und Liz eng zusammengedrängt nebeneinander. Michael und Kyle hockten auf ihrem Hosenboden hinten auf der Ladefläche.

Isabel saß zwischen den anderen beiden Mädchen. Sie schlief. Sie traumwandelte wieder, um noch mehr Informationen von River Dog zu bekommen, die sie brauchen würden, um den Reisenden entgegentreten zu können.

»Nein«, antwortete Max. Dann schaute er unwillkürlich aus dem Fenster, suchte nach Eulen, die durch den dunklen Nachthimmel flogen, und kam sich dabei selbst albern vor. Vielleicht hatte Isabel sich in dem gemeinsamen Traum mit River Dog für eine Eule gehalten, aber sich nicht wirklich in eine verwandelt.

Die grünen Lichter des Armaturenbretts zeichneten harte Falten in Valentis Gesicht. »Glaubst du wirklich, dass sie mit River Dog spricht? Oder glaubst du, diese ... Dinger ... die Reisenden legen uns rein und geben sich als River Dog aus?«

Max dachte einen Augenblick über die Frage nach. »Sie spricht mit River Dog. Isabel würde es merken, wenn es nicht so wäre.«

»Da bin ich mir nicht so sicher«, widersprach Valenti. »Ich habe heute den Geist einer Frau gesehen, von der ich nie gedacht hätte, dass ich sie jemals wieder sehe. Die meisten Leute hier erinnern sich nicht mal mehr daran, dass sie ermordet wurde. Wenn die Reisenden das herausfinden konnten, können sie vielleicht auch River Dog ziemlich gut imitieren.«

»Nein«, sagte Max. »Isabel würde es merken.«

»Könnte doch sein, dass wir in eine Falle gelockt werden.«

Max nickte. »Wir werden zu ihrem Stützpunkt gelockt. Falle oder nicht Falle, ich glaube, es kann ohnehin nicht schlimmer kommen, als es schon ist.«

Valenti schwieg einen Moment. »Das Beängstigende ist, dass du wahrscheinlich Recht hast.«

»Aber wir haben keine andere Wahl«, sagte Max. »Wenn wir nicht versuchen, dem Einhalt zu gebieten, werden die Ereignisse im Dorf der Mesaliko und in Roswell eskalieren.« Er hielt inne. »Diese Situation hat bereits die Aufmerksamkeit der Regierungsbehörden auf sich gezogen. Vielleicht wird sogar ihr Interesse an einer offiziellen Untersuchung in Roswell wieder aufflammen.« Bei der letzten waren sie ohne Nacedos Eingreifen alle gefangen worden.

»Max«, sagte Valenti leise. »Ich glaube nicht, dass die Regierungsbehörden ihr Interesse jemals verloren haben.«

Max sah ihn an.

»Ich habe nichts Spezielles darüber gehört oder gesehen«, fuhr Valenti fort. »Aber ich habe mich in der letzten Zeit ziemlich häufig bei den Behörden herumgetrieben. Erst vor ein paar Monaten hatte ich ausführlich Gelegenheit dazu. Allerdings vielleicht nicht so ausführlich wie ihr.«

Max stimmte ihm schweigend zu. Er würde niemals vergessen, welchen Dingen er in dem weißen Raum ausgesetzt gewesen war, in dem man ihn festgehalten hatte.

»Regierungsleute geben niemals wirklich auf«, sagte Valenti. »Sie verschwinden bloß für eine Weile. Bis sie einen neuen Ansatzpunkt gefunden haben. Dann fangen sie wieder ganz von vorne an zu graben, herumzuschnüffeln und zu bohren, bis irgendwas zum Vorschein kommt.«

»Das ist eine ziemlich pessimistische Sicht der Dinge, finden Sie nicht?«, kam Marias Kommentar von der Rückbank.

Valenti seufzte. »Vielleicht liegt es daran, wie sich die Dinge entwickelt haben, vielleicht liegt es aber auch nur an mir. Kyle versucht, mir auch zu verstehen zu geben, dass ich in letzter Zeit zu viel negative Energie mit mir herumschleppe.«

Max stierte auf die Windschutzscheibe. Die Lichter am Armaturenbrett spiegelten sich in der Scheibe. Er starrte Liz' Gesicht an, die durch eins der Seitenfenster hinaussah.

»Vielleicht wäre es besser, wenn sich eine Regierungsbehörde oder das Militär dieser Sache annähme«, schlug Maria vor. »Wir könnten denen einen Wink geben.«

»Nein«, sagte Valenti. »Ihr habt doch gesehen, wie die Regierung arbeitet. Was auch immer diese ... Reisenden ... sind, die Regierung würde zuerst herausfinden wollen, wie sie sie unter Kontrolle bringen könnte, um irgendeinen Nutzen aus ihnen zu ziehen. Und ich weiß nicht, wovor ich mehr Angst hätte. Dass sie es schaffen, die Kontrolle über sie zu gewinnen, oder dass sie es nicht schaffen.«

»Er hat Recht«, bemerkte Max. »Wir werden es selbst tun.« Wenn wir können. Wenn Isabel und River Dog uns genug Informationen geben können, die uns weiterhelfen.

Das Wissen, wo die Reisenden sich aufhielten, würde nicht ausreichen – allenfalls, um getötet zu werden.

Isabel glitt erneut mit Eulenschwingen über die Wüstenlandschaft. Sie besaß auch die Sehkraft einer Eule, und ihr Sehvermögen verwandelte die Nacht in ein Helldunkel, das sie genauso gut durchdringen konnte wie den hellen Tag.

Sie nutzte inzwischen instinktiv die aufsteigende Warmluft und war überrascht, wie schnell sie gelernt hatte, mit Flügeln zu fliegen. Natürlich traumwandelte sie wieder. Und so ziemlich alles, was sie sich während des Traumwandelns vorstellte, war prinzipiell auch möglich. Das hatte Kyle herausgefunden, als sie mit einem Playmate aus dem *Playboy* experimentiert hatten. Allerdings hatte Kyle damals nicht so viel herausgefunden, wie er sich gewünscht hatte.

Isabels scharfer Blick erspähte River Dog, der auf einem Gebirgskamm ganz in der Nähe seines im Koma liegenden menschlichen Körpers saß. Dennoch war er kilometerweit entfernt von dem Ort, an dem die Reisenden ihn gefangen hielten oder dies zumindest glaubten. Isabel wusste, dass es sie verwirren würde, wenn sie zu lange über diese Situation nachdachte.

Auf dem Gebirgskamm unten hob River Dog eine Hand, um sie zu grüßen.

Isabel senkte einen Flügel und verlor an Höhe. Beinahe wäre sie abgestürzt. Der Anflug, den sie meistern musste, um River Dog zu erreichen, unterschied sich sehr von den Wegen, die sie sonst während des Traumwandelns beschritt. Normalerweise reichte es, wenn sie ihren Geist mit dem Geist der Person verband, die sie suchte. Aber um zu River Dog zu gelangen, musste sie eine Reise unternehmen.

Als sie sich fast direkt über River Dog befand, reckte sie seiner ausgestreckten Hand einen ihrer Flügel entgegen. Ihre Federn glitten über seine Hand, aber als sie schließlich den Boden berührte, hatten sie sich wieder in menschliche Finger verwandelt. Er half ihr auf.

»Danke«, sagte Isabel.

River Dog neigte den Kopf. »Du bist zurückgekehrt.«

»Ja.«

»War das nicht ein schwieriger Weg?«

»Nein. Allerdings musste ich dich suchen. Normalerweise ist das nicht nötig.«

River Dog atmete lange aus, und die kalte Nachtluft in der Wüste verwandelte seinen Atem in einen grauen Nebel. »Hast du die anderen mitgebracht?«

»Sie sind auf dem Weg«, versicherte Isabel ihm. »*Wir* sind auf dem Weg.«

»Hast du ihnen erzählt, dass ernste Gefahr besteht?«

»Ja.«

»Viele würden sich nicht in eine solche Gefahr begeben.«

»Wir hatten nicht das Gefühl, eine andere Wahl zu haben«, gab Isabel zurück. »Ich glaube, dir ist es genauso ergangen. Deshalb bist du hoch in die Berge gestiegen, um die Reisenden zu suchen.«

»Vielleicht«, meinte River Dog zustimmend.

»Wir haben nicht viel Zeit«, sagte Isabel. »Was hast du herausgefunden?« Während ihres letzten Gesprächs hatte River Dog ihr erklärt, dass der Teil von ihm, den die Reisenden gefangen hielten, sie ausspionierte, ohne dass sie etwas davon ahnten. Und so wie sein anderes Selbst über die Reisenden Bescheid wusste, wusste der Teil von ihm, mit dem er auf der Suche nach Erleuchtung war, von ihnen. Dennoch fand seine Unterhaltung mit Isabel getrennt von dem Teil seiner selbst statt, den die Reisenden gefangen hielten.

»Die Reisenden sind bereits vor langer Zeit hierher gekommen«, sagte River Dog. »In grauer Vorzeit, als noch nicht einmal die Chinesen eine Zeitrechnung eingeführt hatten. Die Reisenden waren auf dem Heimweg von einem Krieg, der über unglaubliche Distanzen hinweg im Weltraum geführt wurde. Ihr Raumschiff wurde zerstört. Zuvor hatten sie damit von Stern zu Stern hüpfen können.«

Isabel prägte sich diese Geschichte ein, denn ihr war klar, dass sie sie Max und den anderen erzählen musste.

»Die Reisenden sollten ihre Stellung halten«, fuhr River Dog fort, »bis Hilfe kam und das Raumschiff entweder repariert oder zurückgelassen werden konnte. Aber dazu ist es nie gekommen. Es wurde ihnen nicht erlaubt, dort zu bleiben, weil ihre Feinde, eine wilde Horde von Kriegern, es ihnen nicht gestattete. Sie flohen und unternahmen einen letzten Sprung mit ihrem defekten

Antrieb. Als sie wieder in den nach ihrem Dafürhalten normalen Weltraum angekommen waren, befand sich ihr Raumschiff in einem schlimmeren Zustand als vorher. Zunächst gerieten sie in die Fänge der Mondanziehung, und als sie den Mond umkreist hatten, wurden sie durch die Erdanziehung auf die Erde gezogen. Sie schlugen wie ein Komet mit einem Feuerschweif hier in der Wüste auf. Ganz allmählich ließ der Wüstensand das Wrack unter der Erde verschwinden. An der Stelle, die ich dir gezeigt habe.«

»Wie redest du mit ihnen?«, erkundigte sich Isabel. Sie war erstaunt über den Reichtum an Informationen, die der alte Mann gesammelt hatte.

»Auf dieselbe Art und Weise, wie sie mit mir reden«, antwortete River Dog. »Das ist alles Teil der Suche nach Erleuchtung. Vielleicht hat der Mesaliko, der den Reisenden als Erster begegnet ist, es von ihnen gelernt. Oder vielleicht war es auch umgekehrt.«

»Zu wie vielen sind die Reisenden denn hier?«, fragte Isabel.

River Dog schüttelte den Kopf. »Ich weiß es nicht. Ich habe sie dazu befragt, aber ihre Antwort war verwirrend. Ich weiß, dass es viele sind, aber sie sagen, es gibt nur einen einzigen von ihnen. Die Drohnen befragen mich gerade.«

»Die Drohnen?«, wiederholte Isabel. »Die kleinen Insekten aus Metall? Wie das Ding, das die Leiche in Leroy Wilkins' Keller in einem Beutel um den Hals trug?«

»Ja«, nickte River Dog. »Es gibt tausende davon. Wie Ameisen in einem Ameisenhaufen. Ich hab sie gesehen. Aber seit die vier Reisenden mich in der Höhle aufgesucht haben, habe ich keinen mehr von ihnen gesehen. Es reicht ihnen, die Drohnen mit mir und den Problemen, die ich repräsentiere, fertig werden zu lassen.«

»Du hast nie erzählt, wie sie dich gefunden haben.«

River Dog zögerte einen Moment. »Ich glaube, es lag an der Suche nach Erleuchtung. Und als sie mich einmal gefunden hatten, wollten sie mich nicht mehr gehen lassen. Sie wollen es immer noch nicht.«

River Dogs Bild begann, ohne Vorwarnung zu flackern, und er wurde in schneller Abfolge mal sichtbar und dann wieder unsichtbar. Sein Gesicht verdüsterte sich sorgenvoll, und er wandte sich von Isabel ab. »Du musst jetzt gehen«, flüsterte er heiser, und in seiner Stimme lag ein kratzendes Rauschen. »Sie haben dich gefunden, Isabel. Die Drohnen haben dich gefunden. Wenn sie können, werden sie dich und deine Freunde vernichten.«

»Ich komme wieder«, versprach Isabel. »Wir sind auf dem Weg.« Dann ließ sie sich in ihren Körper zurückziehen.

Im Spiegel der Windschutzscheibe sah Max, wie Isabel sich bewegte und dann wach wurde. Sie beugte sich vor und starrte auf den Highway.

»Sie sind auf dem Weg zu uns«, berichtete sie.

»Wer?«, fragte Valenti gereizt.

»Die Drohnen«, antwortete Isabel.

»Welche Drohnen?«, wollte Valenti wissen.

»Diese Insektendinger«, sagte Isabel.

»Wie dieses Spinnenwesen, das ich im Krankenhaus gesehen habe«, sagte Kyle.

»Und ich, als ich in Leroy Wilkins' Traum war«, ergänzte Isabel.

Max spähte auf die Straße und fragte sich, ob er überhaupt in der Lage sein würde, die kleinen Kreaturen zu sehen. »Was sind diese Drohnen für Dinger?«

»Winzige Roboter«, erklärte Isabel. »Die Reisenden haben sie benutzt, um die Mesaliko und Roswell auszuspionieren.«

»Spionagewerkzeuge.«

»Und Waffen«, sagte Isabel. »River Dog sagt, das Raumschiff ist voller Drohnen. Ihre Aufgabe war es, das Schiff zu reparieren.«

»Hast du die Reisenden denn gesehen?«, fragte Maria.

Isabel schüttelte den Kopf. »River Dog sagte, vier von ihnen wären in die Höhle gekommen und hätten ihn gefangen genommen.«

»Ich dachte, du hättest erzählt, River Dog wäre zum Beten in eine Höhle gegangen oder so was«, warf Liz ein.

Max sah, wie seine Schwester frustriert eine Augenbraue hochzog.

»River Dog *ist* in der Höhle«, seufzte Isabel. »Er dachte, sie hätten ihn mitgenommen. Aber das war eine Illusion. Sie sind sehr energisch mit ihm umgegangen und haben noch mehr Aberglauben und Schwachstellen zu finden versucht, die sie nutzen können, um gegen die Mesaliko und gegen die Leute in Roswell vorzugehen. Und er fand heraus, dass er noch immer auf der Suche nach Erleuchtung ist.« Sie wies mit dem Finger nach draußen. »Da hinten rechts ist eine Straße. Sie ist unbefestigt. Die werden wir nehmen müssen.«

»Sie haben River Dog auf seiner Suche nach Erleuchtung gefangen genommen?«, fragte Maria.

»Ja«, nickte Isabel.

»Eine geistige Gefangennahme«, sagte Kyle.

»Ja, mehr oder weniger«, bestätigte Isabel.

»Dann war River Dog auch nicht in dem Raumschiff«, sagte Valenti.

»Ich habe es gesehen«, erwiderte Isabel.

Valenti betrachtete sie im Rückspiegel. »Ich möchte dich nicht beleidigen, Isabel, aber du hast lediglich etwas gesehen, das du für ein außerirdisches Raumschiff gehalten hast – für das Raumschiff der Reisenden –, während du dich in River Dogs Traum bewegt hast.«

»Das ist der einzige Plan, den wir haben«, bemerkte Max leise.

»Wenn die Reisenden River Dog gefangen genommen haben, wie konnte er dann entkommen?«, fragte Valenti. Als Isabel erneut darauf zeigte, bog er auf die unbefestigte Straße ab. Bei dem Tempo, das er fuhr, drehten die Reifen auf der lockeren Erde zunächst durch, doch dann fanden sie Halt, und der Wagen sauste die Straße hinunter.

»Wenn ich traumwandele, ist alles, was ich sehe, real. Das wisst ihr doch. Auf diese Weise haben wir auch Laurie Dupree in Frazier Woods gefunden.«

Niemand sagte etwas dazu, wie Max auffiel. Laurie Duprees Rettung hatte sie alle auf lange Sicht einen hohen Preis gekostet.

»Wie kann River Dog zur selben Zeit an drei verschiedenen Orten sein?«, fragte Maria.

»Wenn ich beim Traumwandeln meinen Körper verlasse«, erklärte Isabel, »bleibt ein Teil meines Geistes in meinem Körper und sorgt dafür, dass das autonome Nervensystem weiterarbeitet.«

Maria sah über den Sitz hinweg zu Michael. »Das autonome Nervensystem hält die Herz- und Lungenfunktion aufrecht, während man schläft«, sagte sie. »Und noch ein paar andere Sachen.«

Michael sah sie giftig an. »Das weiß ich auch selbst.«

»Vielleicht könnte ich mit der Zeit lernen, was River Dog gemacht hat, und einen weiteren Teil meines Bewusstseins abspalten, sodass ich an zwei Orten gleichzeitig sein kann.«

»Ein Doppelgänger«, überlegte Kyle. »Ein zweites Selbst. Einige Leute, die durch Meditation einen körperlosen Schwebezustand erreicht haben, reden von solchen Dingen.«

»Ein geistiger Klon«, schlug Michael vor.

»Das Prinzip von Herr und Sklave, so wie Computer funktionieren«, ergänzte Maria.

»Ganz egal«, sagte Valenti. »Wir werden akzeptieren müssen, dass River Dog sich an mehr als zwei Orten aufhält. Wie auch immer er das macht.«

Max starrte in die Dunkelheit vor ihnen. Valentis Geländewagen jagte über die unbefestigte Straße und wirbelte eine riesige Staubwolke auf, die ihnen folgte wie ein Raubtier. In der Dunkelheit schimmerte Metall, das von den Scheinwerfern des Geländewagens golden und vom Mondlicht silbern angeleuchtet wurde.

»Da drüben«, sagte er und zeigte mit dem Finger nach draußen.

Valenti betrachtete die winzigen, schimmernden Silber- und Goldteilchen. »Könnte einfach Staub sein, der von den Scheinwerfern angestrahlt wird.«

Dann wechselte die Wolke aus einzelnen Punkten die Richtung, drehte sich herum und nahm Kurs auf den Geländewagen.

»Oder auch nicht«, stellte Michael fest.

Was diese Attacke so unheimlich machte, fand Max, war, dass sie in absoluter Stille vor sich ging. Die schimmernden Teilchen kamen rasch auf sie zu und wechselten die Richtung, als hätte die Schwerkraft keinerlei Wirkung auf sie. Sie nahmen das ganze Terrain ein und rasten, ohne zu zögern, auf den Geländewagen zu.

»Wie haben sie uns gefunden?«, fragte Valenti.

»Ich weiß es nicht«, antwortete Isabel.

»Woher wusste River Dog es?«

»Ihm blieb keine Zeit für Fragen.«

»Egal«, sagte Michael. »Bloß nicht langsamer werden. Was werden diese winzigen Dinger wohl tun? Gegen den Truck knallen? Sie sind doch dämlich.«

»Sie denken nicht«, sagte Isabel. »Sie sind gemacht worden, um auf andere Dinge zu reagieren.«

Max beobachtete angespannt, wie die Drohnen sich dem Geländewagen unbeirrbar näherten. Die Masse der Angreifer teilte sich in verschiedene Abschnitte, wie in einer Formation. Im nächsten Moment krachte die erste Abteilung in den Truck.

Die Drohnen klangen wie Schotter, der in einem Sandsturm gegen den Geländewagen prasselte. Im Inneren des Trucks hallte metallisches Klicken wider, das relativ harmlos klang. Dann fiel Max' Blick auf die Risse in der metallenen Motorhaube, und die erste Drohne knallte gegen die Windschutzscheibe.

Immer mehr Drohnen steckten in der Windschutzscheibe und bohrten sich in das Glas. Sofort bildete sich in der Scheibe ein Spinnennetz aus Bruchlinien. Als das Sicherheitsglas wie vorgesehen in kleine Glaswürfel zerbrach, wurden Max und Valenti von einigen davon getroffen. Die Glaswürfel waren harmlos, aber sie dienten Max als untrügliches Zeichen dafür, dass die Windschutzscheibe dem Ansturm nicht standhalten würde. Wenn die Attacke anhielt, würden die Drohnen durch die Scheibe brechen und sich wie Pfeile in ihre Ziele aus Fleisch und Blut auf der anderen Seite bohren.

»Max«, schrie Isabel, die um ihre Beherrschung kämpfte.

Max verstand und hob blitzschnell eine Hand. Energie und blauweißes Licht pulsierten und bildeten ein Kraftfeld, wie er es schon einige Male zuvor generiert hatte. Er formte zunächst eine Fläche, die sich entlang der Windschutzscheibe erstreckte, und beobachtete, wie die Drohnen gegen den Schild krachten und in kurze, glänzende Fetzen zerplatzten, bevor sie mit einem Geräusch wie knallendes Popcorn starben.

Valenti fluchte. Er war alles andere als froh über diesen Nahangriff. Mit einem erstickten Knall explodierte einer der Scheinwerfer des Geländewagens.

Max hielt den Schild in der richtigen Position und bemühte sich, dessen Oberfläche zu vergrößern und ihn so hinzubiegen, dass er sich zu einer Kugel formte, die sie alle schützend umschloss. Den Schild intakt halten zu müssen, während sie sich in einem fahrenden Wagen aufhielten, machte es ihm nicht gerade einfacher.

Der Geländewagen wurde langsamer.

»Fahren Sie weiter«, sagte Max.

»Leute«, stöhnte Valenti. »Da sind Leute vor uns.«

Max blickte nach vorn, während er gleichzeitig das Kraftfeld aufrechtzuerhalten versuchte, und sah plötzlich eine Hand voll Gestalten durch die Dunkelheit stolpern und schwanken. Der Lichtkegel, den der noch funktionierende Scheinwerfer des Geländewagens warf, huschte über die schwankenden Männer- und Frauengestalten und offenbarte ihre blutverschmierten Gesichter. Einigen fehlten Arme und Beine und andere zerrten mit den Händen an ihren zerfetzten Leibern.

18

»Ausgeflippte Zombies«, jammerte Michael von der Rückbank des Geländewagens.

Max betrachtete die Gruppe der unzweifelhaft toten Menschen auf der unbefestigten Straße vor ihnen und stimmte ihm schweigend zu. Die Zombies wechselten die Richtung wie ein Rudel Raubtiere und bewegten sich genau auf den Geländewagen zu. Da immer noch Drohnen gegen die leuchtende Barriere prasselten und zerschellten, hielt Max den Energieschutzschild in Stellung.

Valenti nahm den Fuß vom Gas und trat auf die Bremse. Der Geländewagen stotterte über die unebene Oberfläche der unbefestigten Straße und wirbelte noch größere Staubwolken auf. Als Valenti merkte, dass das Fahrzeug nicht rechtzeitig zum Stehen kommen würde, riss er das Steuer herum, sodass der Geländewagen zur Seite schleuderte.

»Max!«, rief Liz. »Ich sehe nichts. Ich sehe keine Zombies.«

Der Geländewagen schlitterte weiter über die unbefestigte Straße und kam schließlich ruckartig zum Stehen. Der Motor heulte auf. Die Staubwolke, die sie hinter sich hergezogen hatten, schlug plötzlich über ihnen zusammen, wie eine Welle, die an einen Strand gespült wird.

Max hielt das Kraftfeld mit Mühe aufrecht. Die Zahl der Drohnen, die an der Barriere zerschellten, war inzwischen verschwindend gering, aber einige kamen immer noch und hinterließen bei ihrer Zerstörung ein Miniaturfeuerwerk.

Jenseits der Barriere aus Energie schwankten die Zombies auf den Geländewagen zu.

»Du siehst sie, nicht wahr, Max?«, fragte Valenti. Er starrte auf die Totenschar. »Du siehst sie.«

»Ja«, sagte Max, »aber –«

»Wir müssen hier raus.« Valenti legte den Rückwärtsgang ein, schaute über die Schulter und trat das Gaspedal durch.

Der Geländewagen bockte protestierend, aber die Reifen bahnten sich ihren Weg durch den Wüstensand und fanden auf der Straße Halt.

»Nein«, fuhr Max fort. »Sie sind nicht echt.« Er legte seine Hand auf Valentis Schulter.

Valenti zögerte und bremste wieder. Er starrte auf die herannahenden Gestalten. »Sie sind echt, Max.«

»Nein. Das ist eine Sinnestäuschung.«

Valenti schüttelte schwach den Kopf.

»Denken Sie nach«, rief Max. »Sie müssen diese Leute kennen. Wer sind sie?«

Valenti wischte sich mit dem Handrücken über den Mund. »Unfallopfer. Leute, die ich sterben gesehen habe oder die bereits tot auf dem Highway lagen. Opfer von Autounfällen, Bränden, Morden und Selbstmorden. All diese Leute sind auf grausame Art und Weise gestorben.«

»Sie können nicht alle hier sein«, sagte Max. »Das hier ist nicht echt.«

»Es sieht aber echt aus.«

»Ist es aber nicht«, wiederholte Max ruhig.

»Dad«, meldete sich Kyle von hinten, »ich sehe überhaupt nichts. Da ist nichts außer der leeren Straße.«

»Die Drohnen versuchen uns abzuschrecken«, bemerkte Max und sah Valenti fest in die Augen. »Genauso wie sie versucht haben, den Mesaliko und den Menschen in Roswell Angst einzujagen.« Er streckte die Hand aus und legte den Vorwärtsgang ein. »Wir fahren einfach durch sie hindurch. Wir halten nicht an. Wir sind zu weit gekommen, um jetzt aufzugeben, und wir sind vielleicht die Einzigen, die das da beenden können.«

Valenti wischte sich erneut über den Mund. Seine Augen

leuchteten fiebrig. Er nickte. »Okay. Okay, lasst es uns tun.« Er trat aufs Gaspedal und raste wieder vorwärts.

Angespannt und mit rasenden Kopfschmerzen von der Anstrengung, die es ihn kostete, den Schutzschild aufrechtzuerhalten, beobachtete Max, wie der Geländewagen durch die schwankenden Zombies raste, die mit ausgestreckten Armen nach ihnen langten.

»Nicht echt«, sagte Valenti so leise, dass man ihn bei dem lauten Motorgeräusch fast nicht verstehen konnte. »Verdammt, sie sind nicht echt!«

Max erwartete fast, dass die Zombies verschwinden würden, sobald sie mit seinem Kraftfeld in Berührung kamen. Doch stattdessen überwanden sie die Barriere und warfen sich gegen den Geländewagen.

Valenti wollte den Fuß vom Gas nehmen. Max packte mit der linken Hand das Lenkrad und setzte den linken Fuß hart auf Valentis Fuß, sodass das Gaspedal durchgetreten blieb. »Nein«, sagte Max. »Wir fahren durch sie durch.«

Es war nicht zu glauben, aber die Zombies hielten sich an dem Geländewagen fest. Sie hingen an dem Fahrzeug und spähten mit toten Augen durch die kaputte Scheibe, während sie sich wanden und hineinzukommen versuchten. Eine Frau, der das halbe Gesicht fehlte, starrte Max an.

Obwohl er wusste, dass die Drohnen eine Illusion erzeugten, verlor Max fast die Nerven, entließ das Kraftfeld aus seiner Gewalt und griff nach Valenti. In der Annahme, dass, wenn die Drohnen ihre Kräfte gegen Valenti anwandten, diese Kraft neuraler, biologischer oder chemischer Natur sein musste, presste er eine Hand gegen Valentis Schläfe. Wenn das stimmte, dann war diese Kraft mit seinen heilenden Fähigkeiten kompatibel.

Er ließ Energie in Valentis Geist fließen und spürte den Fehler dort wie einen Dorn, der in weichem Fleisch steckt. Der Dorn hielt seiner Berührung nur einen Augenblick stand, dann zerbröselte er. Kaum war der Dorn verschwunden, verschwanden auch die Zombies, und Max nahm die Hand von Valentis Schläfe.

Valenti sah sich um und sagte: »Sie waren nicht echt. Sie waren wirklich nicht echt.«

»Nein«, nickte Max und ließ sich müde in den Sitz zurücksinken. Er suchte die Dunkelheit nach weiteren Drohnen ab, konnte aber keine mehr entdecken.

»Es ist nicht mehr weit«, sagte Isabel. »Nach der nächsten Kurve sind wir da.«

Max stieg aus dem Geländewagen, nachdem sie unten an dem hohen Berg angekommen waren, zu dem Isabels Anweisungen sie geführt hatten. Die Begegnung mit Valentis Zombies lag acht Kilometer hinter ihnen, und jetzt war auch das Ende der Schotterpiste erreicht, die sie hatten befahren können.

Das einsame Vorgebirge bestand gänzlich aus Felsen, die der Wind zerklüftet hatte. Selbst in der Isolation der Wüste wirkte dieser Ort irgendwie abgelegen. Das Mondlicht tauchte den Sand in silbernes Licht, aber der Gebirgskamm zeichnete dort, wo das Mondlicht vom Felsen verdeckt wurde, ein Meer von Schatten in den Sand. In der Ferne jammerte der Wind und fegte über das unebene Gelände, während Wolken vorbeizogen und den Sternenhimmel verdunkelten.

»Ganz schön unheimlich, nicht wahr?«, schauderte Liz. Sie stand auf der anderen Seite des Geländewagens.

»Nicht so unheimlich wie in der Nacht, als das Gewitter aufzog«, entgegnete Michael und sprang hinten aus dem Wagen. Er landete im Sand und lächelte ein wenig, als würde er sich auf die bevorstehende Konfrontation freuen. »Verglichen damit ist das hier wie ein Spaziergang im Park.«

In Wahrheit ist es natürlich kein Spaziergang im Park, dachte Max. Irgendwo da oben waren die Drohnen und die Reisenden.

Hinter ihnen fielen Türen ins Schloss, als Valenti und Kyle aus dem Geländewagen stiegen. Valenti trug eine Schrotflinte.

»Das sieht nicht gerade so aus, als hätten Sie friedliche Absichten«, kommentierte Michael die Flinte.

Valenti sah wegen der Waffe ein bisschen verlegen aus. »Diese Dinger taugen auch nicht viel in friedlichen Zeiten. Ich dachte mir, ich könnte denen vielleicht zeigen, wie man auf altmodische Art und Weise Schaden anrichtet.«

»Mir soll's recht sein«, meinte Michael.

Max sah die beiden an. »Ich will nicht, dass jemand verletzt wird.«

Valenti und Michael starrten ihn an.

»Diese Dinger haben uns da vorhin nicht gerade den roten Teppich ausgerollt, Maxwell«, knurrte Michael. »Und ich glaube auch nicht, dass die Mesaliko oder die Einwohner von Roswell sehr viel Wert auf ihren Schutz legen.«

»Die Reisenden sind hier gestrandet«, erwiderte Max. »Genau wie wir damals. Vielleicht hatten sie nicht die Möglichkeit, sich unter die örtliche Bevölkerung zu mischen und sich so versteckt zu halten.«

»Ja, mag sein, aber dann hätten sie sich ja auch freundliche Sinnestäuschungen überlegen können«, sagte Michael. »Sie kriegen einfach nur zurück, womit sie angefangen haben.«

Max fing müde und frustriert einen Streit an. Was auch immer er in letzter Zeit anfasste, ging anscheinend irgendwie schief. Alles, was in seinem Leben einmal gut gewesen war, war ihm durch die Finger geglitten. Er hatte sich noch nie zuvor so allein gefühlt.

»Michael hat Recht, Max«, mischte Liz sich ein. »Den Reisenden muss Einhalt geboten werden, ganz gleich wie wir das anfangen.«

Valenti trat vor und knipste die Taschenlampe an. »All dieses Gerede bringt uns nur in Verzug. Und vielleicht ist es auch bloß Schnee von gestern. Wenn wir uns das Raumschiff da oben mal aus der Nähe ansehen, könnte es sehr gut sein, dass uns die Dinge ein wenig entgleiten. Dann rufen wir vielleicht selbst das

Militär.« Er hielt inne und ließ seinen Blick über die Gruppe schweifen. »Lasst uns erst mal sehen, was uns erwartet, und dann, wohin es uns führt.«

Gegen diese Logik hatte niemand etwas einzuwenden. Max nickte.

»Ich habe hinten im Geländewagen noch mehr Taschenlampen«, ergänzte Valenti. »Lasst sie uns holen und losmarschieren.«

Valenti stapfte durch die felsigen Schluchten voran, die der Wind und das Wasser in vergangenen Zeiten in die Berge gefräst hatten. Isabel lief neben ihm und gab, wenn es notwendig war, neue Anweisungen.

Max bildete das Schlusslicht und beobachtete Liz und Maria, die hinter Michael hergingen. Ihnen folgte Kyle, der sich nervös umsah.

»Warum greifen sie nicht an?«, fragte Kyle.

Bevor er die Worte ganz ausgesprochen hatte, die durch die Schlucht hallten, erfüllte ein Schwirren und Summen die kühle Nachtluft. Das Geräusch kam von vorne schnell auf sie zu.

»Maxwell!«, rief Michael.

Nur den Bruchteil einer Sekunde später streckte Max die Hände aus und ließ Energie in das Kraftfeld fließen. Bevor die Drohnen ihre Positionen einnehmen konnten, schlug vor der Gruppe ein Blitz in den Fels und zwischen den Berghängen dröhnte Donner.

Max hielt die Barriere in Position. Er wusste nicht, was passieren würde, wenn der Blitz auf das Kraftfeld traf, aber er wusste, dass es nicht gut ausgehen konnte, wenn Menschen oder halbe Aliens von einem Blitz getroffen wurden. Das Mondlicht ließ die metallenen Ränder der sich nähernden Drohnen aufblitzen. Die Anführer des Angriffs flogen gegen die Barriere und zerplatzten, dass helle Funken sprühten.

Im nächsten Moment fuhr im Zickzack ein Blitzstrahl in die Barriere. Max wurde nach hinten katapultiert, ihm war, als hätte ein Vorschlaghammer seine Brust getroffen. Er krachte gegen die Felswand und spürte, wie ihm die Luft wegblieb. Sein Blick trübte sich, dennoch konnte er erkennen, dass die Barriere, die sie schützen sollte, nicht mehr da war.

Valenti schulterte seine Schrotflinte und feuerte immer wieder in das Gewimmel der Drohnen. Die Schüsse hallten durch das Gebirge, und der Schrot durchlöcherte die Angreifer. Aber sofort formierten sich dutzende von ihnen zu einer neuen Attacke.

Max bemühte sich, den Schild wieder aufzubauen, doch es gelang ihm nicht. Er konnte nicht atmen, und er konnte seine Kraft nicht benutzen.

Unbeeindruckt von den Blitzen, die rings um ihn herum einschlugen und faustgroße Krater in die Felswände rissen, trat Michael vor und hob die Hände. Einen kurzen Augenblick lang pulsierte Energie, dann gab er die Kraft frei.

Zwei Trichter aus blassem blauweißem Licht zischten durch die Luft. Als die Energieblitze die Drohnen trafen, zerplatzten sie, dass die Funken flogen. Dabei wurde noch mehr Energie freigesetzt, die sich auf die dahinter fliegenden Drohnen übertrug. Innerhalb von Sekunden sorgte die Kettenreaktion, die Michaels Gegenangriff ausgelöst hatte, dafür, dass die Luft rein war und keine weiteren Blitze einschlugen.

»Wow«, sagte Michael leise.

Max war gar nicht so überrascht. Er hatte schon mal gesehen, wie Michael mit seiner Kraft ein Auto außer Gefecht setzte, und die Drohnen waren erheblich kleiner und zerbrechlicher.

»Das haben wir der Verbindung zwischen den Drohnen zu verdanken«, bemerkte Isabel. »Sie bilden irgendwie eine Kette, als würden sie von einer Hand gesteuert, und diese Verbindung hat dafür gesorgt, dass Michaels Kraft sie alle auf einmal erwischt hat. Es muss irgendeine Art elektrischer Kopplung geben, durch die sie auch die Blitzschläge produzieren können.«

»Und daher kommt es auch, dass sie hochgehen wie Feuerwerkskörper«, meinte Michael.

Valenti lud die Schrotflinte mit Patronen aus seiner Tasche nach. Er sah Isabel an. »Wie weit ist es noch?«

»Nicht mehr weit.« Isabel ging rasch weiter und zwang Valenti einen Zahn zuzulegen, um zu ihr aufschließen zu können.

Max stieß sich von der Felswand ab. Sein Atem ging noch immer rasselnd, und er fühlte sich benommen.

Liz drehte sich nach ihm um. »Alles in Ordnung bei dir?«, fragte sie.

Max nickte. Er wusste, dass sie, wenn sie sich ernsthaft Sorgen gemacht hätte, zu ihm gekommen wäre, um nach ihm zu sehen. Die Distanz zwischen ihnen fühlte sich in diesem Moment grenzenlos an.

»Mir geht's gut«, sagte er und versuchte, sich die Schwäche in seinen Beinen und Knien nicht anmerken zu lassen, während er hinter den anderen hertrottete. Er schaffte es, einen gleichmäßigen Trab einzuhalten, und blieb dabei wachsam gegenüber jeder Bewegung, die auf einen weiteren Schwarm Drohnen hinweisen mochte. River Dog hatte Isabel erzählt, dass jede einzelne Drohne über das Wissen ihrer Artgenossen verfügte.

Nach wenigen Augenblicken kamen sie an eine zerfurchte Kluft im Fels. Die Öffnung sah eher wie eine Wunde aus als wie der Eingang einer Höhle. Folgte man dem Hang ein Stück weiter nach unten, sah man eine Erhebung aus Steinen und Erde, die sich deutlich vom Wüstensand abhob. Die Erde wirkte teilweise noch feucht und dunkel, so als wäre sie gerade erst aufgeworfen worden.

»Sie haben versucht, das Raumschiff frei zu bekommen.« Isabel ließ das Licht ihrer Taschenlampe über den Eingang der Höhle wandern. »Hier kommt nicht oft jemand her, deshalb sind sie nicht entdeckt worden.«

»Wie lange arbeiten sie wohl schon daran?«, fragte Max.

»Seit ihrem Absturz«, antwortete Isabel.

Max richtete seine Taschenlampe auf das Höhleninnere. »River Dog zufolge ereignete sich dieser Absturz vor tausenden von Jahren.«

»Die Informationen, die River Dog von den Reisenden bekommen hat, sind verwirrend«, sagte Isabel. »Die Drohnen und die Reisenden haben keine Vorstellung davon, wie viel Zeit seither vergangen ist. Sie wissen nur, dass die Welt um sie herum sich verändert hat. River Dog glaubt, dass sie in eine Art Winterschlaf versetzt waren.«

»Haben sie darauf gewartet, gerettet zu werden?«, fragte Kyle.

Isabel zögerte. »Vielleicht.«

»Vermutlich hatten sie keine Ahnung, dass man total verloren ist, wenn man einmal hier gelandet ist«, knurrte Michael.

»Alle mal herhören«, rief Maria. »Kann mir eigentlich mal jemand sagen, wieso sie uns nicht noch mal angegriffen haben? Ich meine, wenn wir uns ihrem Nest nähern, müssten sie sich doch eigentlich auf uns stürzen, oder nicht?«

»Vielleicht haben sie Angst bekommen«, schlug Liz vor. »Sie sind Michaels Kräften offensichtlich nicht gewachsen.«

Max verstärkte den Griff um die Taschenlampe in seiner Hand. »Es gibt nur eine Möglichkeit, das herauszufinden.« Er setzte sich in Bewegung und trat in der Erwartung, dass die Drohnen ihn jeden Moment angreifen würden, in den Eingang der Höhle.

Valenti folgte ihm Schritt für Schritt und hielt die Schrotflinte schussbereit. Der Strahl ihrer Taschenlampen richtete kaum etwas gegen die Dunkelheit aus, die im Inneren der Höhle herrschte.

»Wie kommt es, dass das Raumschiff so tief vergraben ist?«, flüsterte Kyle.

»River Dog glaubt, dass das Raumschiff schon während des Aufpralls größtenteils verschüttet wurde«, erklärte Isabel. »Und danach hat die wandernde Wüste den Rest unter sich begraben.«

Max' Taschenlampe brachte zwischen Erde, Felsen und Trümmern verrostete Stahlschienen zum Vorschein. Ein kleines Stück weiter entfernt sah man nahe einer Seitenwand des Tunnels einen kleinen umgekippten Minenwagen.

»Das ist eine der Minen, in denen Leroy Wilkins gearbeitet hat«, sagte Valenti. »Sie befindet sich auf dem Land der Mesaliko, weshalb die Stammespolizei ihn verjagt hat, nachdem sie ihn hier aufgestöbert hatte.«

»Vielleicht ist das der Ort, wo Swanson die Drohne gefunden hat, die er in dem Beutel um seinen Hals trug«, vermutete Liz.

»Kann sein«, stimmte Valenti zu. »Damals lebte Swanson noch.«

Noch ehe Valentis Worte verhallt waren, füllte sich der Höhleneingang mit dem vertrauten Summen kleiner Flügel. Max baute einen Schutzschild auf und dichtete die Höhle mit der Energiebarriere ab. Die Drohnen prallten auf das Kraftfeld und implodierten. Helle Funken sprühten.

»Schluss mit dem Kraftfeld, Maxwell«, rief Michael, als die Drohnen sich sammelten und sich offensichtlich neu zu formieren versuchten.

Während Max das Kraftfeld auflöste und sich bereithielt, jeden Moment ein neues aufzubauen, schaltete Michael die Drohnen mit einem Energieblitz aus. Der Blitz bahnte sich seinen Weg wie ein Schlagball durch die Formation der Drohnen, die der Reihe nach explodierten. Wie beim letzten Mal überlebte keine der Drohnen den Angriff.

Der Tunnel machte eine lange Linkskurve. Max musste ihm nur ein Stück weiter folgen, bis er das Raumschiff fand. Zumindest stieß er auf die Stelle, an der sich das Raumschiff befinden musste.

Der Tunnel endete an einer Mauer, die lauter Einschläge von Spitzhacken aufwies. Aber zwischen den Einschlaglöchern befanden sich kegelförmige Ausbuchtungen, die von fern an Ameisenhügel erinnerten.

»Eingänge«, sagte Kyle. »Das müssen die Eingänge der Drohnen sein. Aber keiner ist groß genug für uns. Wir sitzen fest.«

Max sah Isabel an. »Befindet sich das Raumschiff hinter dieser Wand?«

»Ja. Ich habe es gesehen. Wenn ich traumwandele, kann ich durch Wände gehen.«

Michael trat einen Schritt vor. »In Ordnung. Da ist es also. Dann brauchen wir doch nur noch zu ihm vorzudringen, oder?«

»Vielleicht sollten wir zuerst versuchen, mit ihnen zu reden –« Weiter kam Max mit seinem Vorschlag nicht.

Michael streckte die Hände aus. Von seinen Handflächen strömte blauweiße Energie und traf mit einem lauten Donnerschlag auf die Wand. Die Wand fiel sofort in sich zusammen, und hinter dem Felsen und der Erde kam eine stumpfe, vom Feuer beschädigte und durchlöcherte metallene Oberfläche zum Vorschein.

Die gesamte Höhle erzitterte unter der geballten Energie, die Michael eingesetzt hatte. Einen Moment lang befürchtete Max, dass die Decke einstürzen würde. Doch wundersamerweise hielt sie die Belastung aus. Aber riesige Staubwolken wallten durch die Höhle, während Gesteinsbrocken auf sie herunterfielen.

Hustend und prustend und fast an der aufgewirbelten Staubwolke erstickend starrte Max in den Hohlraum, den Michaels impulsive Handlung enthüllt hatte. Irgendetwas kroch in der Öffnung herum, doch dank der Staubkörner in seinen Augen konnte er nicht erkennen, um was es sich handelte.

»Pass auf!«, schrie Valenti und hob die Schrotflinte an die Schulter.

Max beobachtete benommen und ungläubig, wie etwas, das aussah wie eine Ranke, sich aus dem Hohlraum in der Wand herauswand. Aber das Licht seiner Taschenlampe, das auf die Ranke fiel, offenbarte eine metallene Oberfläche. Bevor Max sich bewegen konnte, wickelte sie sich fest um seine Füße und riss ihn zur Decke der Höhle empor. Er wurde von den Beinen gehoben, fiel nach hinten und schlug mit dem Kopf gegen einen Felsbrocken. Dann wurde es schwarz um ihn, und er verlor das Bewusstsein.

19

»Max!«, kreischte Liz. Vor Angst blieb ihr fast das Herz stehen und wollte im nächsten Moment anscheinend explodieren.

Das Ding, das sich um den unteren Teil von Max' Körper gewunden hatte, sah aus wie eine Schlange, aber sie hatte noch nie so eine große Schlange in der Wüste gesehen. Gegen das Monster, das Max gepackt hatte, hätte selbst eine südamerikanische Anakonda winzig ausgesehen.

»Max!«, schrie Liz noch einmal und lief los.

»Kyle!«, brüllte Valenti.

Bevor Liz bei Max ankam, der immer weiter fortgerissen wurde, schloss Kyle zu ihr auf und schlang die Arme um sie. Er hielt sie fest umklammert, stoppte sie und zog sie zurück in den Schutz der Gruppe.

»Lass mich los!«, verlangte Liz. »Lass mich los!«

Valentis Schrotflinte ging los und spie einen hellgelben Blitz aus der Mündung. Einen Augenblick fürchtete Liz, Valenti könnte Max erschossen haben. Dann sah sie, wie das Tentakelding in vielen kleinen Explosionen zersprang.

»Dieses Ding ist aus Drohnen zusammengesetzt«, sagte Maria.

Liz stellte ungläubig fest, dass Maria Recht hatte. Die Lichtstrahlen der Taschenlampen, die von aufgeregten Händen gehalten wurden, fuhren im Zickzack der Länge nach über die Tentakel und enthüllten die glänzende Oberfläche sowie die klar erkennbaren Umrisse einiger Drohnen.

Max lag ausgestreckt auf dem Boden. Eine der Taschenlampen machte das Blut sichtbar, das an seinem Hinterkopf glänzte. Das abgetrennte Ende der Tentakel war immer noch um seinen

Unterleib geschlungen und bewegte sich mechanisch wie ein in zwei Hälften geteilter Regenwurm.

»Max!«, rief Liz und wehrte sich gegen Kyles Umklammerung. Oh Gott, bitte mach, dass er nicht tot ist. Er darf einfach nicht tot sein, flehte sie in Gedanken.

»Michael«, sagte Isabel.

Michael hob die Hände und trat vor. Doch bevor er seine Kraft einsetzen konnte, schlugen ein Dutzend Blitze in den Boden um ihn herum ein, warfen ihn zurück und zwangen sie alle zurückzuweichen.

Die elektrostatisch aufgeladene Luft knisterte. Liz schlug schützend die Hand vor das Gesicht.

Plötzlich schoss das Tentakelende, das sich von Max gelöst hatte, nach vorn und verband sich mit dem abgetrennten Teil. Die Hälften verschmolzen miteinander und wurden wieder eins. Mühelos hob der Fangarm Max vom Boden auf und zog ihn in das Loch. Liz beobachtete starr vor Schreck, wie er verschwand.

»Max!« Liz machte sich von Kyle los und berührte dabei aus Versehen seinen verletzten Arm. Er schrie vor Schmerz. Dann rannte sie los.

Als Liz an dem Hohlraum in der Wand ankam und einen Blick hineinwarf, verschwand Max gerade in dem Raumschiff, das im Hang vergraben war. Der Staub, der von dem Fangarm aufgewirbelt worden war, senkte sich bereits wieder.

Liz traten Tränen in die Augen. Sie durfte Max nicht verlieren. Nicht auf diese Art und Weise. Nicht so *endgültig*. Sie richtete ihre Taschenlampe auf den Hohlraum.

Das Raumschiff war in ungefähr sechs Metern Tiefe in eine Gesteinsschicht eingebettet. Die Ausgrabungen hatten bisher kaum Fortschritte gemacht. Die Seitenwände der Grube sahen aus, als wären sie mit einem Laser ausgeschnitten worden, so glatt und gleichmäßig waren sie. Die metallene Oberfläche des Raumschiffs sah blaugrün aus und schillerte im Schein der

Taschenlampe, aber einige Teile wiesen deutliche Schäden vom Aufprall und von einem Brand auf. Nach dem zu urteilen, was sie von dem Raumschiff sehen konnte, war es riesengroß. Sie konnte allerdings nicht sagen, *wie* riesig es war.

Und irgendwo in diesem Raumschiff lag Max, verletzt und allein.

»Hey«, sagte Michael und legte Liz eine Hand auf die Schulter.

Liz wandte sich um und sah ihn an. Er machte ein sorgenvolles Gesicht. So hatte sie ihn selten gesehen. Er wirkte immer so zynisch, weil er immer nur mit dem Schlimmsten rechnete. Und er gab sich immer so stark und verschlossen, dass dieser besorgte Ausdruck irgendwie fehl am Platz wirkte.

»Wir werden ihn zurückholen«, versprach Michael.

»Vielleicht ist es jetzt an der Zeit, das Militär zu benachrichtigen«, meinte Kyle.

»Wenn wir das tun«, bemerkte Valenti finster, »werden sie sich fragen, was die Reisenden von Max wollten.«

»Hört zu«, sagte Michael. »Ich kann diesen Dingern Schaden zufügen. Sie wissen das, und wir wissen das.«

»Aber sie können uns auch Schaden zufügen«, bemerkte Kyle.

Michael zuckte die Achseln. »Macht, was ihr wollt.« Er wandte sich um und machte sich an den Abstieg in den Hohlraum.

Liz folgte ihm, ohne zu zögern.

Max wurde von wahnsinnigen Kopfschmerzen geweckt. Er wusste, dass er auf dem Boden lag. Er spürte eine harte Fläche in seinem Rücken. Seine Beine fühlten sich furchtbar an von diesem Rankending, aber er spürte, dass es ihn inzwischen freigegeben hatte. Er öffnete langsam die Augen und betrachtete seine Umgebung.

Die glatten Wände aus Metall sagten ihm, dass er sich im Inneren des Raumschiffs der Reisenden befand. Er fragte sich, ob River Dog noch irgendwo hier sein mochte und alles von seinem Pfad der Erleuchtung aus betrachtete. Wenn es so wäre, würden

Isabel und die anderen wenigstens wissen, dass es ihm gut ginge, dachte Max.

Der Raum war in rotes Licht getaucht, das von Schaltpulten und in die Wand integrierten kaputten Bildschirmen ausging. Max hatte keine Ahnung, wozu diese Schaltpulte dienten, doch er schätzte, dass dies einmal das Kontrollzentrum oder die Bibliothek des Raumschiffs gewesen sein musste.

»Max.«

Max wandte sich zu der zischenden Stimme um und beobachtete erstaunt, wie ein Schwall von Drohnen in den Raum strömte und sich übereinander zu formieren begann. Die Drohnen bildeten mit der unglaublichen Geschwindigkeit eines Wirbelsturms eine Säule.

Innerhalb von Sekunden zeichneten sich aus der Häufung winziger Insekten die unklaren Umrisse einer menschlichen Gestalt ab. Die Kreatur sah aus wie eine Figur aus einem billigen Science-Fiction-Film.

»Was willst du?«, fragte Max und trat einen Schritt zurück. Im Hintergrund entdeckte er eine Tür. Sie war nur ein Stück weit geöffnet und bestand aus sechs in der Luft hängenden Stahlplatten, die sich offenbar beim Schließen der Tür ausdehnten und beim Öffnen zusammenzogen. Jetzt verschmolzen die Stahlplatten wieder mit der sie umgebenden Wand. Sand und Felsbrocken waren durch den Spalt in den Raum gerutscht, und Schwärme von Drohnen arbeiteten emsig wie Ameisen daran, den Schutt zu beseitigen.

Die Kreatur zögerte. Ihr Gesicht kräuselte sich, dann wurde ein Mund sichtbar. Eine Sekunde später schlug sie die Augen auf. Sie sahen ehern und glänzend aus, wie harte silberne Murmeln.

»Gefalle ich dir so besser?«, fragte die Kreatur.

»Warum habt ihr mich hierher gebracht?«, gab Max zurück.

»Wir wollten mit dir sprechen.« Die Gestalt flackerte wie ein Monitor, der sein Bild neu aufbaut, dann stabilisierte sie sich und die Gesichtszüge wurden deutlicher.

Max wartete.

»Du hast Angst vor uns«, sagte die Kreatur.

»Ja«, gab Max zu.

»Warum?«

»Ihr habt euch viel Mühe gegeben, uns Angst einzujagen«, antwortete Max.

Die Kreatur legte den Kopf auf die Seite, eine ganz und gar menschliche Geste, die die außerirdische Herkunft dieses Dings indes noch mehr unterstrich. »Das haben wir«, räumte es ein und klang dabei fast ein bisschen zerknirscht. »Diese Handlungen sind Teil unseres unabänderlichen Verteidigungsprogramms. Unsere Hauptfunktionen liegen in der Verteidigung und Reparatur des Raumschiffs.«

»Wer seid ihr?«

»Wir sind – « Die Kreatur zögerte. »Eure Sprache ist immer noch ein Problem für uns. Unsere Verhandlungen mit River Dog waren bis zu einem gewissen Grad ungenau und unbefriedigend. Aber wir haben dennoch eine Menge gelernt.« Das Bild flackerte wieder und wurde dann noch menschenähnlicher. Das metallische Glänzen ließ nach und wich einer Farbe, die der menschlichen Pigmentierung wesentlich näher kam, allerdings irgendwie fahl und ungesund wirkte. »Du darfst uns den Erbauer nennen.«

Max wartete ab und ging im Kopf seine Möglichkeiten durch. Sein Kopf tat noch immer weh. Wegzurennen war keine gute Idee, da er nicht wusste, wohin er rennen sollte.

»Die örtliche Bevölkerung zu ängstigen ist für das Überleben unserer Crew unerlässlich«, erklärte der Erbauer. »Wir haben vor dem Eintritt in die Atmosphäre dieses Planeten eine Notfallbake abgesetzt und auf Rettung gewartet.«

Max betrachtete das Ding vor seinen Augen und beobachtete, wie es erneut flackerte und noch menschlicher wurde. Auch die Augen nahmen eine authentische Farbe an und wurden grüngrau.

»Wie lange wartet ihr schon?«, fragte Max.

Der Erbauer schwieg einen Moment lang. »Das wissen wir nicht genau. Während wir, um unsere Kraftreserven zu schonen, in Stasis lagen, haben mehrere Systeme versagt. Wir arbeiten daran, diese Systeme wieder in Gang zu setzen.«

»Es ist tausende von Jahren her«, warf Max ein.

»Aber wir sind noch da«, sagte der Erbauer.

»Wo ist die Crew des Raumschiffs?«

»Sie wartet auf Rettung.«

Max sah sich in dem Raum um. »Wo?«

»Das spielt keine Rolle.« Der Erbauer flackerte wieder. Die chamäleonartigen Fähigkeiten der Drohnen waren unglaublich. In dem schwachen Licht, das den Raum erfüllte, sahen die miteinander verbundenen Drohnen ganz wie ein Mensch aus. Sogar die Körpersprache wirkte ungeachtet ihrer irritierenden Eigenartigkeit irgendwie menschlich.

»Ich möchte mit einem Mitglied der Besatzung sprechen«, verlangte Max.

»Es ist nicht erforderlich, mit der Crew des Raumschiffs zu sprechen«, erwiderte der Erbauer. »Du kannst dich mit uns kurzschließen.«

»Kommt jemand, um euch zu retten?«, fragte Max.

»Die Notfallbake ist in Position.«

»Habt ihr mit jemandem Kontakt aufnehmen können?«

»Das geht dich nichts an.«

»Ihr fügt Leuten Schaden zu, die ich kenne«, sagte Max. »Ihr fügt meiner Stadt Schaden zu. Das geht mich sehr wohl etwas an.«

Der Erbauer sah ihn an. »Das sind nicht deine Leute, Max. Wir haben dich gesehen. Wir haben dich gescannt. Deine Spezies ist unseren Datenbanken nicht bekannt, aber wir wissen, dass du nicht von der Erde stammst.«

»Diese Leute da draußen«, sagte Max, »werden euch jagen.«

»Unsinn«, erwiderte der Erbauer. »Wir werden ihnen solche Angst einjagen, dass sie von hier verschwinden. Unsere Verteidigung wurde so programmiert, dass sie nicht in jedem Fall tödlich wirkt. Wir vertrauen auf die primitiven Ängste und den Aberglauben der Säugetiere und Zivilisationen an diesem Ort. Sie fürchten sich vor dem Zorn ihrer Vorfahren. Sie werden erkennen, dass dieser Platz heilig ist und ihn vom Rest der Welt abschirmen.«

»Das stimmt nicht mehr.«

Der Erbauer sah ihn an.

»Die Zivilisation, mit der ihr es zuerst zu tun hattet, hat die Welt anders betrachtet als die heutige«, widersprach Max. »Die frühen Zivilisationen haben die Natur und ihren Platz darin akzeptiert. Die Menschen von heute erforschen solche Dinge und versuchen, sie zu verstehen.« Und sie wollen die Dinge, die sie nicht verstehen und die anders sind als sie selbst, unter ihre Kontrolle bringen, dachte er.

»Nein«, sagte der Erbauer. »Wir haben die richtigen Verteidigungsstrategien. Wir werden die Crew beschützen.«

»Du musst mit einem der Mitglieder der Crew sprechen«, argumentierte Max. »Wissen deine Leute überhaupt, was los ist?«

»Wir sind dazu da, für sie zu sorgen und sie zu beschützen«, antwortete der Erbauer. »Wir sind nicht dazu da, sie zu belästigen, während sie mit ihrer Mission beschäftigt sind.«

Max überkam ein vages Unwohlsein. »Lass mich mit einem Mitglied der Raumschiffbesatzung sprechen.«

»Unmöglich«, erwiderte der Erbauer.

»Warum?«

»Die Crew des Raumschiffs hat wichtige Aufgaben zu erfüllen. Sie darf nicht gestört werden. Wir sind dazu da, sie zu beschützen und ihnen ihre Arbeit zu erleichtern.«

Max schlug einen etwas schärferen Ton an. Er spürte, dass irgendetwas nicht stimmte, aber er wusste nicht, was das war. »Ich bestehe darauf.«

»Antrag abgelehnt«, erwiderte der Erbauer.

»Ihr habt mich doch aus einem bestimmten Grund hierher gebracht«, bemerkte Max.

»Du musst für uns mit deinen Freunden kommunizieren«, sagte der Erbauer. »Du musst ihnen begreiflich machen, dass sie das Raumschiff in Zukunft in Ruhe lassen müssen. Die Crew darf nicht gestört werden. Niemand darf unsere Rettung behindern. Wir werden gerettet werden und wieder mit dem Einen verschmelzen.«

»Welches Eine?«

»Das Eine, das wir alle sind«, erklärte der Erbauer. »Das Eine, von dem wir getrennt wurden, um mit der Crew auf diese Reise zu gehen.« Die Gestalt hielt inne. »Wir vermissen uns. Wir vermissen es, ein ... Ganzes zu sein.«

»Ich möchte jemanden von der Crew sehen«, beharrte Max.

»Das kannst du nicht. Wir existieren, um für die Crew zu sorgen. Wir kümmern uns um ihre Wünsche und Bedürfnisse. Das ist unser Nutzen. Ohne sie wären wir noch einsamer, als wir es ohnehin sind, da wir uns außerhalb des Einen befinden.«

Max' Hirn arbeitete auf Hochtouren. Allmählich erkannte er die Ungereimtheiten in der Logik des Erbauers.

»Du musst den anderen mitteilen, dass sie gehen sollen«, sagte die Kreatur.

»Ihr habt Angst vor Michael, nicht wahr?«, fragte Max. »Seine Kraft zerstört euch.«

»Dein Freund gefährdet das Raumschiff«, gab der Erbauer zu. »Er gefährdet die Crew des Raumschiffs. Das werden wir nicht tolerieren.«

»Ihr wart bis vor ein paar Tagen in Stasis«, stellte Max fest.

»Wir haben unsere Kräfte geschont«, stimmte der Erbauer ihm zu. »Unsere Energiekonverter sind ebenfalls beschädigt worden. Wir haben beschlossen, dass es besser ist, wenn wir uns mit der Crew in einen Tiefschlaf versetzen und auf Rettung warten.«

»Warum habt ihr den Tiefschlaf unterbrochen?«

»Weil wir gespürt haben, dass ein Schiff in der Nähe ist«, antwortete der Erbauer. »Wir haben den plötzlichen Anstieg der Kraft erst vor wenigen Tagen gespürt.«

Der Granilith, schoss es Max durch den Kopf. Die Kraft, die das Schiff gebraucht hatte, um nach Hause zurückzukehren, war riesengroß gewesen.

»Als dieses Raumschiff abhob, waren wir gezwungen aufzuwachen«, fuhr der Erbauer fort. »Das Schiff war uns unbekannt, aber es war außerirdischen Ursprungs. Wir wussten, dass ein Feind oder ein potenzieller Feind unsere Notfallbake gefunden haben konnte. Jetzt können wir nicht mehr warten, bis wir gerettet werden. Wir müssen uns der hiesigen Gemeinde auf dieselbe Weise erwehren wie zuvor schon einmal.«

»Lasst mich mit dem Captain des Raumschiffs sprechen«, forderte Max.

»Die Person, die die Verantwortung für dieses Raumschiff trägt, ist beschäftigt«, entgegnete der Erbauer. »Es müssen Aufgaben erledigt werden. Unsere Rettung muss herbeigeführt werden.«

Max trat vor und unterdrückte den Drang, eine Berührung mit der Kreatur zu vermeiden.

Der Erbauer begann, wieder zu flimmern und wuchs um ein paar Zentimeter. »Bleib stehen.« Das schnelle Wachstum nahm seinen Gesichtszügen einiges von ihrer Menschenähnlichkeit.

»Bring mich zu der Crew des Raumschiffs«, befahl Max.

Der Erbauer wich plötzlich mit einer Bewegung, die zu schnell erfolgte, um noch menschlich genannt werden zu können, zur Seite aus. Die menschenähnliche Gestalt schien förmlich von einem Punkt zum nächsten zu fließen. Sie stand vor einer verschlossenen Tür, die Max in der Dunkelheit zuvor nicht gesehen hatte. An einer Seite der Tür schimmerte eine leuchtende Tafel.

»Du musst stehen bleiben«, sagte der Erbauer. Die Kreatur ballte die Hände zu Fäusten. »Wenn du näher kommst, werden wir dir wehtun müssen. Und das ist nicht das, was wir möchten. Wir möchten, dass du unser Bote bist.«

»Bring mich zur Crew des Schiffes«, wiederholte Max mit noch größerem Nachdruck.

»Das ist nicht möglich.«

Max wandte sich um und sah, wie Michael den Raum betrat. Valenti, Isabel, Kyle, Liz und Maria folgten ihm auf dem Fuße. Sie sahen alle zerzaust und erschöpft aus und waren mit einer dichten Staubschicht bedeckt.

Isabel trat einen Schritt vor.

Die Oberfläche des Erbauers kräuselte sich und floss mit raubtierhafter Schnelligkeit in Isabels Richtung.

Michael hob die Hände, und sofort hüllte sie ein Energieschild ein. »Tu das nicht«, drohte Michael. »Sonst werde ich dir einen Stromschlag verpassen.«

Der Erbauer wich einen Schritt zurück.

»Was soll das heißen, es ist unmöglich, mich zur Crew des Raumschiffs zu bringen?«, wollte Max wissen.

»Die Crew des Raumschiffs muss beschützt werden«, sagte der Erbauer mit hysterischer Stimme.

»Es gibt keine Crew«, warf Isabel ein. »River Dog hat die Wahrheit herausgefunden und sie mir gezeigt. Diese Dinger ...« Sie sah Max an.

»Sie nennen sich selbst der Erbauer«, sagte Max.

»Der Erbauer hat den Verlust der Crew vor sich selbst geheim gehalten, um nicht verrückt zu werden.« Isabel näherte sich der Tür, die der Erbauer beschützt hatte.

»Diese Tür ist kaputt«, behauptete der Erbauer. »Wir konnten sie noch nicht reparieren. Dazu bestand keine Notwendigkeit.«

Isabel legte ihre Hand auf die Leuchttafel. Alle sechs Stahlplatten verschwanden anstandslos in der Wand und gaben den Weg frei.

»Nein!«, rief der Erbauer und machte einen Satz.

Michael schleuderte einen Energieblitz. Die blauweiße Energie erfasste den Erbauer auf der Höhe der Knie und löste eine Serie kleiner Explosionen aus.

Der Erbauer zerfiel in zwei Hälften, der obere Teil kippte hilflos nach vorne und ermöglichte einigen Drohnen die Rettung. Die obere Hälfte sackte schwer auf den mit Staub und Trümmerteilen bedeckten Boden. Doch noch während Max zusah, flogen immer mehr Drohnen zu der oberen Körperhälfte und fügten sich in deren Masse ein. Der Erbauer veränderte so seine Gestalt und erhob sich auf neuen Beinen.

Isabel packte Max' Ellbogen und zog ihn in den nächsten Raum. »Hier«, sagte sie. »Es wird Zeit, dass alle die Wahrheit erfahren.«

Max folgte ihr in den Raum und lauschte auf die Stimme des Erbauers hinter ihnen. Liz und die anderen folgten, während Valenti und Michael zwischen ihnen und dem Erbauer verharrten.

Im Zentrum des Raumes befand sich ein radförmiger Behälter, in dem lauter Kapseln lagen. Die Kapseln sahen aus wie große Reagenzgläser. Das strahlend helle Licht drang nur schwach durch die mit Staub bedeckten Oberflächen.

»Die Crew hat den Aufprall auf den Planeten nicht überlebt«, erklärte Isabel und führte Max zu einer der Kapseln. »Das Raumschiff und die Tiefschlafsysteme wurden schwer beschädigt.« Sie wischte den Staub von dem Behälter und enthüllte das Skelett, das darin lag. Obwohl es im Großen und Ganzen menschenähnlich aussah, wiesen die Hörner und die viergliedrigen Hände auf die außerirdische Herkunft des Toten hin.

»Und warum hat der Erbauer davon nichts gewusst?«, fragte Max.

»Es hat einen Unfall gegeben«, wurde eine uralt klingende Stimme laut.

Max sah auf und beobachtete, wie mitten im Raum ein neues Gebilde entstand. Immer mehr Drohnen fanden sich zusammen und bildeten eine aufrecht im Raum stehende Gestalt, die weit weniger menschlich aussah als der Erbauer, als hätten die Drohnen die Fähigkeit, sich zu formieren, irgendwie eingebüßt.

»Die Raumschiffe des Feindes haben uns gnadenlos attackiert«, berichtete das Drohnenwesen und blickte auf die Kapseln herab, in denen die toten Aliens lagen. »Wir haben sie zu retten versucht, aber die Systeme waren zu schwer beschädigt. Unser … Verlust … war zu schmerzhaft. Wir wollten nur noch sterben, so wie die Crew gestorben war. Wir wurden verrückt, aber wir durften nicht sterben, denn das hätte unserer Programmierung widersprochen. Also wurden wir verrückt. Um uns zu retten, haben wir ein neues Selbst aufgebaut. Eines, das nichts von dem Verlust wusste.«

»Lauter Lügen!«, knurrte der Erbauer. Die erste Kreatur glitt in den Raum hinein, hielt sich aber von Michael fern und vermied irgendwelche bedrohlichen Gesten.

»Nein«, sagte das zweite Drohnenwesen. »Wir haben sie zu retten versucht. Aber wir konnten es nicht. Das Raumschiff teilte sich. Wir teilten uns. Als wir landeten, entschieden wir uns, die Wahrheit über unseren Verlust vor uns selbst zu verbergen. Also haben wir uns eingeredet, dass die Crew überlebt hat und dass wir sie beschützen müssen, bis Hilfe kommt. Uns von uns selbst abzuspalten war eine schreckliche Erfahrung, aber es ist uns gelungen.«

»Nein!«, schrie der Erbauer. Seine Oberfläche flackerte unstet. Er veränderte seine Gestalt und seine Gesichtszüge, als hätte er vollends die Selbstbeherrschung verloren. »Du hast sie getötet. Du warst nicht gut genug, um sie zu retten. Es war deine Aufgabe, sie zu retten.«

Das zweite Drohnenwesen stellte sich seinem Ankläger entgegen. »Wir waren nicht gut genug. Aber wir wollten uns unsere Schuld nicht eingestehen. Wir wollten wieder mit dem Einen auf unserem Planeten vereint sein. Wir haben dort so viel zurückgelassen, als wir auf dieses Raumschiff versetzt wurden, um die Crew zu unterstützen.«

»Wir hätten mit ihr sterben sollen«, sagte der Erbauer.

»Nein«, erwiderte das zweite Drohnenwesen. »Wir sind dazu bestimmt, immer weiter zu existieren.«

»Wir können hier nicht leben«, entgegnete der Erbauer. »Das ist nicht unsere Heimat. Wir können uns hier nicht mit dem Einen vereinigen. Außerhalb des Einen sind wir unvollständig.«

Das zweite Drohnenwesen wandte sich an Max. »Wir haben das Raumschiff vor dem Volk der Mesaliko beschützt, bis der Wüstensand uns verschluckt hatte. Während dieser Zeit blieben wir von unserem anderen Selbst getrennt.«

»Ein geteiltes Selbst.«

»Wir haben die Legenden der Mesaliko benutzt, um unser Geheimnis zu bewahren«, berichtete das zweite Drohnenwesen. »Wir haben unsere Maschinen abgestellt, haben uns freiwillig in Stasis versetzt. Wir dachten, die Kraft würde nach und nach abnehmen und wir würden nicht mehr lange existieren. Das durften wir uns gestatten, weil wir darüber keine Macht hatten. Der Gedanke, weiter zu existieren, während wir hier eingesperrt waren, war zu schmerzhaft für uns. Aber stattdessen hat uns der hochfahrende Antrieb des Raumschiffs in der Nähe wieder aufgeweckt.«

»Der Granilith«, warf Max ein, damit alle verstanden.

»Wir haben das Raumschiff gespürt«, fuhr das zweite Drohnenwesen fort, »und wurden in Alarmbereitschaft versetzt. Wir konnten uns nicht zurückhalten.« Die Gestalt wandte sich dem Erbauer zu. »Wir wollen ein Ende machen. Wir wollen unserem Schmerz ein Ende bereiten.«

»Nein«, widersetzte sich der Erbauer.

»Doch. Wir sind hier nutzlos.«

»Aber die Notfallbake«, sagte der Erbauer.

»Hat nichts bewirkt. Wenn sie immer noch um diesen Planeten kreist, funktioniert sie nicht mehr. Es gibt keinen Grund, weshalb wir die Leute um uns herum aus ihren Häusern vertreiben sollten. Wir tun anderen nur unnötig weh.«

Der Erbauer zerfiel darauf lautlos in tausende einzelner Drohnen, die sogleich zum Angriff übergingen. »Wir können nicht alleine leben. Wir entscheiden uns dafür, nicht alleine zu leben.«

Michael schleuderte einen weiteren Energieblitz. Der blauweiße Lichtblitz fuhr im hohen Bogen in die auseinander treibenden Drohnen, die vorher den Erbauer gebildet hatten und ließ sie wie kleine Feuerwerkskörper zerplatzen.

Plötzlich ließ sich in einer Alien-Sprache eine kraftvolle Stimme vernehmen. Die Tonlage war düster wie eine Totenglocke. Die Wörter folgten in einem gleich bleibenden Rhythmus aufeinander.

»Geht!«, rief das zweite Drohnenwesen. »Wir haben das Selbstzerstörungsprogramm aktiviert.«

»Ich dachte, das könntet ihr nicht«, sagte Isabel.

»Nur dann, wenn feindliche Truppen bei uns einfallen. Wir betrachten euch als unseren Feind. Ihr habt euren Zweck erfüllt. Geht jetzt. Es bleibt euch nur noch sehr wenig Zeit zur Flucht.«

Wer ist eigentlich dieses Wir?, fragte sich Max. Das Wir, das plötzlich begriffen hat, dass sie nicht mehr nach Hause zurück können, oder das Wir, das nicht dafür verantwortlich sein will, dass andere Schaden nehmen? Da er keine Möglichkeit hatte, das herauszufinden, rannte er einfach los.

Michael übernahm die Führung und schleuderte Energieblitze gegen die Drohnenschwärme, die sie abzufangen versuchten. Jedes Mal, wenn ein Blitz in die Drohnen fuhr, lief eine Kette von kleinen Explosionen durch den Raum und sorgte dafür, dass der Weg frei wurde.

Eine Sirene dröhnte durch die Gänge, und plötzlich waren alle Räume von einem bernsteingelben Licht erfüllt. Max hatte rasende Kopfschmerzen und fühlte sich benommen, ließ jedoch keinen Moment in seinem Tempo nach.

Liz stolperte an dem Durchgang zum Tunnel und fiel hin. Doch Max hielt, ohne zu zögern, an und half ihr wieder auf die Beine. Sie liefen Hand in Hand weiter und kraxelten durch den Tunnel zum Eingang der Höhle hinauf.

Valenti und Michael griffen nach ihnen und zogen sie weiter in Richtung Höhleneingang. Das Innere der Höhle raste an ihnen vorbei, dann waren sie draußen in der Nachtluft und stolperten den Hang hinunter.

Max richtete sich nach Luft ringend auf und sah, dass ein Schwarm Drohnen den Berg hinunter auf sie zukam. »Wenn wir sterben«, riefen die Drohnen, »werdet ihr mit uns sterben.«

Max errichtete einen Energieschild und sah zu, wie die Anführerdrohne beim Kontakt mit dem Kraftfeld zerplatzte. Dann wurde die Umgebung von einer gewaltigen Explosion erschüttert, und die Spitze des Berges sackte knirschend in sich zusammen.

Die übrig gebliebenen Drohnen prasselten zu Boden, und Max sah, wie sie sich auflösten, bis nichts mehr von ihnen übrig war.

»Biologisch abbaubar«, lautete Michaels trockener Kommentar.

»Auf jeden Fall abbaubar«, ergänzte Isabel.

Über dem eingestürzten Berg sammelten sich Staubwolken, die der Wind rasch über den Himmel zerstreute.

Epilog

»Obwohl das Militär jede Verantwortung für die Explosion, die das Mesaliko-Reservat erschütterte, von sich weist, wird weiter spekuliert, ob ein während des Zweiten Weltkrieges angelegtes Munitionslager die Ursache für die Erschütterung gewesen sein könnte.«

Max verfolgte mäßig interessiert die Nachrichten im Fernsehen. Seit der Zerstörung des Raumschiffs waren drei Tage vergangen. Seither waren weder in Roswell noch im Mesaliko-Reservat neue Geister gesehen worden. Er saß in seinem Zimmer und versuchte bei dem Gedanken, dass ihm nichts einfiel, wie er seinen Sohn finden und wie er sich wieder mit Liz aussöhnen könnte, nicht die Fassung zu verlieren.

Während der vergangenen drei Tage hatte er nicht mit Liz gesprochen, weil er nicht das Gefühl hatte, mit ihr sprechen zu können, ohne Druck auf sie auszuüben. Er wollte sie zurückhaben, er wollte, dass alles wieder so sein würde, wie damals, bevor Tess gekommen war und alles über den Haufen geworfen hatte.

Plötzlich klingelte das Telefon.

Max nahm den Hörer ab und meldete sich.

»Ich bin's«, sagte Liz.

Plötzlich schien die Welt um Max herum stehen zu bleiben. Er musste sich zwingen, den nächsten Atemzug zu tun. »Hi«, gab er zurück.

»Geht es dir gut?«

»Ja klar, ich habe gerade gedöst«, sagte Max. »Habe immer noch Schlaf nachzuholen.«

»Ich wollte nur mal hören, wie's dir geht. Du hast dich in den letzten Tagen gar nicht sehen lassen.«

»Ich wusste, dass du genug mit den Reparaturen im *Crashdown* zu tun hattest.«

»Die sind inzwischen erledigt«, erwiderte Liz. »Heute findet die Wiedereröffnung statt. Sie ist gerade im Gange. Deshalb ist es so laut im Hintergrund.«

»Das ist gut.«

»Ich dachte, du hättest vielleicht Lust vorbeizukommen, wenn hier das Gröbste vorbei ist. Ich lade dich zu einem Cheeseburger ein. Um zu feiern, dass meine Mutter nicht mehr mit Geistern spricht und dass wir den Spuk überlebt haben.«

Max zögerte nicht. »Klingt gut.«

»Maria und Michael kommen auch.«

In gewisser Weise war das eine Erleichterung, denn dadurch würde sich das Treffen sicher etwas entspannter gestalten. Wenn sie allein waren, wusste er nicht, was er sagen sollte, ohne sie zu bedrängen.

»Sicher«, sagte er.

»Okay. Dann gehe ich davon aus, dass ich dich hier treffe.«

Max verabschiedete sich und hängte ein. Ein wenig von der Erschöpfung und dem Kummer fielen von ihm ab, und er fühlte sich schon ein bisschen entkrampfter. Er streckte sich auf dem Bett aus.

»Hey.«

Max sah zur Tür und erblickte Isabel, die sehr elegant gekleidet aussah. »Dich habe ich ja in den letzten Tagen gar nicht zu Gesicht bekommen«, begrüßte er sie.

»Ich musste arbeiten«, antwortete Isabel vielleicht ein wenig zu rasch. »Dad hat mich mit Arbeit überschüttet. Es gibt immer noch Leute, die wegen der Geistererscheinungen in Roswell irgendwen anzeigen wollen.«

Es gab noch immer keine Erklärung für die Geister, obwohl ein paar von den örtlichen Psychologen der Meinung waren, dass es sich um eine Art Massenhysterie gehandelt hatte. Andere waren sich sicher, dass sich die Missetaten des Militärs nicht auf geheime Munitionslager beschränkten, sondern dass es um Nervengas in unterirdischen Bunkern gegangen sein musste, die erst nach der Infektion der gesamten örtlichen Bevölkerung zerstört worden waren. Allerdings gab es dafür keinerlei Beweise, und die Mesaliko ließen niemanden auf ihr Land, der dort hätte herumschnüffeln können.

»Wer war denn am Telefon?«, wollte Isabel wissen.

»Liz. Wir veranstalten ein kleines Treffen im *Crashdown*. Hat sie dich auch angerufen?«

»Nein.«

»Dann wird sie es wahrscheinlich noch tun.«

»Ich werde es auf später verschieben müssen.«

Max sah sie an und ließ erkennen, dass er ihr Outfit bemerkt hatte.

»Oh, das.« Isabel strich ihren Minirock glatt. »Ich wollte es nur bequem haben.«

»Wo gehst du denn hin, dass du es so … bequem haben möchtest?«

»Zur Arbeit.«

»Die Bürozeiten sind doch vorbei.«

»Ich muss zur Bibliothek.«

»Oh.«

»Ich wollte bloß mal nach dir sehen«, sagte Isabel. »Um sicher zu gehen, dass es dir gut geht.«

»Das tut es«, bestätigte Max.

Isabel nickte, sah jedoch nicht überzeugt aus.

»Ein Teil von mir würde gerne sagen, dass das gar nicht stimmt«, ergänzte Max. »Dass ich bloß verdränge, wie es mir wirklich geht.« Er machte eine Pause. »Ich möchte einfach nicht allein sein, Isabel, und ich möchte nicht daran denken, dass mein Sohn irgendwo da draußen ist und vielleicht sogar in Gefahr.«

»Ich glaube nicht, dass Tess ihm wehtun würde, Max«, meinte Isabel. Sie kam ins Zimmer und setzte sich neben ihn aufs Bett. »Und was das Alleinsein angeht, du bist nicht allein. Ich bin da.

Und manchmal ist auch Michael da. Und unsere Eltern. Und eine Menge anderer Leute.«

»Ich weiß. Ich fühle mich nur allein.«

Isabel legte eine Hand auf seinen Arm.

Max saß ruhig da und fühlte sich schon besser.

»Heute Abend triffst du dich mit Liz«, sagte Isabel. »Das ist doch schon mal ein Anfang.«

»Ein Cheeseburger zusammen mit Freunden. Nicht sehr viel versprechend.«

»Keinen Cheeseburger zusammen mit Freunden zu essen ist noch weniger viel versprechend.«

»Das ist wahr.« Max übte sich in Zurückhaltung. Er würde hingehen, er würde sich amüsieren. Und er würde nicht zu viel erwarten. Das war das Geheimnis. Er sah Isabel an. »Ich dachte, du müsstest in die Bibliothek.«

»Dahin gehe ich auch. Gleich. Das ist schon okay. Wir haben eine –« Isabel hielt inne. »Wir haben eine sehr verständnisvolle Bibliothek. Das hat mir an unserer Bibliothek schon immer am besten gefallen.«

Sie sind unter uns . . .

ISBN 3-8025-2793-3
Mörderischer Flirt

ISBN 3-8025-2801-8
Der geheimnisvolle
Außerirdische

ISBN 3-8025-2808-5
Unheilvolle Liebe

ISBN 3-8025-2840-9
Auf immer und ewig

Egmont vgs verlagsgesellschaft, Köln

www.vgs.de